TRICK2

トリック2

蒔田光治/太田 愛/福田卓郎
監修:堤 幸彦

角川文庫 12668

目　次

episode　1………六つ墓村　5
episode　2………100％当たる占い師　81
episode　3………サイ・トレイラー　155
episode　4………天罰を下す子供　229
episode　5………妖術使いの森　305

◆登場人物紹介◆

山田奈緒子◆自称・超実力派だが売れない奇術師。偉大な奇術師だった亡き父・剛三を目指す。どんな超常現象も手品のトリックで説明できるというのが持論。悩みは貧乳と家賃の催促。

上田次郎◆将来を嘱望される若手物理学者。日本科学技術大学教授。自分が世界で一番頭がいいと思っているが、頭が硬すぎて単純なトリックにすぐ騙される。コンプレックスは巨根。

矢部謙三◆警視庁刑事。権威に弱く、下の者には超邪険。コテコテの大阪弁と当人は隠しているつもりのヅラがご愛敬。

石原達也◆矢部の部下。容赦なくこき使う矢部をひたすら「アニィ」と慕い、はたかれると「ありがとうございます」と答える。

池田ハル◆奈緒子が住むぼろアパートの大家。アパートの住人が動物を飼うことと家賃を滞納することにはとても厳しい。

ジャーミー君◆奈緒子の部屋の隣人。故郷バングラデッシュの家族に送金しつつ家賃はちゃんと払うのでハルのお気に入り。

山田里見◆奈緒子の母。地方に住み、夫亡き後、自宅で書道教室を開いて、今や超売れっ子の書家。元々は黒門島で代々続くシャーマンの末裔。いつも奈緒子のことを気にかけている。

(詳しくは角川文庫「TRIC K the novel」をお読みください)

監修――――堤　幸彦
脚本――――蒔田光治
　　　　　太田　愛
　　　　　福田卓郎
ノベライズ――木俣　冬

六つ墓村

episode 1

1

日本科学技術大学教授・上田次郎《うえだじろう》の研究室は広く、採光も十分、バーコーナーまでしつらえてある。物理学界のホープの部屋としては申し分のないものだった。三十代半ばの男盛り、エリートでモデルばりのスタイルを持ちルックスも良い上田は、学界でも注目の的。先頃、教授に昇進し、世間にはびこる超常現象の仕掛けを論破した著書『どんと来い、超常現象』も出版したばかりで、持ち前の自信家の面をさらに強めていた。

その上田のもとへ、神妙な面もちの中年男が訪ねてきた。研究室の一角の応接ソファに上田と向かい合うように座っている頭髪の薄いその男は、しゃべり口調から田舎の出だとわかるが、上目遣いの瞳《ひとみ》に何か企みを浮かべているようにも思えた。

男の名は、田島松吉《たじままつきち》。上田の著書に感銘を受けてやってきたという。

「六つ墓村というのを御存じですか?」

「六つ墓村? 八つ墓じゃなくて?」

「六つ墓村は、山梨県の小さな村です。私、そこで旅館を営んでいる田島と申します。先生のご本を読ませていただきました。先生はこの中で、この世には超常現象など存在しないと述べておられますよね。どんな不可思議なことでも自分ならばたちどころに解き明かしてみせると」

「むろんです、物理学者ですから、たちどころにぶっつりと！」

自著を読んでくれていることに自負心をくすぐられた上田が、喜色満面な表情で答える。メガネの奥の大きな瞳がらんらんと輝いている。

そこで、田島はおもむろに持ってきた宿帳を開いた。

「実は、うちの旅館で毎年おかしなできごとが起こるのです。毎年同じ日になると、必ず人が死ぬのです。去年は肺炎、おととしは脳溢血《のういっけつ》、その前は交通事故、その前は心臓麻痺《まひ》。何年も前から、なぜか一月十一日が来ると、必ず泊まり客が一人死ぬんです。最初は偶然かと思いました。でも、こんな偶然が続くものでしょうか。今年も、もうすぐ一月十一日がきます。そのの日、うちの旅館に泊まりに来てもらえないでしょうか。なぜその日になると人が死ぬのか、解き明かしていただきたいのです。このままじゃ、また誰か死ぬことになります。お願いします」

田島は頭を深々と下げ、ふと顔をあげると正面に座って話を聞いていた上田が、なぜか忽然《こつぜん》と目の前から消えていた。——超常現象？　いや、当然ながら違う。上田の最初の自信は、話の深刻さに徐々にしぼみ、それが彼を自室の隅に追いやることとなっていたのだ。

山田奈緒子《やまだなおこ》は、自称・売れっ子マジシャン。日本を代表する奇術師・山田剛三《やまだごうぞう》を父に持つことを誇りにしている。つややかな黒髪を持ち、利発そうな顔立ちの美少女なのだが、マジシャンとしては鳴かず飛ばず、奈緒子は今日も手品の仕事に失敗しクビになり、陰鬱《いんうつ》な気持ちでアパートに帰ってきた。その住まいは二十代前半の娘にしては古びている。しかし、そんなボロアパートから引っ越すどころか、二ヶ月延滞している家賃の催促に頭を悩ませるほどなのだ。それでも娘らしく、百円ショップでそろえるのか、チープな色の雑貨でせいいっぱい居心地よく畳部屋の2Kを飾っている。ペットにはハムスターやミドリガメを飼っている。

部屋に戻った奈緒子は、同じアパートの住人のジャーミー君と一緒になって催促に騒ぎ立てる大家の池田《いけだ》ハルをかわすため、中で息を殺した。ところが大家のハルは勝手にドアを開ける。

「……？　変ね、帰ってたと思ったんだけど……」

「私、確かに見ました」

ジャーミー君も首をひねり、ハルがドアを閉める。何と奈緒子はドアの陰に隠れていたのだ。

しかし、敵《ハル》はツワモノ。ハルは帰ったかと見せかけて、再びドアを開ける。油断して隠れるのをやめた奈緒子をみつけると、嫌味のひとつも言いながら、一通の封筒を手渡した。見れば差し出し人が書かれていない。不審に思ったそのとき、傍らの電話がけたたましく鳴った。

「私はあなたに幸運をもたらす者だ」

「何かの勧誘ですか。切りますよ」

「待ちなさい。私は、あなたの心を読むことができる。今からそれを証明してみせよう。好きな数字をひとつ思い浮かべてみなさい」

受話器の向こうの声に聞き覚えがあるように感じた奈緒子は、声のとおりに数字を思い浮かべ、手近にあった紙片に「7」と書いた。

「それを二倍にして、10を足しなさい。それを2で割ってそこから元の数をひいて。さぁ、いくつになった?」

「5」

$(x \times 2 + 10) \div 2 - x = 5$

$(7 \times 2 + 10) \div 2 - 7 = 5$

「手紙が届いているだろう。開けてみなさい」

言われるとおりに封筒を開くと、中から『5』と書かれた紙片が現れた。それを見透かすように、声は続ける。

「私には、お前の運命など、全部お見通しなのだ。まもなくお前に一人の人物から電話がかかってくる。彼の言うことに決して逆らってはならない。彼は必ずやお前に幸運をもたらしてくれるはずだ。わかったな」

奈緒子が何か言いたそうなのをさえぎり、電話は切れた。と、すぐまた電話が鳴った。

「ああ、いたのか。久しぶりだな。日本科学技術大学教授の上田だ」

奈緒子は憮然《ぶぜん》として応《こた》える。

「どこが久しぶりだ。さっきの変な電話、お前だろ」

「何の話だ?」

上田は精一杯とぼけてみせる。

「しゃべり方が一緒だ」

「そんなはずはない！　全然違ったはずだ」

「やっぱりお前か」

奈緒子はかつてこの上田とコンビを組み、さまざまな超常現象の秘密を暴いていた。あるとき関わった黒門島事件（『TRICK the novel』黒門島の章参照）のおり、百二十年に一度だけ出現する島に閉じこめられるという危険な出来事に遭遇、からくも脱出して以来、しばらく連絡をとっていなかった。上田との再会は、以前とまったく変わらないとぼけた会話ではじまったが、それは新たな事件の幕開けだった。


奈緒子は、再会まもなく上田の自慢の車、一九六六年型トヨタパブリカの助手席に乗せられていた。

「知り合いが旅館をやっていてね、一度ぜひ来てくれって言われたんだ」

「何かアヤシイですね。上田さん、やっぱりなんか隠してますよね」

奈緒子の鋭いツッコミに上田が答える。

「実は先月教授になった。教授になったからといって、俺は偉そうにするつもりはない。君のことも、同じ一個の人間として扱うつもりだ」

「そういう言い方がすでに傲慢《ごうまん》じゃないですか」

「もうひとつ隠していたことがある。このたび本を出版した。後ろに置いてあるから、見ていいぞ」

奈緒子は車の後ろにこれみよがしに積んである本の束を目の端に捉《とら》えた。ニヤリと笑った上田のポートレイトが表紙となっている胡散《うさん》臭い本を一冊手にとると、ぱらぱらとめくり音読してみる。

「どす来い、超常現象」

「どんと、来い、だ」

『日本科学技術大学教授・上田次郎
どんと来い、超常現象
私に言わせれば、すべてのホラー現象は、ほらに過ぎない』

「引き込まれる出だしですね。字が大きくて読みやすい」

その本は子供の絵本以上におそろしく大きな文字で印刷されていた。

『超常現象を恐れてはならない。Don't be afraid!』

「どす来い、超常現象！」

「どんと来い、だ」

「よく恥ずかしくないですね」

冷たく言い放つ奈緒子の口調を意に介さず、上田は高らかに笑う。

「サイン入りだ。一冊持って行っていいぞ」

「ありがたく……いただきません」

不穏な空気を乗せたまま、車は一路六つ墓村へひた走った。


六つ墓村の入り口に到着すると、そこには荒涼たる風景が広がっていた。山々に囲まれた盆地では、冬枯れた草木が空っ風に吹かれている。大学によくある立て看板のように、無数に『クッシー』『ヒバゴン』『ツチノコ』など、幻の珍獣情報の看板が立っていた。不安になった奈緒子の目の前に、あやしげな老婆が立ちふさがった。

「何しに来た。明日が何の日かわかっているだか。呪いがお前らにも降りかかるぞ」

眉《まゆ》を消した白塗りの顔。チリチリの髪にリボン。赤いちゃんちゃんこ。手には、干し柿をぶらさげた珍妙な杖《つえ》……。イカレタ出で立ちの老婆の名は梅竹《うめたけ》。「落ち武者さまー！　すまねー！」と天に手をかざし、梅竹は魔女のように叫んで、そのまま森の奥に消えていった。

「ゲキダンノ、ヒト？」

腑《ふ》に落ちない面もちで、上田と奈緒子は田島の旅館にたどり着いた。そこもまた、温泉旅館のイメージとはほど遠く、喫茶店の看板のようなものに「水上荘」と書かれているだけだった。

「ここに、本当に温泉なんてあるんですか？」

上田はきっぱり「ある」と言う。

「秘湯だ」

「伊豆半島、なんだ」

「それは伊東！　わざとやっているだろう。秘密の湯と書いて秘湯！」

「………」

「俺にギャグ飛ばして楽しいか？　好きなのか俺が？」

上田のことなど相手にせず、奈緒子は中庭を突き進み玄関へと出た。玄関は、むっくりとした木肌を生かした風情のあるもので、正面には武田信玄像らしき屏風《びょうぶ》が飾ってある。旅館の中からあわただしく出て来た仲居とおぼしき中年の女性に、上田は声をかけてみる。

「あの、今晩ここに泊まることになってる者なんですが……」

すると、仲居はいきなり悲鳴をあげて、手に持った荷物をふり回しながら去っていった。それと入れ違いに、上田に調査を依頼した田島と番頭の平蔵《ひらぞう》が姿を現した。

「お上田様と、お山田様。さぁどうぞ！　先生のご本、ご拝読させていただきました。不肖私、生まれてこの方、あんなに感激したご本ははじめてでございます。こんなお間近で先生様にお目にかかれるなんて、不肖私、もうどうしていいか……」

大仰に泣き崩れる平蔵は三十代半ばくらいで、実直そうだったが、腰があまりにも低かった。

「ただ今、おオフシーズンでございまして、お部屋はお好きな所をお選びいただけます」

口調は丁寧だったが、いちいち言葉に「お」を付ける不自然さが奈緒子は妙に気になった。

そこへ、山梨県議会議員・亀岡善三《かめおかぜんぞう》と秘書の鶴山《つるやま》がやってきた。小柄でメガネをかけた風貌《ふうぼう》が神経質そうな亀岡の背後に、大柄な体と肉食獣的なしっかりした顎《あご》を持つ鶴山がそびえるように立つ。

「美しいお嬢さんなので、つい見とれてしまいました。私、亀岡善三と言います。よろしく」

紳士的に微笑み、握手を求めてきた亀岡の手はマネキンのもので、奈緒子をギョッとさせた。見れば、妙に肩幅の広いコートに、固定されたシークレットブーツを履いている。亀岡は小柄な体躯《たいく》を大きく見せるために、扮装《ふんそう》しているのだった。亀岡は、この宿の常連らしくいつもの部屋へ案内されていった。それを見送った奈緒子は、「美しいお嬢さん」という言葉をふとかみしめてみたが、「ああ、あの方はおせいじ（お政治）がお仕事でございます」という平蔵の、言葉に凹《へこ》まされてしまった。慇懃《いんぎん》無礼とはまさにこのことだ。

奈緒子と上田が通された部屋は、建物の二階の一角にあった。見渡せば、窓ガラスのひび割れをテープで止めているわ、テレビは故障しているわ、障子には新聞紙が貼ってあるわ、とみすぼらしい限りのものだった。しかし、上田は上機嫌だ。

「この部屋に泊まった人は、みな絶賛して帰っていくという話だ。番頭さんが言ってた。ここはお泊まりになった方全員から、極上！のお言葉をちょうだいしておりますって」

「もしかして、苦情の言葉をちょうだいしてるってことじゃ？」

メニューにも、『御御飯』『御御御付け』など、バカ丁寧な言い方が平蔵の癖だ。『ごくじょう』も『御苦情』という意味に違いないと奈緒子はため息をついた。

奈緒子は気をとり直して、持ってきたファンシーな籐《とう》の旅行カバンからピンクの洗面器を取り出した。せっかくだから秘湯につかろうと思ったのだ。途中、平蔵に呼び止められた。電話が入っているという。不思議に思いながら電話に出ると、母・里見からだった。

「温泉行くなら、なんで誘ってくれないの」

余計なことに上田が母に報告をしていたのだ。美人奇術師協会の新年会だとごまかしたが、里見はさほど気にせず「ほうとうとぶどうと梨、ワイン、桃……楽しみ!」とみやげばかりを気にしていた。上田と一緒だということをごまかしたくて、「しのらーくるくるっ」などと、ギャグをやっている奈緒子に母は真面目な声で言った。

「何があってもどこにいても、お母さん、あなたのそばにいるから」

そう言ったあと、里見は同じように「くるくるっ」返しをして電話は切れた。

再び、奈緒子は秘湯を探す。旅館の中をうろつくと、廊下の左手に中二階のように下がった部屋があることに気づいた。見れば入り口の上部には張り紙がある。

『心のやましい者は立ち入ってはならぬ。背中わらしがとりつくぞ』

背中わらしってナンダ? 不審に思いながらも、奈緒子はその部屋に入ってみる。そこは、かつては蔵として使われていたらしく、古い建物ならではの、かび臭い湿った空気でどんよりとしていた。蔵の扉の前まで来た奈緒子は、中から子供の話し声が聞こえたように思って、扉を開けてみた。中は真っ暗だ。廊下にあったろうそくの火を手に中に入ってみると、古道具や調度品が陳列されている。

そのときだった。背後でバタンと音がした。扉が閉まったのだ。慌てて奈緒子は、扉を開けようとしたが、扉はびくともしない。最初は誰かがうっかり閉めたのかと思い、「すみません！　すみません！」と外に向かって呼んでみたが、なんの気配もない。これは誰かのいたずらかと考え直し、「開けろ！　こらっ！」とも叫んでみたが、やはり答えはなかった。

奈緒子の胸に不安が広がった。そこへ、ふと納戸の奥に小さな影が動くのが目に入った。

「誰かいるんですか？」

呼びかけたが、返事はない。その代わりに、持っていたろうそくの火が消えた。恐怖を覚えた奈緒子は、必死になって扉を叩《たた》き続ける。ふいに、後ろから誰かに押さえつけられるような気がした。振り向こうとしたが相手の力は強く、奈緒子はもがきながらも力つきて膝《ひざ》をつく。意識が遠のいていく。もうダメだ、という刹那《せつな》、扉が開いて田島がびっくりした目をしてのぞきこんでいた。

「何をなさっているのです。大丈夫ですか？」

確認しようと振り返ると、奈緒子の後ろにはもう誰もいなかった。

「あぶないところでした。ここは、扉のたてつけが悪くて。四年前にも一人、閉じこめられたショックでお亡くなりになった方が」

田島の説明が腑に落ちない奈緒子は、訴えた。

「中に、誰かいたような……」

田島は確認するように中をのぞくが、誰もいないと言う。奈緒子はなおも納得いかない様子で、自分の体験を語ると田島は身震いをして言った。

「背中わらしだ……。そこに張り紙があったでしょう。この地方に昔から出没する妖怪《ようかい》です。

姿はこんな小さい子供なのですが、やましい心の持ち主を見ると、後ろからこうやって……」

田島は奈緒子をはがいじめにしようとした。ビックリして奈緒子は田島を振り払い、反論する。

「やましいって、私、やましいことなんか、何も考えていません」

「では、こんなところで何をなさっていたのです?」

「この旅館に隠れた秘湯があるって聞いたもので」

奈緒子の答えに田島は顔色を変え、激しくあとずさりして言った。

「な、なぜ、それを!?……なるほど。そういうことですか。あなたもやはり、今回のことが四百年前の事件と関係あると思っているのですね」

一人納得したように田島は話を続け、奈緒子をさらに奥の部屋へと案内したのだった。

奥にある和室に入ると、田島は床の間から日本刀を取り上げ、奈緒子に差し出した。

「これが、四百年前、この村に落ちのびてきた武士たちが持っていた刀です。秘刀、関の孫八!」

「これ、何かのギャグですか?」

「は?」

「私、温泉を探しているんですけど」

「温泉? 何ですか、それ?」

「隠れた温泉、秘湯」

秘湯、ひとう、秘刀、ひとう……？　田島の顔に気まずい表情が浮かんだ。

その頃、上田は一階の広間で二人の女性と話していた。

一人はプラスチックフレームのメガネをかけ、付け毛のようにボリュームのある三つ編み、真っ赤な服の少女趣味な身なりをした年齢不詳の女性。彼女の名は栗栖《くるす》禎子《ていこ》。人気推理作家である。もう一人は、襟と袖口《そでぐち》にレースのついた黒いワンピースを着たメイド風な美少女、藤野《ふじの》景子《けいこ》。禎子のアシスタントをしている。

上田は、黒地に黄色の虎が描かれたとらやの紙袋の中に、後生大事に忍ばせていた自分の著書を、禎子に進呈していた。

1．超常現象を恐れるな！
2．私も劣等生だった！　～上田次郎、出生の秘密
3．科学との出会い　大学の闘争　そして初めての失恋
4．教授への道のり
5．霊能力者たちとの火花散る闘い
（ア）空中浮遊の術
（イ）消えた村人たち
（ウ）超能力遠隔殺人
（エ）千里眼を持つ男

（オ）ユタ〜呪術《じゅじゅつ》のウソ・ホント

6. さよなら超常現象　また会う日まで

目次にはこのようなことが記されていた。

「まぁ、素敵なご本を。こんな所で先生のような方にお会いできるとは思いませんでしたわ」

「いやぁ、それほどでも。ま、とは言うものの、本のほうはもう全国で二千部以上は売れているらしくて」

「では、私たち、ライバルというわけですわね。実は私も、本を出しておりまして」

禎子が「藤野」と呼ぶと、傍らの美少女は、「はい、先生」と楚々《そそ》と本を持ってくる。

「おまえ、私よりかわいくないか？」

少女の仕草や顔をしげしげと見て、禎子が言うと、藤野は物憂げな表情で「すいません」と言う。二人の女の間はどこか謎めいた空気が漂っていた。

禎子は上田に、文庫本を差し出した。「これが、そう、二十八冊目でしたかしら」

慇懃な物言いだ。表紙には、『熱海モロッコ殺人連鎖』というタイトルと、熱海海岸と、F1と、砂漠の絵が書いてあった。熱海とモロッコを並列したある意味斬新な組合せの絵だ。

「栗栖禎子……、え！　あの推理作家の栗栖禎子先生」

「先生だなんて恥ずかしい。私の本なんて売れてもせいぜい百万部というところですわ」

恥ずかしさのあまり上田は、「ジョワッ」とウルトラマンが飛び立つときのようなポーズを取ろうとしたが、いつの間にか傍らに近寄っていた藤野に抑えられた。禎子は上田に近寄って、ねっとりとした声色でささやいた。

「実は私もこの旅館に興味があって来たんですよ。毎年同じ日になると、必ず人が死ぬ。先生とどちらが先に謎を解くか、面白い勝負になりそうですわ」

禎子は「あら、先生の手、ずいぶんと大きいですわね」と上田の手をとった。

「先祖は天狗《てんぐ》で、子供の頃、通信教育で空手をやっておりまして」

「頼もしいですわ」と言いながらギュッと手を握ると、禎子はさらに顔を上田に寄せて言った。

「この旅館にはね、とんでもない秘密があるんです。来た瞬間にわかりました。先生も、もうお気づきとは思いますが」

「む、むろんです」

せいいっぱい強がりを言う上田を見て、禎子はクスっと笑った。

「先生、面白い方。嘘をつくとすぐにわかるんですもの。顔にウソと書いてあります。おでこのへんに。ねえ、藤野?」

「はい」

「おまえ、私よりかわいくないか」

「すいません」

「あとでな」

禎子の言葉に、藤野が力なく微笑む。禎子は上田に向き直ると、額に手を当てて言った。

「一度、鏡をごらんになったほうがよいですわよ。ちゃんと手で隠して。人に見られたらまずいですわ」

上田は額を手で隠しながらその場を一目散に駆け去っていった。

洗面所の鏡に顔を映してみると、確かに『ウソ』の文字が額に赤く浮かんでいる。上田は慌ててゴシゴシと額を洗った。

部屋に戻ってきた上田に、同じく命からがら戻ってきた奈緒子は責めの言葉を吐いた。

「どういうことですか。毎年、同じ日が来ると人が死ぬって。今晩午前0時から明日の夜0時までの間に誰かが死ぬ。上田さんと私はそれを防ぐためにここに来たってことになってますけど」

上田はとぼけている。

「ああ。言わなかったっけ。最近、不思議な現象が起きるとなぜかみんな俺のところに話を持って来るんだ。一体、誰が言いふらしているんだか」

「『どんと来い、超常現象』なんて本を出しているからでしょ」

呆《あき》れて、奈緒子は帰ろうと立ち上がると、でかい上田が制した。

「ひとつ聞きたいことがある。俺はウソをつくと必ず顔にウソという文字が現れると言われた。本当か」

「はい」

上田の額にかすかに残るウソの文字をみつけて、奈緒子はうっすらと意地悪い微笑みを浮かべた。

「何で今まで黙っていた」

「黙っていたほうが何かと便利じゃないですか」

冷たく言い放って、奈緒子は帰ろうとするが、上田はさらにとどめようとする。

「今日はもうバスはないぞ。バスは一日一便だ」

「またいい加減なことを。バスは駅まで五往復してるって番頭さんが言ってました」

上田を振りきって、部屋に貼ってあるバスの時刻表を見ると、バスの時間は12時10分だけしか記されていない。

「五往復。御往復?」ふと考えて「あ!」、あの番頭の御をつける癖を忘れていたことに気づいて奈緒子はうなだれた。


結局帰ることができなくなった奈緒子は、上田と行動を共にするしかなかった。上田が東京の矢部《やべ》刑事に電話をかけている傍らに奈緒子も立つ。上田は六つ墓村で過去に亡くなった人の記録の調査を頼もうというのだ。矢部は元気よく電話に出た。しかし電話の向こうは、なんだか騒がしい。ゴーゴーと何か風を切るような音と、定期的に人の叫び声がする。

「そら、先生の言うことだったらたとえ井の中水のなかあー」

会話の途中途中で、あー、という悲鳴のような合いの手が入る。

上田が本題を切り出すと、「え! おい! あー、何? 犯人が動き出した? うあー」とわけのわからないリアクションで電話は切れた。

実は、矢部は部下の石原《いしはら》と共に、仕事をさぼって浅草花やしきのジェットコースターに乗っていたのだ。いい加減でお騒がせ男の矢部らしいシチュエーションだ。ところが、上田は「仕事中である」という矢部の言葉を信じていた。一方、奈緒子は「矢部は絶対サボってる」と確信するのだった。

電話を切ったとほぼ同時に、藤野がやってきた。上田に何か話すことがあるらしい。

「私、栗栖先生のアシスタントをやっている藤野と申します」

さきほど会ったばかりだが、藤野は丁寧に自己紹介した。上田と藤野は、長く続く廊下で立ち話をした。藤野は思いあまった顔で上田に懇願した。

「栗栖先生を助けてほしいんです。先生は、ああ見えて実はとても臆病《おくびょう》な性格で、先生にもしものことがあったら、私……」

「大丈夫、私がここにいるからには、何の心配もいりません。栗栖さんは私が守ります。むろんあなたのことも」

上田は藤野の肩に手をかけて、力強く言った。思い詰めた表情をしていた藤野に明るい光が差したようだった。

「ありがとうございます。そうだ、じゃ、これ」

上田の手の上に、藤野が五枚のコインをのせた。

「おまじないのコインです。モロッコに取材に行ったとき、占い師からもらったんです。五枚そろえて持っていると、災いを防いでくれるらしいんです。その代わり、一枚でもなくすと、大変なことが起きるって。あ、先生はこんなの信じないですよね」

藤野のはにかんだような微笑みに、上田は紳士的な笑顔で返した。

「いや、こういうのは気の持ちようだからね。そうだ、じゃ、御礼に」

上田は、自著にサインをして藤野に差し出した。

「わぁ、『どんと来い、超常現象』だ！　わーい」

藤野は、本を大事そうに抱えて、はしゃぎながら駆け去った。

その光景の一部始終を、廊下の端で奈緒子がじっとりとした視線で見つめていた。


矢部から、水上荘の上田に電話がかかってきた。

「確かに五年前に一人、事故で亡くなってますね。ああ、それからその次の年にも。こりゃずいぶんと間抜けな事故ですな。大沢武雄《おおさわたけお》、四十五歳。蔵に閉じこめられ恐怖のあまり心臓麻痺」

「他には」と上田が問うと「病気で死んだもののことまではわかりかねます」と答えながら、

「しかし、二度あることは三度がさと言いますからね。今年も何か起こるかもしれませんね」

と付け加えた。

「そのとおりです」

二度あることは三度あるだろう、とツッコミもせず、上田は真顔でうなずいた。

矢部の報告を受けて、上田と奈緒子は地図を携え、事故のあった現場を検証しに崖《がけ》へ向かった。向かって右に山、左手が切り立った崖になっており、下を見ると、目がくらむような高さだ。立て札には「わらしが渕《ふち》、危険」と書いてある。

「五年前事故があったのは、この辺だ。川島正一さん、三十二歳。足を滑らせて転落。死体は見つかっていない」

山側にはりついている上田の解説を聞きながら、奈緒子が言った。

「誰かに見られているような気がしませんか」

「え、ヒバゴンか？」

見れば、崖の曲がり角の向こうから何かが顔をのぞかせている。二人は、後を追って、崖道を奥まで走った。山道を分け入って進むと、茶色く枯れた草地が広がり、そこには、苔《こけ》むした小さな石の墓が並んでいた。ひとつ、ふたつ……石でできた六つの墓が並んでいる。不審に思い、墓をながめる二人の背後から、しわがれた笑い声がした。

「わっはっはっは！　落ち武者じゃ!!　落ち武者を祀《まつ》ったものじゃ!!　ヒバゴンじゃねえぞ！」

枯れ葉で作ったむしろで身を隠していた男が、おもむろに姿を現した。モジャモジャ頭にサングラス。ホラ貝を右手、酒の壺《つぼ》を左手に持って、山伏の装束をした僧侶《そうりょ》・松乃上孝雲《まつのうえこううん》が立っていた。

「この村は汚れているのだ。今から四百年ほど前、戦国時代も末のことじゃ。豊臣に破れた六人の落ち武者が命からがら逃げのびて来てこの村にたどり着いた。村人たちは、最初は彼らを匿《かくま》うふりをしていた。だがある夜、武者たちにたっぷりと酒を振る舞い、無防備にも寝てしまった彼らを襲い惨殺したのだ。村人たちの目当ては彼らの持っていた財宝だった。武者たちは来るべき再起の日に備えて、この村のどこかに財宝を隠したのだ。村の者たちは、武者たちを殺害したあと、血眼になってその財宝を捜した。だが、財宝は、最後まで見つからなかったという。その後、村には天変地異が相次いだ。村人たちは落ち武者の祟《たた》りと恐れ、ここにこうして六つの墓を建て彼らの魂を鎮めようとしたのだ。しかし、武者たちの恨みはそうたやすく晴れるものではない。今でも、彼らが殺された一月十一日になると、武者たちが蘇《よみがえ》り、村人の魂を奪っていくのだと伝えられている」

そこまで語ると、松乃上はホラ貝をボォーッと鳴らし、叫んだ。

「恐れいっ、落ち武者の恨みを!!」

松乃上の迫力に気おされて奈緒子と上田は、転がるように水上荘に戻ってきた。すると、今度は前方から、最初に村に着いたときに出会った老婆が歌いながら、不気味な笑顔でこちらにやって来る。

一羽の雀が言うことにゃ
戦に負けて逃げてきて
村の在所にたどりつき
死が訪れし時
命おしまいになる
おわらしの戸開き……

気味の悪いトーンの歌だった。

「覚えておくがよい。この歌が聞こえたら合図じゃ。落ち武者が命を奪いに来る」

「ダイラクダカンノ、ヒト？」

アングラな香りに奈緒子はめまいを覚えた。奈緒子と上田は気が付いていなかったが、彼らの上方には、栗栖と藤野が塀の上によじのぼって、同じく謎の歌に聞き耳を立てていた。


夜がやってきた。誰かが死ぬという運命の午前0時に近づいてきていた。夕飯を食べ終え、テレビでも見ようかという奈緒子と上田のもとに、亀岡が顔を出した。亀岡は、実に愛想よく、上田に祟りの謎を解き明かしてほしいと挨拶《あいさつ》する。

「私は、五年前、大切な部下の一人の川島という男を失いました。あの頃、私は落ち武者の呪いなんてまるで信じておりませんでした。だから、私は嫌がる彼を無理矢理ここに泊まらせてしまった」

亀岡は懺悔《ざんげ》するように語った。

「あなたの責任じゃありません。『祟り』なんて『はったり』です。この世に存在しませんよ」

上田は元気づけたが、亀岡は自嘲《じちょう》気味に言った。

「いやあ、先生には笑われるかもしれませんが、私、こう見えて意外と信心深くて。こんなお守りまで始終持ち歩いておりまして」

亀岡が、紐《ひも》のついたキレイな匂い袋のようなものを懐から出して見せた。

「山田里見さんという書道の先生からいただいた物です」

それを聞いて、奈緒子は仰天した。その表情に気づいて、亀岡が「先生を御存じで？」とたずねた。

奈緒子は「いえ」と慌てて否定する。

「いやあ、これがね、美人な上になかなか上品な方で」

亀岡は里見をすっかり信奉している。亀岡は、里見の字が当選を招くというジンクスを信じて、選挙ポスターの字を依頼に行っていたのだ。

「騙《だま》されちゃダメですよ、それ。ああ見えて、夜は寝相は悪いし寝言はひどいし」

奈緒子はつい、内々にしかわからない秘密をべらべらと暴露してしまう。

「ですから御存じで？」

「いいえ、全然」

奈緒子はきっぱりと否定した。


そして、夜は深々と更けていった。

玄関に、旅館にいる者すべて、田島、平蔵、亀岡、鶴山、栗栖、藤野、奈緒子、上田が勢ぞろいしている。皆固唾《かたず》を飲んで、0時が来るのを待ち受けていた。田島が、重々しく口を開いた。

「まもなく一月十一日午前0時が参ります。例年ですと、それから二十四時間以内にこの中のどなたかが亡くなることになる。皆様、十分にお気をつけてください」

玄関脇の古時計が午前0時を告げた。それぞれの部屋へ皆が戻ろうとしたとき、どこからともなく老婆の歌と同じあやしげなメロディーが流れてきた。

「携帯電話の着メロ？」

鶴山の声に藤野が自分のバッグをチェックし、「私のじゃありません」と報告し、「先生？」と声をかける。それを受けて栗栖が不安げに携帯を見ると着信ランプが点《つ》いている。「もしもし」とおそるおそる出ると、電話は切れていた。

「どうして？　私、こんな着メロ使っておりませんわ。私のは太川陽介の『ルイルイ』」

「言ったはずじゃ。落ち武者が迎えに来る合図じゃ」

いつの間にか玄関に老婆と松乃上が立っていて、けたたましく笑いはじめた。

田島と平蔵は慌てて二人を止めに出たのだが、皆の顔には恐怖の色は一層濃くなった。

栗栖が狙われていると心配した上田は、奈緒子を伴って栗栖の部屋の前で見張ることにした。上田は自信満々に、朝まで自分と奈緒子が見張っていると栗栖に伝える。「私も」と言う藤野の肩を抱き、「私にはこれがある。離れていてもあなたとはいつも一緒だ」ともらったコインを差し出したが、なんと四枚しかない。気付いたのは奈緒子だった。上田はあせりを隠して、栗栖を部屋に押し込んだ。

鎌や鍬《くわ》など、武器として使用できるものを携えて、栗栖の部屋の前に張り込みながら、上田はコインが足りないことを気に病んでいた。奈緒子は、機嫌悪そうに上田に言う。

「離れていてもあなたとはいつも一緒だ……下心見え見えですよね」

「下心なんてないよ」

上田は反論したが、「顔にウソと書いてある」という奈緒子の言葉に、栗栖の言葉を思い出して大慌て、鏡に顔を映して確認する。しかし、今度は額には何も書かれていなかった。

「何もないぞ」

「当たり前じゃないですか。今まで信じていたんですか。ねえ、上田さん。顔にウソと書いてあるって言われる前に、栗栖さんに掌《てのひら》を触れられませんでした？　ウソという文字はあらかじめ栗栖さんの親指にインクで書かれていたんです」

奈緒子に言われて、上田は栗栖との会話を思い出した。確かに彼女は、上田の手を握り、そのあと自分の額に掌を当てて、上田がおでこに手を当てる行為を促していた。

それは、あらかじめ手に書いてあった文字を押しつけるためだったのだ。そういえば、「ウソ」は反対文字になっていたことに、今さらながら気づく。

「ふん、そんなことだろうと思った」

上田は負け惜しみを言った。


時は刻一刻と過ぎていき、奈緒子は眠ってしまった。「カルビ、ナムル」など、およそ女性らしくない寝言を言いながら、廊下にひっくりかえっている寝相の悪い奈緒子を上田は苦々しく見た。そのうち、藤野が「心配で眠れなくて」とやってきた。

ピンクのニットのショールを頭からかぶった藤野は、可憐《かれん》だった。藤野が栗栖の部屋に声をかけたが、返事がない。大方ぐっすり寝ているのだろうという上田の意見を藤野は否定した。

「先生はいつも眠りが浅くてすぐ目が覚めてしまうんです」

どんなに声をかけても中からは物音がない。上田は平蔵に鍵《かぎ》を持ってきてもらい、大急ぎで開けてみることにした。奈緒子も目を覚まし、亀岡も鶴山も集まってきた。

部屋に入ると、栗栖は布団からはみ出すようにしてこと切れていた。外傷は特になかった。藤野は死体にすがって泣きじゃくっている。

「先生、すみません。こんなことになるなんて……」

「祟りじゃよ。落ち武者の祟りじゃ」

松乃上が言う。

亀岡が上田に「何かからくりがあるはずでしょう」と問いただしたが、上田にもこの殺人事件のからくりは皆目わからなかった。なぜなら、ずっと自分が部屋の前で見張っていたのだから。誰も侵入した者はいなかったのだ。

一同は、広間に集まった。平蔵が、連絡をしたので警察がまもなく来るだろう、と報告をしたが、残された者たちの不安は解消できない。田島が「亡くなった栗栖さんには申し訳ないが、今年はこれでもう何も起こらない」と一同を元気づけようとしたとき、再びあの歌の着メロが鳴った。今度は藤野の携帯が点滅している。

「終わってはおらん。まだまだ人が死ぬ。お前たちのせいじゃ。余計な詮索《せんさく》をして、落ち武者様の祟りをかったのじゃ」

が、梅竹が指さしたのは、上田だった。一同は恐怖で顔がひきつっている。

「では、こうしたらどうでしょう。朝まで、後二時間ほどです。全員でひとつのところに集まって、藤野さんを見張っているんです。もし落ち武者が現れたら、みんなで撃退すればいい」

上田の提案で、一同は囲炉裏の間に集まった。藤野は禎子の死体の側を離れようとしなかった。時計は午前四時を回っている。田島が「死体を燃やそうか」などと言いだし皆にとがめられた。することもない一同は、こんな夜にカラオケで歌うならという題目で、『あ死体があるさ』『死んでイスタンブール』『大成仏マイフレンド』『骨まで愛して』『喪中お見舞い申し上げます』など替えタイトルを挙げたりしたのち、平蔵のアイデアでおしりとりをはじめた。

「お陀仏《だぶつ》」「ついの別れ」「レクイエム」「無理心中」「幽体離脱」……と、ある意味不謹慎な言葉遊びに興じていたとき、藤野が急に立ち上がった。奥の壁に向かって何かをみつけたように指さす藤野の姿を、皆の視線が追う。見れば、藤野の顔が恐怖の表情に変わっていく。まもなく、藤野はノドをかきむしるように苦しみはじめ、そのまま床に頽れた。藤野の唇が「水」とつぶやこうとしているのを亀岡が察知して、水を飲ませたが、藤野の苦しみは治まることなく、やがて、栗栖の死に顔の横にフラフラと倒れ込み、そのまま息絶えたのだった。

2

夜が明けた。

一晩に二人もの死者を出した水上荘の前では、朝方から大勢の警官がやじうまに囲まれていた。さらに一台の車が門の前に着いた。矢部刑事と部下の石原が東京からやってきたのだ。車を石原に止めさせると矢部は勢いよく外へ出て、いきなり車の上に乗りポーズをつけるというハデな登場のパフォーマンスをブチかましたが、あくまでも自己満足に過ぎなかった。地元の警官がそんなパフォーマンスには目もとめず、ビジネスライクに矢部のもとに駆け寄り、一礼して報告する。

「東京から遠路はるばるご苦労さまです。亡くなったのは、推理作家の栗栖禎子さんとそのアシスタント藤野景子さんの二名、村の担当医に、今、死因を調べさせているところです」

警官はチリチリ頭をしていた。よく見ると、その場に集まっている村人はみな一様にチリチリした頭髪だった。

「一晩のうちに二人もか……」

矢部が刑事らしくシリアスに決めてみせ、奈緒子と上田のもとへと歩き出した。と、思ったら、そうでなく「これはこれは先生」と満面に作り笑いを浮かべ、二人を通り越して、後ろにいた亀岡に駆け寄るのだった。

「お久しぶりです。その節はお世話になりました」

続いて、金髪オールバックのちょっと濃い顔をした石原が矢部のあとを軽やかに追って、これまた調子よく挨拶する。

「私、部下の石原です」

亀岡は、シークレットシューズの台の上に乗っているので、かろうじて矢部と目線が一緒になっていた。

「どうもどうも」

と、亀岡は相変わらず愛想がいい。実のところ亀岡は、この目をギョロつかせ、声のでかいオーバーアクションの、おばちゃんパーマのような奇妙な髪型をした刑事がどこの誰なのかをまったく思い出せないでいた。そのことについては、ついこの間山田里見に指摘されていたのだ。政治家として、致命的ともいえる欠点だ。

「こんな形でまたお会いすることになるとは」

矢部は、五年前の水上荘の死亡事故を担当していたのだ。過去の事故について曖昧《あいまい》な記録しか残っていないのは矢部の怠慢だが、そんなことはなかったように、矢部は強気な言葉を吐く。

「しかし、私が来たからにはもう事件は解決したも同然です。すべて私にお任せください。本当はすぐに飛んでこようと思ったんですが、私もいろいろと事件を抱えておりまして」

矢部は調子のいいことをふいている。

「では、さっそく捜査のほうに取りかかります」

矢部はやる気満々でさきほど報告を伝えに来た警官に「現場は？」と問うた。

「こっちズラ」

「なんだと！」

ズラとは、矢部にとって禁句である。不自然な膨らみを持つ矢部の髪が鬘《かつら》であろうことは誰もが一見してわかるのだが、本人だけは気づかれていないつもりでいる。もっとも、警官は語尾がなまっていただけであり、矢部の憤慨ぶりの意味が、純朴な警官には皆目わからず、ただただ困惑するばかりだった。

矢部は石原を伴って、禎子が最期の時を迎えた部屋に入った。布団は事故のときのままに残されており、禎子の倒れていたあとがロープで形取られていた。村の医師・後藤《ごとう》が矢部に説明する。後藤もこの村の出であり、やはりチリチリ頭をしていた。彼は小柄で、おばあさんなのかおじいさんなのか一瞬判別しにくい風貌をしていたが、どうやら男のようだった。

「栗栖禎子さんはただの心臓麻痺ですね。他に外傷はありません」

それを聞いて、「なんや。来ることなかったな」と矢部は落胆したが、後藤のその後の言葉を聞いて表情が引き締まった。

「ただ、もう一人の藤野景子さんのほうには、毒物を飲まされた痕跡《こんせき》があります。こちらは明白な殺人事件です」

矢部が後藤のほうを見ると、深刻な事実を言いながら、彼は死体の位置を表すロープで象を形作っていた。

「象ができたぞう～」

その姿は無邪気な子供のようにも見えた。

水上荘に滞在する全員が囲炉裏の間に集められていた。矢部が中心になって、藤野が死んだときの現場検証をしていた。

「それで、全員で藤野景子さんを囲んで見張っていたら、突然、彼女が何かを見て怯《おび》えはじめた？」

矢部が聞くと、田島が答える。

「はい。なにかこう、この辺の一点を指さして……」

田島が指した壁には、さして重要そうではないものが飾ってあった。ロブスターの飾り、国定公園大山のペナント、なめ猫のステッカー、チャダというあやしいインド人歌手のなつメロ『面影の女』のジャケットなどが曖昧《あいまい》に貼ってある。

「何か勘違《かんちが》いがあってここに何かあったのか？」

矢部は不審な顔をして聞いた。

「いえ、何も……」

「そして、それから、胸をかきむしるようにして倒れた」

矢部はひとしきり事件の流れを復習すると、おもむろに上田に話しかけた。

「上田先生。さっきから後ろに隠れておられますが、先生はどうお考えですか？　やっぱり落ち武者の祟りだと？」

そのあと、「それともチャダ？」と付け加えた。

「いや、まあ、可能性はいろいろありますね」

上田は曖昧な返事しかできなかった。

「よし、とりあえず全員、外に出てください。ここはこのままに。我々の手で部屋に何か仕掛けがないか調べます。特にチャダ！」

矢部のアンテナに、チャダの存在が大いに引っかかったと見えて、しきりにチャダを連呼する。ともかく一同は囲炉裏の間をぞろぞろ出ていった。しかし、奈緒子はうしろがみひかれる気持ちがして立ち止まった。何か、ゆうべと変わってるような気がするが、残念ながらそれが何なのかははっきりわからなかった。

奈緒子は再び、上田と共に栗栖の部屋を訪れた。禎子が死んだときのようすを再現しようと実際に布団の上に体を倒してみる。

「栗栖さん、布団から出て、こうやって倒れてました。栗栖さん、何かを見たんじゃないでしょうか。何かを見て、そこから逃げようとして……」

「見たって、落ち武者か？ それともチャダか？」

上田も矢部と同じく、あの壁に飾ってあったジャケットの中であやしく微笑むターバンの男・チャダの笑顔が脳裏に焼き付いて離れないのだった。

「……部屋は俺たちがずっと見張っていた。誰にも出入りはできなかったはずだ」

上田の声を聞いてか聞かずか、奈緒子は死体の位置用のロープでウマをかたどって、嬉《うれ》しそうに上田に披露した。

「午《うま》！ 干支《えと》だし」

ロープには人の絵心をくすぐる何かがあるらしい。

捜査は早朝からはじまっていたが、ひとしきり現場検証が終わると、朝食の時間はいつもより過ぎてしまっていた。腰の低い平蔵が慌てて朝食券を配っていた。

「お遅くおなりまして大変申し訳ございません。ご朝食のほうはまもなくご準備が整います。

囲炉裏の間がお使いになれませんので、広間のほうへお越しください」

珍しく鶴山が、亀岡と離れて一人でいた。鶴山はこの場にいない亀岡の分も代わって受け取った。「さようでございますか。ではおもーいちまい」と平蔵はチケットを渡した。

捜査中の矢部と石原のもとへも平蔵はチケットを配っていく。その目にある丁寧さに、石原は「いまどき、あやしいくらい丁寧な人ですね」とつぶやいた。

平蔵は念のため、亀岡の部屋にも電話をしておいた。

「はい、お食事のほうはいつもとお場所が変わりまして。それからお食事券……」

丁寧すぎてすぎることはないと考える平蔵なのであった。

朝食前、上田と奈緒子が縁側に出ると、平蔵が包丁を研いでいた。中庭では矢部と石原が亀岡と楽しそうにはしゃいでいる。なぜ、矢部と亀岡が知り合いなのかと疑問に思う奈緒子たちに、平蔵がそのいきさつを話しはじめた。

「矢部刑事様には、お五年前のお事件のときもお世話になりまして」

「お五年前っていうと、あの川島さんという人が崖から落ちた……」

「はい。思えばあれが、おん落ち武者のお怒りをかったはじめでございました。五年前、この村に観光開発の話が持ち上がったのでございます。県会議員の亀岡先生と、秘書の鶴山様、それから、当時、もう一人の秘書だった川島様が中心となって、おレジャーランドを造ろうという御計画を立ち上げたんです。しかし、ひとつ、問題がありました。あのお六《むつ》のお墓です。おレジャーランド建設のためには、お墓をどかさなくてはなりません。村人の方々は、そんなことをすれば、どんな災いが起こるかわからないとご反対されました。亀岡様たちのご熱心な御説得で、御計画はあと一歩のところまでいきました。しかし、そんな時、川島様があの崖からおみ足を滑らせお亡くなりになったでやす。ちょうど一月十一日。しかもご遺体は見つからず、誰もがおっかながりやした。お計画は、結局中止になったのでございます」

包丁研ぎを終えた平蔵は、朝食の準備のためにいそいそと厨房《ちゅうぼう》に戻った。ふと、流しの上の棚に紙が貼ってあるのに気が付き、手にとって読んでみる。

「余計なことをするな。秘密を漏らしたら、次の犠牲者はお前だ！　落ち武者より」

平蔵はゾッとした。同時に、背後に気配を感じて振り返ると、厨房の入り口に黒い鎧《よろい》を着た落ち武者が立っていた。怯《おび》える平蔵の側に落ち武者はどすどすと近寄ってくる。落ち武者は手を振り上げて目前に迫ってきた。

「助けてください！　助けて！」

平蔵は一目散に逃げ出した。

その頃、広間では奈緒子たちが朝食を待っていた。

「どうなってるんだ。飯だっていうから来てみれば」

亀岡が憤慨している。すると、田島が眉間《みけん》に不安そうな皺《しわ》を寄せて入ってきた。

「どなたか、うちの番頭を見ませんでしたでしょうか。どこにもいないんです」

昨日の今日である。一同は心配になって、朝食のことはとりあえず忘れ、水上荘の中はもとより、庭や旅館の外にまで出て、平蔵を捜すことにした。

水上荘の裏手には校庭のような広場が広がり、その一角に弓道場があった。奈緒子は、そこに足をのばし一帯を見回してみる。なんとなく予感のようなものがして、目をこらすと、的場に平蔵が倒れていた。

皆を呼び、弓道場の体育館に平蔵を運び込んだ。さきほど、禎子と藤野を視た医師・後藤がまたかり出されていた。

「大丈夫。命には別状ありません。頭を殴られ、気を失っただけのようです」

矢部が、仰向けに寝かされた平蔵の体に何かてがかりがないかと、丹念に見ていると、平蔵のズボンのポケットの中の、くしゃくしゃになった紙に気づいた。

『余計なことをするな。秘密を漏らしたら、次の犠牲者はお前だ！　落ち武者より』

その手紙を読んで、矢部は、突如、広場の真ん中へ駆け出し、手を広げて叫んだ。

「犯人は大きなミスを犯しました。これは落ち武者のしわざなんかじゃない！　見てください。このエクスクラメーションマーク。こんな文字は戦国時代には使われていなかった。つまり、これは現代の人間が書いた文章だということです」

勝ち誇った顔で言う矢部に、石原が「さすがはアニイじゃ、のう？　のう？」と、皆に同意を求めた。しかし奈緒子は冷然と言った。

「誰でもわかるだろ」

そんなツッコミを意に介さず、矢部はより声を大きくして言う。

「全員、この旅館から一歩も出てはならない。犯人はこの中にいる」

　その言葉に、奈緒子、上田、石原、政治家、奇妙な村人、旅館関係者という、その場にいた全員（犬も含めて）に、緊張が走った。

「そして、それが誰かは、まもなくわかります。平蔵さんが意識を取り戻したら、彼の知っている秘密とは何なのかを聞き出せばいいんです。おのずと平蔵さんを襲った人間もわかるというわけです。ははははは！」

　矢部は、当たり前のことを威張って言って高らかに笑った。見通しのいい広場に虚しい空気が漂った。

　一同は弓道場の体育館の中に入った。警官たちもやってきて、出入り口の警備についた。亀岡は上田を前にして苦言を呈しはじめた。

「正直言って、先生にはほとほと失望させられました。二人も死者を出したばかりか、平蔵さんまで。『どんと来い、超常現象』が聞いてあきれる。とんだインチキ先生だ」

　上田は返す言葉もなく、大きな体を小さくしてうなだれている。隣に並んで立っている奈緒子のほうが、背が高く見えるような格好になっていた。この瞬間のみ上田よりも背が高いように見えている奈緒子が、見るに見かねたかのように亀岡に話しかけた。

「次の選挙であなたは落選する」

　いきなりの不躾《ぶしつけ》な発言に、亀岡は絶句し、鶴山が後ろからたしなめるが、奈緒子は続ける。

「わかるのです、あなたのことは全部。あなたは国政の器ではない！」

「くだらん、何の根拠があって」

亀岡は頭に血が上っている。

「証拠を見せましょうか」

そう言って、奈緒子はトランプを取り出した。商売道具なので、トランプはいつも身につけている。奈緒子は裏返しにしたトランプを亀岡に差し出して、一枚引くように言った。

「それを私に見えないように、覚えてください。覚えたら、トランプを胸に当てて、そのカードの絵と数字を頭の中で強く念じてください」

怒っていたはずの亀岡だが、奈緒子の瞳《ひとみ》のどこか神秘的な表情に魅入られたように、言うがままにカードを引いてみる。選んだカードはスペードの13だった。

「見えました。あなたの頭の中が」

奈緒子の吸い込まれそうな黒い瞳に亀岡は身がすくんだ。

奈緒子の指示に従い、亀岡は選んだカードをトランプの束の中に戻す。その束を奈緒子は鶴山に向かって差し出した。

「そこのデカイの！　好きなだけ切ってください。選んだカードがどこにいったかわからなくなるように」

言われるままに鶴山はカードを切る。それも念入りに。鶴山から返してもらったトランプに、奈緒子は顔を近づけて、一枚のカードを選んだ。そして、亀岡に差し出した。

「あなたが選んだのは、これですね」

そのカードはスペードの13だった。亀岡は凍り付いた。

「何者だ、お前は」

その質問には答えず、奈緒子はやや唇の端をあげて、その黒い瞳でじっと亀岡を見つめた。

「あなたは落選する」

動揺を露《あらわ》にしながらも、亀岡は「く、くだらん」と言い残して、体育館を逃げるように去っていった。亀岡がいなくなったのを見届けて、奈緒子はニッコリ笑って上田に言った。

「結構、ダメージ受けてますよ、あれ。ちょっとは、すっきりしたでしょ。タネはカンタンなんです。ホラ」

奈緒子は上田にカードを渡す。顔を近づけて見ると、上田にもわかった。

「うひゃひゃひゃひゃ」

奈緒子は楽しそうに笑った。キレイにツブのそろった白い歯がこぼれるようだった。

そこへ、石原が入ってきた。手には女もののバッグを持っている。黒地に白の縁取りがしてあるソレは、藤野のものだった。

「調べてみたら、これが出てきまして」

石原が中から出したのは『どんと来い、超常現象』だった。

「ああ、これは藤野さんにせがまれて僕がサインしたものです」

と上田が言うと、奈緒子が「無理矢理渡してたじゃないですか」と付け加える。さきほど、上田をかばったこととは大きな違いだ。石原は真顔で上田に尋ねる。

「『どんと来い、超常現象』。これを持ってたんで、本当に超常現象が来ちゃったなんてことは

「……」

「あるわけないでしょ、そんなこと」

さすがの上田もあきれて答えた。

「本当に役に立たない本ですね」

奈緒子はけんもほろろに言いながら、サイン本を何の気なしにペラペラとめくると、ふと気になるページを見つけて手を止めた。走り書きがあったのだ。

死が訪れし時
命おしまいになる
おわらしの戸が開き……

あの、おぞましい手まり歌の歌詞だった。

奈緒子は、藤野のバッグの中身を、ザッと近くの机にぶちまけて、ひとつひとつ見ていく。その中で、テープレコーダーに気が付いた。

「藤野さん、どうしてこんなもの持ってきたんでしょうか」

「そりゃ旅先で音楽くらい聞くだろう」

しかし、奈緒子がひっかかったのは、バッグの中にはテープレコーダーだけあり、テープが一本も見あたらないことだった。

松乃上は昨晩から、ずっと水上荘に居座っていた。体育館にも顔を出したところを、奈緒子が捕まえ、話を聞きはじめた。

「言い伝えによれば、あの手まり歌は殺された落ち武者が残したものだと言われている。豊臣に敗れ逃げのびてきた彼らを、最初、村人たちは、味方のふりして、森の中に匿ったんじゃ。手まり歌は、落ち武者の一人が、村の女の子に教えたものだ。その後、落ち武者は、村人たちに裏切られ殺された。そして、手まり歌だけが残ったのだ」

松乃上の話を聞いて、奈緒子と上田は改めて手まり歌の歌詞をかみしめてみた。

「こんなものに意味があるとは思えないけどね」

上田は言ったが、奈緒子が手まり歌の歌詞が妙であることに気が付いた。

「死が訪れし時、命おしまいになる……。意味が二重になってますよ。死が訪れた時、命がおしまいになるのは、当たり前じゃないですか。馬から落ちた時、彼は落馬したっていうのと一緒ですよ」

「北に向かって北上する。前に向かって前進する。朝飯の支度は朝飯前だ。一本でもにんじん。一人でもせんにん……」

上田が調子にのって続ける。そのとき、ふと上田にも閃《ひらめ》きが浮かんだ。

「命おしまいになるというのは、命が終わったってことじゃなくて、命を仕舞ったってことじゃないか」

「お仕舞いになった？」

「そう、丁寧語」

「とすると、命っていうのは」

「……財宝！　落ち武者は、そのありかを歌に残したんだ」

「つまり、この歌は、財宝のありかを示す暗号だってことですか？　とすると、栗栖さんと藤野さんもそれを探して……」

奈緒子は、上田から本をものすごい勢いで奪い取り、おりの中の熊のようにウロウロと歩きながら読んだ。集中している奈緒子のあとを上田がオロオロとついてまわる。

「おわらしの戸が開き……。おわらしの戸？」

そのとき、矢部が吹いたチャルメラのような管楽器の音が、体育館中に響いた。

「みなさん、座敷のほうにお集まりください。平蔵さんが意識を取り戻しました！」

囲炉裏の間に奈緒子と上田が来ると、平蔵が座っていて、周りを一同が囲んでいる。全員がそろったのを見計らった矢部の合図で扉が閉められた。出口の両脇に、警官と石原が門番のように立つ。

「これでもう、どなたもこの場からは逃げ出せません。さあ、平蔵さん。言ってください。あなたが知っている秘密とはなんなのか。あなたを襲わなければならない人間は一体誰なのか」

平蔵はギュッと体を固くして、言いよどむ。

「平蔵さん、勇気を出して。復讐《ふくしゅう》をおそれちゃいけない」

亀岡が元気づけるために言ったが、

「亀岡さん、それじゃ逆に怯えちゃいますよ」と矢部にたしなめられる。

「それが……私、まったく、お心当たりがないんです」

平蔵の言葉は、まったく肩すかしなものだった。

「逆にお聞きしたいんです。私が知っているお秘密とは一体なんなんでしょうか。この中に私を襲った方がおられたら、もっとおはっきり言っていただけるとおありがたいのですが」

脳天気な平蔵の答えに、一同の張りつめた緊張は急激にしぼんでしまった。


とりあえず一同は、囲炉裏の間から解散した。自室に戻る途中の亀岡を、階下から矢部が呼び止めて、平謝りする。石原も、後ろにくっついて共にペコペコしている。

「まことに申し訳ありません。犯人逮捕までにもう少し時間が……」

「いや、私のことでしたら気にせんでください。どうせもうしばらくここにいるつもりですから。協力できることがあったら、何でも言ってください」

亀岡はあくまで紳士的だ。

「そういえば、公安三課の佐々木君、君の上司なんだって。大学時代からの親友だよ。君のことは、彼にもよく言っておくよ」

などと言って、矢部の心証をくすぐっている。すっかり、平身低頭な矢部がきく。

「ところで、先生は、毎年この時期に、こちらの方へ？」

「ああ。五年前の川島君の事故のことが今でも気になってね。落ち武者の祟りだなんてさんざん言われたからね。私が観光開発なんて考えなければ……」

悲痛な面もちで亀岡が言うと、矢部は声をひそめて言った。

「ここだけの話。あれは天罰ですよ。あの川島という男は、先生に隠れて、東京の開発事業者から……賄賂《わいろ》を受け取っていたんです」

矢部は階下から、目をギラつかせ、爬虫類《はちゅうるい》のように体を低くしたまま、はい上がっていく。その形相は、なにやら怪奇じみていて怖いものだった。

「これは確かです。うちも二課の方が内偵を進めていましたから。あとちょっとで真相にたどり着くところだったんですが、川島さんがあんなふうに亡くなってしまって。私のほうも残念でなりません」


奈緒子と上田は炊事場に平蔵を訪ねた。炊事場の作業台には、藤野が死んだときに広間にあったものが並んでいた。警察から検証が一通り終わったため、片づけていいという許可が出たのだ。藤野が息をひきとる直前に、亀岡が飲ませた水の入ったポットと湯飲みが置いてある。

「あの時、何人いましたっけ」

奈緒子が数えてみると、湯呑みが一つ足りない。

上田は、どうしても平蔵が何か隠しているような気がして、聞いてみた。

「本当に心当たりないんですか？　何か心配なことがあって言えないでいるんだったら……」

「いいえ。今さらご心配など。私の命なんて、どうなってもいいものですから。私はしょせん、生きている価値のない人間なのです」

卑屈なことを言う平蔵の真意が、奈緒子にも上田にも計りかねる。

「生きている価値のない人間？　なに言ってるんですか、へいぞうさん」

「ひらぞう、です」

上田は励ましたつもりだったが、名前を間違えていたことを指摘され少々ばつが悪い。気を取り直して聞く。

「ひらぞうさん、何か隠してますね」

遂に平蔵は心に深くしまっていた記憶を、語る決心をした。そして、深く息を吸うと、遠くを見つめるように語り出した。

「私、こう見えて、若いときは、とても傲慢で自分勝手な人間だった。俺のうちは、元々はこの田島家と並ぶこの村の分限者《ぶげんしゃ》だった。山の向こうの土地はみな俺たち平山家の物だった。だが、父の代になり、よせばいいのに慣れない事業に手を出してあっという間に全財産を失った」

ダンッ！　言うが早いか、平蔵は手にしていた包丁で、目の前に置いてあった大根を切った。これまでの腰の低い男の表情から、何か別の人格が宿ったように、平蔵の表情が豹変《ひょうへん》する。瞳がギラギラと野性味を帯びている。奈緒子と上田は、一瞬身の危険を感じて身構えたが、平蔵はそのまま話を続けた。

「途方にくれている所を、俺は、当時この旅館の主人であった田島要吉《たじまようきち》に雇ってもらったんです。要吉は、今の田島の遠縁の親戚《しんせき》にあたる方です。要吉は、俺を他の従業員と分け隔てなく扱うと言い、布団のあげおろし、風呂《ふろ》の掃除、食事の支度、何でもやらせました。また、ふんぞりかえった俺の態度も改めるよう、強く言いました。最初は、つらい毎日でした。でも、お客の喜ぶ顔を見ているうちに、いつの間にか、それが喜びに変わっていったのです。傲慢だった自分を反省しました」

奈緒子と上田は平蔵の意外な過去に、驚きを隠せなかった。

「こう見えても、昔はウエスタンをきどってたんですよ」

平蔵は照れたように笑うと、淡い恋の思い出を語りはじめた。

「要吉には、美佐子という美しい娘さんがいた。俺たちは、いつしかお互い惹《ひ》かれあうようになっていった。でも、勘違いするな。俺たちの間に、肉体関係などいっさいなかった」

美しい、という言葉と、肉体関係がいっさいない、という言葉に力を込める様子から、よほど純粋な恋愛だったことが奈緒子と上田にもわかった。

「そんな時、美佐子に結婚話が持ち上がった。相手は、隣村の有力者の息子だ。嫁ぐ前の日、俺は美佐子から密かに一通の手紙をわたされた。そこには、一緒に駆け落ちして欲しいと書かれてあった。村の入り口の石の前で俺を待つと」

「それで、平蔵さん、そこに行ったんですか？」

奈緒子が聞くと、平蔵は哀しそうに首を横に振った。

「どうして……」上田が聞くと、平蔵は「身分が違いすぎる」と力なく答えた。

「私がどうして彼女を幸せにできたろうか。今さら、会う勇気などなかったのです」

平蔵は、さらに続けた。

「要吉のもとには、美佐子からの書き置きが残されていた。『好きな人と家を出ます』という文面を見た要吉の怒りはすさまじく、村のやつを総動員して美佐子を捜した。しかし、美佐子はとうとう見つからなかった。約束の場所にもいなかったのだ。要吉は、美佐子が愛した相手が誰かを突き止めようとした。誰も、それが俺だとは思わなかったのだ。要吉に心当たりを聞かれても、俺はしらをきった。そして、そのままこのお旅館で働き続けたのです。私は、卑怯《ひきょう》な人間です」

平蔵は肩をふるわせ、涙ながらに懺悔《ざんげ》した。美佐子はその後も消息不明のままだと言う。

「でも、どこで暮らそうと、私と駆け落ちするよりははるかにお幸せだったはずです」

平蔵の哀しい恋の物語に奈緒子と上田もやるせない思いでいっぱいだった。

平蔵の秘密を知って、特に落ち武者とは関係ないこともわかったので、奈緒子は再び事件を解く鍵を探しに、禎子の部屋へやってきた。さきほど気になった何かを探そうと、目をこらす。

「この部屋がそんなに気にかかるかな」

背後から声がし、振り向くと、カバのような顔をした松乃上が立っていた。この男は何度見ても人をギョッとさせるオーラを放っている。松乃上は、落ち武者が禎子に襲いかかったのだと言い張る。だが、奈緒子には、そう思えない。自分は寝ていたけれど、あの晩、入り口で上田が見張っていたのだから。すると、松乃上は、部屋に飾ってある屛風を指して言った。

「この部屋には、奇妙な言い伝えがあっての。その絵じゃ。六人の落ち武者が描かれているじゃろう」

そう言われて奈緒子がじっくり見ると、屛風には命からがら逃げてきた落ち武者たちが森の中に潜んでいる様子が描かれている。確かに六人だ。

「夜になると、その中の一人が絵の中から抜け出して歩き回るという話だよ」

「そんなバカな」

「では、泊まってみるか？　今晩、この部屋に」

松乃上は不敵に微笑んだ。

「あんたくらい不届きな考えを持った人間なら、必ず落ち武者は絵から出てお前を襲うぞ」

その夜、奈緒子は言い伝えが迷信であることを証明するために禎子の部屋に泊まることにした。中から鍵をかけ、誰も入ってこられないようにする。

ふりかえって、絵を見る。懐中電灯で、屏風を照らし、絵の中の落ち武者を数える。六人いる。この中から、落ち武者が本当に抜け出してくるのだろうか。そんなバカな……。奈緒子は一瞬の不安を振り切って、灯《あか》りを消し、床についた。その頃、上田は一人、禎子の部屋に行った奈緒子のことを考え、眠れない夜を過ごしていた。

さて、ここで水上荘に着いた時点から、疑問に思っている読者もいらっしゃることだろうから、解説しておこう。奈緒子と上田は、ひとつの部屋に泊まっているのである。といっても、ついたてで部屋を仕切って、寝ているのであるが。これで納得していただけたであろうか。

浅い眠りについていた奈緒子は、ふと何かの気配を感じて目を覚ました。誰かいる？　布団からそっと抜け出し様子を窺おうとしたとき、ズシッ、背後から誰かに抱きつかれたような感覚が奈緒子を襲った。首を絞められているのか、息が苦しい。必死で、体にのしかかってくる荷重を、振りはらい、なんとか起きあがった。傍らに置いてあった懐中電灯を手に取ると屏風の絵に灯りを当て、落ち武者の数を数える。……五人しかいない。

まさか……。自分の目を疑うと、外に面した障子に、武者の影が黒々と映っていた。武者は障子の向こうで刀を振り上げ、奈緒子の部屋に近づいてくる。奈緒子は逃げるどころか、果敢に障子に近づき、思い切り開けてみた。しかし、そこには誰もいなかった。


奈緒子は、この事件を上田に報告に向かったが、上田の返事がない。仕方ない、諦めて一人で落ち武者を追うことにした。玄関にまわったが、誰もいない。囲炉裏の間に来たが、そこにも誰もいない。落ち武者の気配を追うと、囲炉裏の間に続く蔵の前にたどり着いた。奈緒子は、とりあえず皆を招集した。田島や亀岡が起きてやってきた。遅れて、上田が平蔵に支えられやってきた。どこか虚ろな表情をしているが、平静を装っている。落ち武者を見たという奈緒子に、亀岡は半信半疑、寝ぼけていたのではないかと言う始末だ。

「寝ぼけてなんかいませんよ」

「彼女の言うのは確かです。実は、私もさっき部屋の外にあやしい影を見ました」

上田が奈緒子を援護する。

「先生、じゃ、なぜすぐにそれを追いかけなかったんですか?」

と田島が問いつめる。

「上田教授はまた気絶されたのでありますか」

と奈緒子がわざと皆に聞こえるハキハキした口調で、上田の恥を暴露するようなことを言った。上田は立つ瀬がない。まったく奈緒子は、無邪気な悪女である。

田島が鍵をあけ、蔵の扉が開いた。灯りをともして、皆でソロソロと見回すが、誰かいる気配はない。緊張していた気持ちがゆるみそうになったとき、平蔵が叫んだ。何かをみつけたのだ。平蔵が指さした蔵の奥には、掛け軸がかかっており、そこには一人の武者の絵が墨で描かれている。光をかざしてよくよく見ると、その武者の左目から、真っ赤な血がトロリ、一筋流れているのだった。奈緒子も上田も、亀岡も皆、ゾッとした。田島だけは諦めのような苦悶《くもん》の表情を浮かべ、重々しく口を開いた。

「毎年、一月十一日が来ると、この絵の中の武者が血の涙を流すのです」

奈緒子には信じられなかった。

「これ、ただ塗料が溶けて流れているだけですよ。誰かのいたずらです」

「おいたずらではございません。この蔵のお鍵は、ずっと私が保管しておりました。どなたもお入りになることはおできにならなかったはずです」

奈緒子の現実的な判断が無力であることをあざ笑うように、松乃上が「ガハハハハ」とまた大きな笑い声をあげた。

翌朝、奈緒子と上田は禎子の部屋を検証していた。

「アインス、ツヴァイ……」

上田がきどってドイツ語で絵を数えているのが、奈緒子の癇《かん》にさわる。

「ちゃんと六人いる。寝ぼけて夢でも見たんじゃないか」

「違いますよ、ゆうべは確かに五人しかいなかったんです」

上田はじっくり絵を見た。物理学の権威・上田の脳細胞が急速に活動をはじめた。やがて、落ち武者の絵を囲む漆に隙間があることに気づいた。「おうっ！」と唸《うな》ると、人差し指を立て絵を指し、さらには絵の横の押入れへと順に指を指していく。そうして、押入れをガラリと開けると、中に仕舞ってある布団の隙間から、紐《ひも》に結ばれている小さな板きれをひっぱり出した。

「ナゾハ、トベテスケタ！」

呪文《じゅもん》のような言葉を吐くと上田はニヤリと笑った。

「絵を見ていてくれ。トリック、キュー！」

紐をひっぱると、なんと、絵が動いて、一部分がずれる。そうすることによって、一人の落ち武者の絵が隠れてしまうのだ。

「おもしろい。中華街のトリックアート館みたいだ」

奈緒子は興味深く絵を見た。上田は満足げな顔だ。

「これで落ち武者が絵から抜けだしたように見える」

ひとつ謎が解けたが、奈緒子の中でまだひとつ不明な部分が残っていた。

「でも、ゆうべ、確かに部屋に誰かいたような……、後ろからのしかかられるようで……」

昨日の感触を思い出すうちに、奈緒子は気が付いた。秘湯を探して、蔵の中に入って閉じこめられたときの感触と同じだったのだ。

昨日の晩に田島が開けてくれた蔵には誰もいなかったが、あっちの蔵に隠れているかもしれない。さもなければ何かしらヒントが隠されているにちがいないと、奈緒子は上田を連れて再び『背中わらし』の蔵に向かった。上田も、入り口の、おどろおどろしい文字で書かれた張り紙『背中わらしがとりつくぞ』が気になっていた。蔵の中に入り、懐中電灯で探索したが、誰もいる気配がない。奈緒子がおそるおそるすり足で歩いていると、何かが足下に落ちている。拾ってみると持ち主の名前が書いてある手帳だった。

「大沢武雄……、大沢さんって、四年前ここに閉じこめられて心臓麻痺で亡くなった人？」

おそらく、閉じこめられたときに落としたものらしい。ページを繰っていくとなんの変哲もないただの手帳だ。とりあえず丹念に見ていくと、走り書きがしてあるページをみつけた。

死が訪れしとき
命おしまいになる
おわらしの戸が開き

また、あの手まり歌の歌詞だった。

そのとき、上田が奈緒子に「なんか息苦しくないか」と聞いた。そう言われれば、徐々に、喉元《のどもと》が圧迫されるような感覚が体を襲ってきている。上田は何かに気が付いた様子で、丹念に、床の隅を懐中電灯で照らして探りはじめた。すると、床の境目に穴が空いていた。上田は、そこからガスが入り込んでいるのだと判断した。

「背中わらしの正体がわかったぞ」

上田は物理学者の面目躍如といったところで、勇んで解説をはじめた。

「山の窪地《くぼち》には、二酸化炭素や有毒なガスがたまりやすい。通りかかった人は、そのガスを吸っているうちにだんだん体が重くなってくる。まるで、背中に子供をおぶっているような錯覚を覚える。だから山ではこういう妖怪《ようかい》の言い伝えが生まれるんだよ」

「そうかい」

奈緒子は上田が正確そうなことを言ったのが、なんとなく悔しいので、ギャグで相づちを打った。気にせず、上田は続ける。

「しかも君はあの張り紙によってあらかじめ暗示を与えられていた。心のやましい者は背中わらしにとりつかれる」

上田は、奈緒子の背後から手をそっと回して、意地悪く語気を強めて言った。

「やましい心の持ち主である君は……」

「やめんか！」

ムッとして奈緒子は上田の手をはらった。

「じゃあ、あの部屋でも？」

「ああ、誰かが部屋の隙間から、ホースを通して、二酸化炭素かあるいは有毒なガスを注入したんだろう」

「手間のかかることを」

疑問がひとつ解決したところで、二人は慌てて蔵から出て、廊下の窓を開け、息をいっぱい吸いこんだ。

そしてまた、禎子の部屋へ。現場百回というくらいだ、何度も現場を見ることでやがて解明されることがある。蔵から禎子の部屋に向かう廊下を歩きながら、奈緒子は拾った手帳を見ていた。すると奇妙なことに気が付いた。あいうえお順の住所録のページのところどころが破れている。奈緒子は上田に手帳を見せる。

「誰かが途中を破いたんだ。無くなっているのは。い、か、こ、し、ち、つ、ふ、ら、わ」

「いかこしちつふらわ?」

何かの暗号だろうか。

手帳の謎はひとまず保留にして、奈緒子と上田は禎子の部屋の中を再び見てまわった。

「旅館に泊まっている誰かが落ち武者のふりをしていることは間違いない。そいつが平蔵さんを脅し、ゆうべもここに現れた」

「でも、誰かがやってるにしては変なんですよ。障子に映った影がだんだん大きくなって来て、障子を開けたらパッと消えちゃったんです」

奈緒子の疑問に上田は難なく答える。

「バカか、君は。影が大きくなっていったってことは、落ち武者が近づいて来たんじゃなくて遠ざかっていったんだよ」

上田は、襖にむけて懐中電灯を当てる。そして懐中電灯の間に自分の左手を差し出した。

「ここに光源Lがあるとして、これがYOUの見ていた障子。そこに落ち武者Oの影。落ち武者が遠去かるにつれて、影はだんだん大きくなる。だろ? 物理学の常識だ」

なるほど、上田の左手を襖から離せば離すほど影は大きくなる。

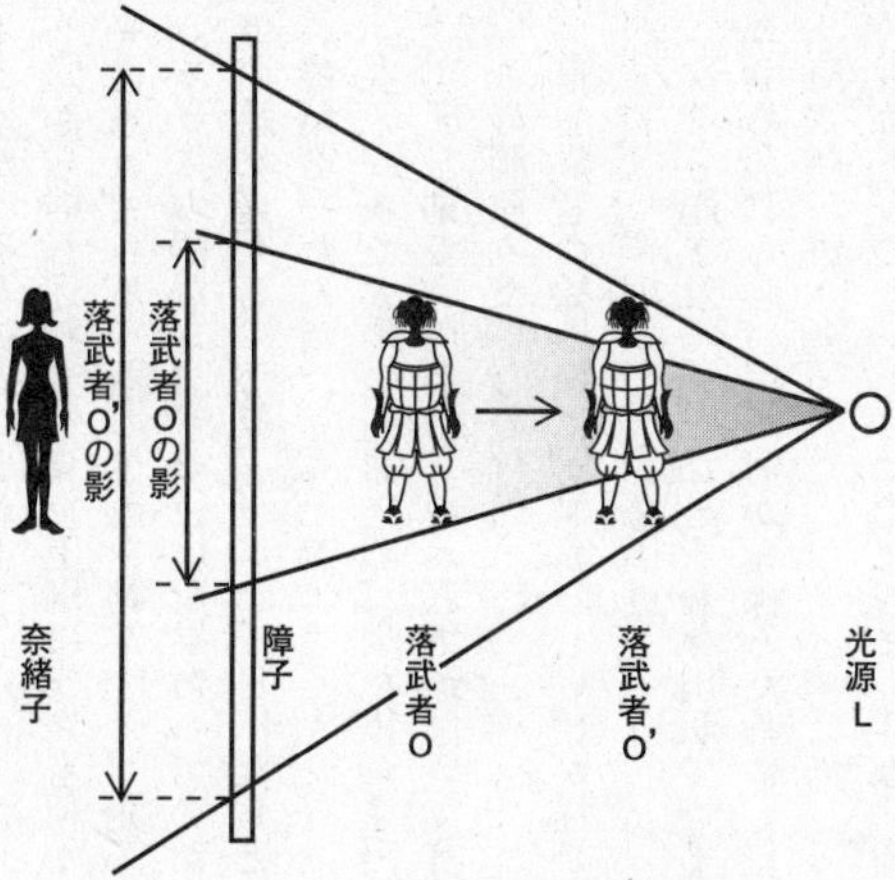

上田は嬉しそうに、灯りを壁に近づけたり離したりしてみせる。続けざまに三度も上田に謎を解明されてしまった奈緒子は相当悔しく思い、また「そうかい」とだけ言った。

「そして君が障子を開けた瞬間に、そいつは光源Lを消して、逃げた」

「なるほど。そして、上田さんの部屋の前を通り、デカイくせに臆病者で何の役にも立たない上田さんを気絶させた後、蔵のほうに逃げた」

負けず嫌いな奈緒子は、今絶好調の上田をなんとかやりこめたくてしょうがない。それでつい憎まれ口をたたくのだった。

囲炉裏の間に続く蔵を、平蔵にもう一度開けてもらい、奈緒子と上田は中に入った。掛け軸の裏をのぞくと、絵の裏に赤い蠟《ろう》が貼りつけてあった。これが血涙のもとだったのだ。しかし、どうやってこの蠟を溶かしているのだろうか。

奈緒子も上田も疑問に思ったとき、蔵の中にサーッと一条の光が射し込んできた。

「壁に穴が空いてるんですよ。ゆうべは夜だから気が付かなかったんです」

「そうか、そういうことか！」

穴から射し込む光を見て上田はまたも何かが閃《ひらめ》いたようだ。傍らにあったガラスの器を取り、光に当ててみる。器の位置を動かすと、光が掛け軸の目の部分に当たった。

「ガラスの器がレンズの役目を果たしていたんだ。入ってきた光は、この器を通って、落ち武者の絵に当たる。毎年、一月十一日になると、ちょうど光がこの角度になるんだ。光の熱で赤い蠟が溶けたんだ」

虫メガネで太陽の光を集め、紙を焦がす実験の応用である。またひとつ謎が解けた。絵をしげしげと見ていた奈緒子がふと気が付いて言った。

「この洞窟《どうくつ》みたいなのは何？」

落ち武者の絵の奥に、洞窟らしい絵が描かれてあった。

次々と隠されていたことを暴き出していく奈緒子と上田のテンションも上がっていく。手まり歌のおわらしの戸が何かを探るために、旅館中の戸を当たってみる。

「戸、戸、戸」

とうとうつきあたりに出てしまい、為《な》す術《すべ》もなく上を見上げると、なんと天井に『終』の文字が書かれている。しかも、天井にノブがついていて、どうやら扉のようだった。

「これでつきあたりか。ということは、これがおわらしの戸？」

「そんなイージーな」

それでも、上田は戸を開けようとする。ノブを右に左に回すが、開かない。それを見かねた奈緒子は、側にあった棒を持って、グイッとドアを突いてみると、戸はたやすく開いた。

「上田さん、勉強ばかりしていると、見えないこともあるんですよ」

ここぞとばかりに奈緒子は勝ち誇った顔で、上田を見た。

上に上がるとそこは屋根裏部屋だった。今はもう使われない道具が置いてある。上がって見ると、正面に落ち武者が立っていた、ギョッとして身構えると、それは鎧《よろい》だった。そこへ、下からひょっこり平蔵が顔を出した。天井についたトリッキーな戸に気が付いた二人に驚きの表情を隠せない。

「ここは長らく使ってないんですよ」

「それは変ですね。見てください。衣裳《いしょう》にだけ埃《ほこり》がついていない。最近、誰かがこれを動かしたってことですよ」

上田が平蔵の言葉を否定した。続けて奈緒子が言う。

「犯人は、これを着て、平蔵さんや藤野さんを脅かしたんですよ」

奈緒子は、物珍しげに屋根裏部屋をグルリと見回して、古い銃がかかっているのを見つけ手に取って、平蔵に聞いた。

「これ、本物ですか？」

「お気をつけくださいませ。それは実際にお戦国時代に使われた物でございます。落ち武者が持って来られた由緒正しきお銃でございます」

時代劇好きな奈緒子だ、戦国時代の本物の銃が気になってならない。筒先をのぞいたり、しきりにいじくりまわしている。

「そのお銃には、ゴジッダンが残っておりまして」

平蔵は、ちょっと心配そうに奈緒子に語りかける。

「どんな後日談?」

奈緒子は銃をいじる手を止めようとせずに聞き返した。

「あの、ですから、ゴジッダンが」

平蔵の言葉をサラリと聞き流す奈緒子の指が銃の引き金にかかった。

上田と平蔵がとっさに身を引く。

ズダ――――ンッ。耳をつんざく音がして、実弾が窓を破り、真っ直ぐ遠くへ飛んでいった。

「実弾ズラ!」

実弾は水上荘からはるか遠くを歩いている矢部の頭部をかすめ、その衝撃で矢部のかぶっているズラがとんだ。

奈緒子は腰が抜けそうなほど驚いた。

「ですから、御実弾《ごじつだん》が……」

「ゴジッダン……後日談じゃなくて御実弾? そんなややこしい」

「申し訳ありません。私のお言葉が足りないばかりに」

平蔵は謝るが、上田は制して言う。

「いいえ。悪いのはこいつです。いつかこういう間違いが起きると思いました」

　人を殺していたら、と思うと笑いごとではない。奈緒子もちょっときまずい気持ちだったが、実弾に御をつけるからいけないのだ、と開き直り、むしろ平蔵を責めるような気持ちになったとき、ハッと閃いた。

「おわらしの戸……っていうのも、丁寧語なんじゃないでしょうか？　わらしの戸におをつけた」

　奈緒子は上田と平蔵に同意を求めた。けれど、平蔵はわらしの戸なんてものはこの旅館にはないと言う。奈緒子は、考えをめぐらせ、ひとつの仮説を思いついた。背中わらしに近い言葉、先日上田と行った崖《がけ》に『わらしが渕《ふち》』という立て看板があったことを思いだしたのだ。

　さっそく奈緒子と上田は、わらしが渕へ向かった。平蔵も『おコーディネーター』としていそいそと同行している。

「子供の頃から、この辺は背中わらしが出るから近づくなと言われておりました」

　崖に立ててあった「わらしが渕、危険」の立て札を越え、崖下へ下りる。そこは木々が鬱蒼《うっそう》としていて、昼なお暗く、足下も悪い。気のせいか、何か息苦しい感じもする。平蔵が、なおも分け入ろうとする二人を心配している。

「確かにここは窪地になっていて、二酸化炭素がたまりやすい。背中わらしの伝説が生まれてもおかしくない」

　と上田がもっともらしくうなずいた。奈緒子が戸がないか、目をこらして森の中を探すと、前方に木に覆われた洞窟が口をポッカリと開けていた。

「絵と同じですよ！」

蔵の中にあった掛け軸の武者絵の後ろに描かれていた洞窟にそっくりだった。奈緒子と上田は、躊躇《ちゅうちょ》することなく洞窟に向かう。そのあとを平蔵がビクビクしながら追った。

上田は平蔵に洞窟の中がどうなっているのかきいてみた。

「いいえ。あの立て札を越えるなど、私、生まれて初めてのお大冒険でございます」

平蔵はまったくあてにならないのだった。

「財宝の隠し場所として最適ですね」

うっかり財宝という言葉を口に出してしまった奈緒子の言葉を平蔵が聞いてしまった。慌てて、奈緒子は、無理矢理平蔵を帰した。

二人は、懐中電灯を持ち、足下に注意を払い、敢然と洞窟の中に入っていく。中は意外と広く深い。前に奈緒子、その後ろを上田が縦列になって進む。ソロリソロリと前進していた奈緒子は、ふと足下の感触が不安定になった。「うわ！」と声をあげると窪みに落ちて行った。上田も奈緒子にひっぱられて真っ逆様に下へ転がり落ちて行った。

ドスンと、二人は地面にたたきつけられ、したたかに体をうった。見上げれば、かなり上のほうに光が見える。相当深い穴に落ちてしまったようだ。二人は、あせって外へ助けを求めるが、返事はない。奈緒子は平蔵の名前を叫び、返事がないことに腹を立てる。

「なんで、私たちを置いて帰っちゃうんでしょうね。平蔵さん」

「YOUが無理矢理追い返したんだろ」

「だって財宝が見つかるかもしれないんですよ。あの人がいたら分け前が減っちゃうじゃないですか」

「おまえってやつは……」

清楚でカワイイ外面と、内面のどす黒い気持ちに激しいギャップのある女、それが奈緒子だった。そうこう言っている間にも、二人は息苦しさを覚えていた。

「空気が少なくなっているんだ、まずいぞ」

上田は土の壁をはいあがろうとする。

「上田、あがっていけ！ 悔しかったらそこまであがっていけ！」

奈緒子が根性ドラマのような台詞《せりふ》で応援するが、土が脆《もろ》く、足をかける場もないため、たちまちズルズルと下に落ちてきた。

「この根性なし！」

奈緒子は情け容赦がない。結局、自力脱出は不可能とわかった二人は、平蔵が戻ってくる可能性にかけることにした。

「じっとして少しでも酸素を節約するんだ。しゃべるな、呼吸を止めろ」

上田の提案で二人は呼吸を止めた。観念して地面に腰をおろした二人の間は、微妙に距離が開いていた。

奈緒子は口に手をあて呼吸をこらえながら、穴の奥を手にした懐中電灯で照らしてみた。落ちた地点は相当広く、奥のほうに、何か土が盛り上がったようなものが見えた。

「上田さん、上田さん」

「しゃべるなと言ってるだろ」

「あれ。見てください。宝ですよ！」

必死に奥へ向かった二人だったが、かぶっている土を手で払うと、顔を出したのは白く固い石灰質のもの……。

「しゃれこうべ！」

「し、死体……」

こんな地中深い暗がりで、白骨死体とでくわすなんて、最低のシナリオだが、奈緒子は案外冷静に、この死体は五年前に亡くなった川島なのではないかと考えた。

「ほら、五年前に亡くなって死体が出てきてないっていうから」

しかし、上田には信じられない。

「彼は崖から落ちて、川に流されたっていう話だったじゃないか。だったら、死体がこんなところにあるはずがない」

「だとするなら、事故の話がそもそもウソってことになるんですよ」

「まさか。第一、警察がそんなに簡単にだまされるものか」

「だまされますよ。だってこの事件の担当は、あの矢部ですよ」

白骨死体を前にして、上田は手帳のことを思い出した。奈緒子に手帳を見せてもらう。

「いかこしちつふらわ……」

声に出してみて、合点がいったらしく、ひとしきり笑って言った。

「わかったよ、この意味が。並べ替えると、『わらしかふち、いこつ』。この死体のことだ。つまり、大沢さんはこの死体のことを誰かに言い残そうとしていたんだよ」

「だったら、なんでこんな手間のかかることするんですか。さっさと言えばいいじゃないですか」

「つまりだ、大沢さんは、誰か特別の人間にこの死体を発見してもらいたかったんだよ。暗号を解き明かせる頭のいい人間……」

といって、フーッと深呼吸して、「つまり俺だが」とポーズを決める。

「この状況で解けても遅いだろ」

二人は、呼吸量を減らすためにジッとうずくまった。上田は、亡くなった藤野がくれたモロッコのコインをポケットから出して、ジャラジャラと手の中で転がした。五枚もらったはずが、なぜか四枚になってしまった。

「一枚なくしてしまったからこんな目に……」

上田の口調は暗い。奈緒子が、そのコインを「見せてください」と、上田の手から取った。ギュッと握ったあとで、ふわっと手を開き、「一枚、二枚……」と中のコインを数えながら、開いたままの上田の手のひらに落としていく。

「三枚、四枚、……五枚」

「え？」

四枚しかなかったコインが五枚になっている。

「すみません、一枚私が隠してました」

「なんで？」

「くるくるっ」

「くるくるって、子供か君は!?」

「まあ、いいじゃないですか。私といたおかげでまたモロッコのコインが五枚そろったんだから。私たちきっと助かりますよ」

「くそ、頭が働かない。こんな、こんな俺を誰にも見られたくはなかった」

「いつもと変わってませんけど。でも、本当に運が悪いですよね、私たち。財宝探していて、何で死体なんかみつけなきゃいけないんですか」

「君といるとろくなことがない」

「あのね、そもそも上田さんが無理矢理この村に連れて来たんじゃないですか」

「落ち着け！　しゃべると酸素の無駄使いだ」

そう注意しておきながら、上田は我慢できなくなって深呼吸する。

「なんで！　自分だけ！」

負けずに奈緒子もハァハァと呼吸をする。上田の大きな手が奈緒子の口をふさぐ。

「おい、少しは考えろ」

こんな状況でも、二人はいがみあっていた。しかし、次第に酸素が薄くなってきているのか、奈緒子がうつらうつらしはじめる。

「寝るな。寝ると暗闇虫が来るぞ」と上田は脅して起こす。奈緒子は「この状況で寝るわけない」と弁解し、二人は喧嘩《けんか》することでかろうじて、穴に閉じこめられた不安を払拭《ふっしょく》しているのかもしれなかった。

「電話とかその辺にないんですか」という非常識な奈緒子の質問を受けたとき、上田はなぜ手まり歌の着メロが突然鳴り出したのか、そのからくりに気が付いて、声をあげた。

「こんな経験はないか。携帯が鳴って、自分のだと思って取ったら、実は鳴っていたのはそばにいた別の人間のだったっていう……」

上田の言葉に、奈緒子はきっぱり「ない」と答えた。せっかくの発見だというのに、奈緒子はいともガッカリな反応をみせる。

「そうか。君は携帯電話を持ってないからな」

「さきを続けろ」奈緒子はちょっと悔しげに促した。

「つまりだ、あの着メロは携帯から聞こえた音じゃなくて、実は、すぐ側にいる人間が、テープから流した音だったんだ。あの時は、みんな、落ち武者の祟りで、いつどこから手まり歌が聞こえてくるか、怯えていた」

「でも、誰が？」

「一人しかいない」

上田は自信ありげに断言した。

「そうか。藤野さん……あのテープレコーダーはそのために……」

「ああ。彼女はバッグの中に隠したテープレコーダーから、手まり歌の着メロを流した。そして、自分の携帯を取り出して、見る。これで、みんな、聞こえてきたのは確かに携帯電話の着メロだと思いこんでしまう。彼女は、鳴っているのが自分の携帯ではないとみんなにそう言うと、次に、栗栖さんに自分の携帯を確かめるようそれとなく促した。当然のごとく、栗栖さんの携帯には見知らぬ者から電話がかかってきている。彼女の電話の着信音は隙を見てあらかじめ切っておいたんだろう」

「でもなんでそんなことを？」

「藤野さんは、栗栖さんをちょっと怖がらせてやろうと思ったんじゃないかな。栗栖さんが死んでるのを見つけた時のこと、覚えているか？『先生、すみません、こんなことになるなんて』と言ったんだ。彼女は栗栖さんからは相当つらい扱いを受けていた。だからちょっとした復讐《ふくしゅう》だよ」

「そうしたら、栗栖さんは本当に死んでしまった」

「ああ、絵から抜けだした落ち武者のせいでな」

「でも、次は藤野さん自身に電話がかかってきたんですよ。そして、彼女も死んでしまった。それに、あの手まり歌のメロディーが入ったテープはどこに消えたんですか？」

「問題はそれだ。そもそも、誰がどうやって彼女に毒を飲ませたかだ」

「どうやったって、防げない。藤野さん、どうしてあんなこと、言ったんでしょうか。落ち武者が絶対に来るってわかっていた？」

上田は真剣に考えている。

「もしかしたら、藤野さんが苦しみだしたのは、ただのお芝居だったんじゃないでしょうか。藤野さんのいたずらを知った人間が、彼女を脅して苦しむ芝居をさせたんです。毒物は、その後、藤野さんが水を飲んだ湯飲みの中に入っていた……。事件のあと、犯人は毒の入った湯飲みだけをこっそり持ち出した。なぜなら、事件のあと、湯飲みが一個なくなっていたんです」

「ということは、藤野さんに水を飲ませた人間が犯人……」

つまり犯人は……と奈緒子は確信に近づいてきているようだ。

「おーい、大丈夫か」と頭上から声がした。見上げると、田島が心配そうに顔をのぞかせている。

「待ってろ！　今、ロープを下ろすからな」

しゃべり続けた奈緒子と上田は酸素も底をつきそうなところ、すんでのところで助かったのだ。しかし、奈緒子は田島がなぜ自分たちがここにいることを知ったのかが気になった。知っているのは、平蔵しかいないはずなのだ。

「あれほど、口止めしていたのに、口軽すぎですよ、平蔵さん」

平蔵を勝手に帰したり、助かったのに文句を言ったり、奈緒子はかなり身勝手な女だった。

田島が下ろしてくれたロープをつたって二人は上になんとか上がった。田島は、坂になっている洞窟の少し離れた傾斜の上から見ている。側には、平蔵がいない。

「平蔵さんに聞いてここに来たんじゃないんですか」という奈緒子の問いに、田島は曖昧《あいまい》に返事をする。

その大きく切れ長の瞳が不穏に泳いでいるのを、奈緒子はいぶかしく思った。上田が、嬉しそうに藤野を殺した犯人がわかったと言った。

「犯人は、県会議員の亀岡さんです。すぐに警察に連絡を……」

田島はその言葉には驚かず、もっと微妙な表情をした。すると、田島の後ろに亀岡と鶴山がヌッと顔を出した。田島は、おずおずと亀岡たちのほうへ、歩を進めた。

「もしかして、あなたたち、グル?」

亀岡は紳士的に笑顔を作ってはいるが、それはいつもよりもグッと冷たい笑顔だった。鶴山は、奈緒子が間違って発砲した、あの、猟銃を携えている。

「あなたたちの後をつけさせてもらいました。面白いお話ですな。藤野景子を殺したのが、私ですって?」

亀岡は、腑に落ちない怒った顔をして、奈緒子たちのほうへ少し近づいてくる。

「彼女だけじゃない。五年前の事件もお前たちの仕業だろう。穴から川島さんの死体が出てきた。お前たちのやったことは全部、すべて、マルッとお見通しだ!」

奈緒子は射抜くような瞳で亀岡を見て、言い放った。

「まあ、いい。死体が見つかってしまったからには仕方がない。冥土《めいど》のみやげに全部、教えてやろう。五年前、この村に観光開発の話が持ち上がった時、警察は、我々が地元の業者から巨額の賄賂《わいろ》を受け取っているのではないかと疑いはじめた。へたをすると、巨大な汚職事件に発展する。我々は、川島を囮《おとり》にすることを思いついた。すべての罪を彼にきせ、彼を殺害したんだ。事故にみせて、あの崖から彼を突き落としたんだ。死体はみつからなかった。しかし、川島は死に際我々がやったことを暴く証拠を残してあると言っていたんだ」

「川島さんは生きていた。虫の息でここまでたどり着いたんだ。そしてしばらく隠れていようとして、出られなくなったんだ」

「川島さんが残した汚職事件の証拠というのは見つかったのか？」という奈緒子の問いに、亀岡は「いいや」と答えた。

「川島は、手まり歌の謎を解いた人間がそれを発見するように仕組んだと言った。ヒントは血の涙を流す落ち武者の絵。だから、毎年一月十一日がくると財宝を見つけようといろいろな人間たちがこの村にやってくる。そのたびに私たちは怯えなければならなかった。そうやって私たちを苦しめることが川島の本当の復讐の目的だったんだ」

亀岡の小さな顔にかかった大きなメガネの奥に、苦渋の表情がみてとれる。そして、自分たちが手がかりをみつけそうになった人間達を殺害したという事実を明かした。

「四年前、納戸で死んだ大沢がそれだ。それに今年はあの推理作家たちが……。栗栖禎子は、手まり歌の秘密を探っていた」

そこまで聞いたものの、上田にはまだ疑問が残っていた。

「でも、病気で死んだ人たちは？　ちょうど都合よくその日に病気になるなんて」

「逆だよ。病気の人間を、その日、旅館に泊まるよう手配したんだ。こういう場所で人生の最期を看取ってあげてはいかがでしょうと家族に勧めてな。今回、上田さんに来ていただいたのは、落ち武者の呪いを目の前で確認していただくためだった。先生ほどのえらい学者が呪いを認めれば、今後、宝探しをしようなんていう馬鹿な人間はいなくなると思ったのだ」

すべての事実が明らかになり、洞窟の中の緊張状態が最高潮に達したときだった。

「お話中申し訳ございません」

平蔵の声がした。

「お戻りが遅いので、どうしたのか、と」

タイミングがまったく悪い男だ。しかも、この深刻な空気が読めていない。キョトンとした表情で、突っ立っている。その平蔵を亀岡がキッとにらんで、吐き捨てるように言った。

「お前も悪よのう、平蔵。お前に比べたら、私など天使みたいな悪党だ」

平蔵は、相変わらずキョトンとしている。大きな丸い目をますます大きく見開いている。亀岡は、そんな平蔵の態度に怒りだした。

「とぼけるな。今朝、お前は電話で私をゆすろうとしたろう。五年前の汚職事件のことで」

平蔵は、身に覚えのないことにただただ目を丸くするばかりだ。

「おめっそうもない。手前はただ、ご朝食のおチケットのことで確認のお電話をしただけです。おチケットは、鶴山様がお受け取りになられて……」

「ウソを言え！」

亀岡が顔を真っ赤にしてどなる。その話を聞いていた奈緒子が、何かに気づいて言った。

「あの、平蔵さん。電話で言った通り、もう一度正確に言ってみてもらえませんか？」

平蔵は、わけもわからず、思い出して言葉を紡ぐ。

「私はただ、『オショクジケン（お食事券）のことは存じております。お連れの方がオトリ（お取り）になられたのですね』と」

一同は、その言葉使いを聞いて、真実をマルッと理解した。亀岡は、お食事券と汚職事件、お取りと囮を聞き間違えていたのだ。

「あぁ、そんな、ややこしいィ……」

亀岡は、さきほどの冷徹な顔つきからうって変わって、なんとも弱い表情をした。

一件落着、奈緒子と上田は亀岡を警察に連行しようとした。そのとき、鶴山が持っていた猟銃を奈緒子たちに向けた。

「ご実弾はね、もうひとつ残っているんですよ。下へ降りろ！」

発達した顎《あご》を動かし、肉食獣のような立派な歯並びを見せて、ニヤリと笑う鶴山からはうっすらと狂気を感じる。奈緒子達はまた穴の中に突き落とされた。

「あんたたちには消えてもらうよ。川島の死体と一緒にね」

そんな緊迫感をそぐように、奈緒子が留めた。

「あの、ちょっとよろしいですか？　全部告白していただいたあとで申し上げにくいんですが、これ、川島さんの死体じゃないと思いますけど」

ビックリして、もう一度、白骨が埋まっている部分を見る。上田が、中から見えている白い布らしきものをそっと掘り起こすと、それは女物のブラウスらしかった。

「馬鹿な。川島の死体だと思って全部しゃべったのに」

亀岡は血の気が失せた顔になり、奈緒子に向かって「お前が全部お見通しだなんて言うからだ」と責め立てる。挙げ句に「今の話はなかったことに」なんてことを言いだす始末だった。

この死体は誰なんだ？　その場にいる全員が同じ疑問を抱き、いっせいに死体を見る。すると、上田が死体の側に封筒のようなものが落ちていることに気づいた。手にとって見ると、中には何か手紙らしきものが入っている。それは、平蔵と恋仲だった美佐子からの手紙だった。

「平蔵さん、これは美佐子さんですよ。美佐子さんは、二十年前、村人たちの目を逃れるためにここに隠れたんです。そして、出られなくなってしまったんだ」

美佐子の手紙を奈緒子が受け取り、声を出して読み出した。


『平蔵さんへ。

どうして来てくださらないのですか。財産とか顔の良し悪しとか、どうしてそんなくだらないことを気になさるのですか。あなたは、丁寧な言葉でいつも周りに垣根《かきね》を作り自分を誤魔化していた。私たちに足りなかったのは、お会いする勇気じゃなくて愛する勇気でしょ。お身体に障りますと言いながら、あなたは指一本、私の体に触ろうとはなさらなかった。私はここで息絶えるでしょう。一度で良いから二人でウエスタンを聴きたかった。そして、あなたの本心と体が知りたかった。抱かれたかった。抱かれたかった……』

奈緒子の読んだ手紙に心打たれて、平蔵は泣き崩れた。

「私の美しい美佐子ォ――ッ」

哀しい純愛物語。奈緒子と上田は、この悲劇の白骨の主がどれほど美しい女性だったのかと、過去に思いを馳《は》せた。けれど、本当の美佐子は、お世辞にも美人とは言えない、むしろ見た人が思わず顔を背けるくらいな顔立ちだったことは、今となっては知る者も少なかったのだ。美佐子と平蔵の物語は、これから後、あくまで美しい伝説として語り継がれていくことであろう。

そこへ、矢部と石原が駆け込んできた。奈緒子は矢部に亀岡を捕まえるように言うが、亀岡は「証拠がどこにあるのか」ととぼける。田島も鶴山も同様に知らん顔だ。挙げ句に、亀岡は、矢部に「今度、あなたの上司の佐々木を誘って、一緒に食事でも」と持ちかけ、丸め込んでしまった。悔しいが、確かな証拠がない。

奈緒子と上田は、意気揚々と去っていく亀岡たちを止める術はなく、地団駄を踏んだ。背後で、平蔵の「美佐子、美佐子」と泣き叫ぶ声が虚しく響いていた。

水上荘に戻った奈緒子と上田は、意気消沈して帰り支度をはじめた。そこへ、平蔵がテープを持ってやってきた。

「証拠がみつかった！」

奈緒子と上田の顔に光が戻った。すぐさま、矢部を呼びつけ、一同を囲炉裏の間に集めてもらう。

亀岡たちは憮然《ぶぜん》とした表情だ。奈緒子はテープレコーダーにテープをセットし、再生ボタンを押した。聴こえてきたのは、今やすっかり聴きなじんだ、手まり歌の着信メロディーだった。

「これは、藤野さんが、いたずらで使ったテープです。その後、犯人は、彼女からこのテープを盗んで、逆に藤野さんを脅すのに使った」

奈緒子は毅然《きぜん》とした表情で、亀岡を見て言った。

「犯人は、あなたですね」

亀岡は、「そんなテープは手も触れたことがない」と言い張るが、奈緒子も上田も揺るぎのない自信に溢《あふ》れた顔をしている。それを見ていた鶴山が、なにごとかを察知してテープをひったくり、観念したように言った。

「だからこれは不用意に捨てるべきじゃないと言ったんです」

矢部が鶴山からテープを取った。そっと顔を近づけ、匂いをかぐような仕草をした。そして、いつになく真剣な表情で亀岡に言った。

「亀岡さん、これじゃいくら私でもかばいきれません」

亀岡には、皆の真意がまったくわからない。奈緒子が説明をはじめた。

「覚えてますか。あなたが選んだカードを当てた時のこと。匂いですよ。あなたが山田里見さんとやらからもらったお守りの匂いがテープに染みついているんです。あなたは肌身離さずそれを身につけていたからわからなかったでしょうけれど」

思いがけないことを言われ、仰天した亀岡は、震える手でポケットを探り、お守りを出す。ブルーの紐のついた、茶色の組み紐細工のような小さなお守り。ポスターの字を書いてもらいに山田里見を訪ねたとき、彼女がこのお守りを渡してこう言ったのだ。

「中に、特別に調合されたお香が入っています。この匂いが様々な悪からあなたを守ってくれます。今は何も匂わないかもしれませんが、ご心配いりません。肌身離さず持つうちに、匂いはだんだんに強くなっていきます」

感動して受け取ったあの日の出来事を思い出して、亀岡は愕然《がくぜん》とした。

「悪から私を守ってくれるって言ってたのに」

「お前がこれ以上の悪事を犯さないよう守ってくれたんだ」

奈緒子がとどめの一言を刺した。すべて終わったと半狂乱になった亀岡は頭を抱え、その場から逃げ去ろうとして、履いていたロンドンスリッパのバランスを失い、ステーンッとこけた。

母・里見が娘・奈緒子を遠くから守ってくれていたのだ。


なんとか事件が解決し、奈緒子と上田は晴れ晴れとした気持ちで、水上荘を出ていこうとしていた。玄関に向かうため、落ち武者の掛け軸がかかっていた蔵の前を通っていくと、平蔵にでくわした。お互いに挨拶を交わす。短い間だったが、さまざまな思い出が去来した。お山田様、極上の部屋、ご往復、ご実弾、美佐子……、平蔵の作った食事は美味《おい》しかったな、と奈緒子は思い返した。ふと見ると、平蔵は掛け軸を抱えている。

「これは処分することにしました。落ち武者の呪いなど、きっぱり忘れることにしました」

平蔵も、過去を捨て、新たな旅立ちを迎えようとしているようだ。なんとはなしに、蔵の中の、掛け軸のあったほうに目をやった奈緒子は、「あれ?」と声をあげた。見ると、掛け軸がなくなって、露になったのは『受領証』と大きく書かれた紙。近寄って、その文字が書かれた紙をめくると、裏には、金壱千万円也、金参千万円也、と高額の領収書がビッシリ貼ってある。もちろん、金の受け取り人は亀岡だ。これこそが、五年前に川島が隠したものだった。この村に落ち武者の財宝を探しにきた者が見つけるようにと隠したものの、灯台もと暗しで誰一人気付かなかったのだ。

奈緒子も上田もあっけにとられる。平蔵も思わず「おビックリ！」。ちょうどそこへ、逮捕され連行されていく亀岡と田島と鶴山が通りかかり、「ア――――！」と声をあげる。それは、悪党たちの断末魔の叫び声であった。というほど、カッコイイものでもなく、あまりにもマヌケな声音だったが。

「ウルサイ！」

奈緒子が一喝した。これにてホントに、一件落着したのだ。

100％当たる占い師

episode　2

1

「恋愛運、金運、ともに最高。今週はあなたの人生で最高の一週間となるでしょう。ふーん。この前もそんなこと言ってて、六つ墓村になんて行っちゃったしなぁ……」

奈緒子は、週刊誌を夢中で読み歩きしていた。「純情女性」の星占いコーナーの蟹《かに》座の欄は、良いことばかりが羅列してあった。読むのに気をとられていた奈緒子に、中年女性がぶつかった。その拍子に、奈緒子のポケットからお金が落ちた音がするが、見れば小銭。奈緒子が拾おうとすると、傍らの中年男性が、「なんだ、小銭か」と吐き捨てるように言う。「失礼なッ」と憤慨した奈緒子は体勢を立て直して直進すると、道に水まきをしようとしているところへちょうど出くわしてしまった。「キャッ」、水をよけようとすると、今度は足下で犬が吠《ほ》える。「アワワ」とよろめくと、南京豆の街頭販売の屋台にぶつかり、豆がザーッ。店主はキーィッ。頭を下げ下げ、ヨロヨロ前進すると今度は、上から植木鉢がストーン。からくも、頭を下げて避《よ》けるが、まったくもって「ついてねーっ」と言わざるを得ない。

一見、庶民的な下町の住宅路だが、今の奈緒子にとっては魔の地点、早く抜け出さなくてはと歩を速めると、道に立て掛けられていた梯子《はしご》にガツンとぶつかった。もはや意識朦朧《もうろう》となっているので、ぐらついた梯子から作業中の人が落ちたことには気がつかない。

道をひとつ抜けると、そこはあらしわ商店街。奈緒子のアパートの側のさびれた商店街だが、大福引きが行われていた。「一等（金の玉）、米俵一俵」「二等（銀の玉）、トイレットペーパー一年分」「三等、ティッシュ三個」。一等以外はイマイチな景品だ。

奈緒子は、福引き券を持っていたので、挑戦してみることにした。今週はあなたの人生で最高の一週間、なのだから。福引きマシンをグルリと勢いよく回すと、出てきたのは、金の玉。これにはみな、大騒ぎ。道行く人まで集まってきて、奈緒子は暖かい拍手に包まれて、誇らしい気分だった。


「これで一年間安泰だ。でも、重い……」

奈緒子は自力で米俵を担いで、アパートに帰ってきた。俵には『くそう津米』と書いてある。アパートまで来て、奈緒子は考える。さすがにこの重いものを持って、階段をあがるのは辛《つら》い。アパートの入り口には、大家・池田ハルとジャーミー君が、火鉢を出して仲良く餅《もち》を焼いていた。ハルが、奈緒子の持っている米俵に目を光らせる。

「六十キロはあるわよ。こんな重いもの、どっから持ってきたの。すごい執念だわね」

感心したハルは近所の川田さんに頼んで部屋にあげてもらうから、と優しいことを言う。しかし、そのあとの言葉が「助かるわぁ、これだけあると」だった。続いてジャーミー君も「私、日本ノオ米大好キデス」とたどたどしい日本語で言う。

米の危険を感じた奈緒子はとっさに、「これ、中身はお米じゃありませんから。手品の道具です。食べると死にます」と牽制《けんせい》しておいた。

部屋に入ると、上田がいる。上田は自分の部屋のようにちゃぶ台の前に座っていた。

「上田さん！　何してんですか、人の部屋で！」

上田は奈緒子のメーク道具を勝手に使っている。睫毛《まつげ》をビューラーであげながら、上田が顔を上げた。

「さっきそこの商店街で福引きをやっていてね。これが当たったんだ」

ポケットティッシュを三つ差し出す。

「俺の前に一等を当てた女の人がいたらしい。世の中には運のいい人がいるもんだよね」

上田はお茶も勝手に淹《い》れて飲み、ヒトの家だがすっかりくつろぎ、煎餅《せんべい》をむさぼっている。

「ちょっと頼みたいことがあるんだ」

「お断りします。私、今日からは、お金とか食べ物とかで転ぶような人間ではありませんから。ましてや、このような物では」

クールに言いつつ奈緒子は、一応ティッシュをもらい、手裏剣を投げるかのように、ティッシュをためている透明のボックスにシュタッシュタッと、投げ入れていく。その腕前はなかなかのものだった。さすが時代劇好きだ。

「まぁ、聞け。君は占いを信じるか。雑誌とかによく出てるだろう。恋愛運とか金運とか」

奈緒子は上田の言葉にちょっとギクッとする。

「いろいろ見て一番いいことが書いてあるのを信じることにしてるんです。でも、当たったことないですね」

「一番悪いのを信じれば当たるんじゃないの」

「ああ、そうか。そうですね……」

と認めかけて、ムカっときた。「何しに来たんだ、お前！」

「この近くに、100％当たる占い師というのが出没しているらしいんだ。先日、俺の研究室に、矢部が訪ねてきたんだ。その100％当たる占い師の情報を持ってきたんだよ。言われたとおりにしないと、事故に遭ったり、株で大損したり、とんでもない不幸に見舞われるそうなんだ。いくらなんでも、これはおかしい、裏に何かあるのではという市民の声が多くなり、警察が調べ始めたという。矢部が占い師を問いつめても、らちがあかない。そこで、試しに石原が、その占い師に占ってもらい、右に行けと言われたら、左に、左に行けと言われたら右に、占いの予言と逆なことをしてみることにした。すると、見事に石原は事故に遭ってしまったんだそうだ。松葉杖《まつばづえ》をついて大変辛そうだったよ」

上田は、その占い師のところへ行って、言われたことと逆のことをやってほしいと言う。

「自分でやればいいじゃないですか」

「俺は観察してなくちゃならないんだよ」

「そんな勝手な。とにかく帰ってください」

奈緒子は、玄関のドアを開けようとした。なおも上田は、部屋に居座る姿勢で言った。

「実は、さっき、もっと興味深い事件にでくわした。あの商店街の福引き知ってるか。商店街のおやじさんがこそこそ話しているのを聞いちゃったんだ。一等二等三等って張り紙してあるけど、玉はもともと二等と三等しか入ってないらしいんだ。一等は客寄せで、絶対に当たらないらしい」

奈緒子は、その言葉に動揺を隠せない。

「そ、それは許せないですね」

「ところが、俺の前になぜか一等の米俵一俵を当てた女の人がいた。これこそ超常現象だ。なぜ入ってもいないはずの金色の玉が出てきたのか」

「変ですね、それは」

奈緒子は、上田に気づかれないようにこっそりと、テーブルの上の、金色の玉が入っている入れ物を隠そうとする。しかし、奈緒子の不審な動きを上田は見逃さなかった。

「そうそう、あの福引きで使ってたのは、ちょうどそういう玉だった」

上田は、何もかもを見透かしたような瞳《ひとみ》と、チョット嬉《うれ》しそうな笑顔で、奈緒子に言う。

「もし、その女の人がインチキしたんだとしたら、これは大変な犯罪だ。君だって許せないだろう。調べてみる価値があると思わないか。金の玉事件。さぁ、ごいっしょに金の玉……」

罪を誤魔化したい気持ちでいっぱいの奈緒子は、上田の挑発に乗ってしまった。

「ええ！　やっぱり変ですよ、その占い師。調べてみないと！」


夜になって、奈緒子は、その100％当たる占い師のもとを訪ねた。通りの突き当たりにボォッとオレンジのあかりが灯《とも》り、暗闇の中で占い師の出店が浮かびあがっていた。そこで客を迎えているのは、和服を着て、紫のベールをかぶった神秘的な雰囲気を漂わせた女だった。四十代くらいだろうか。奈緒子の後ろには、上田が隠れながらついてきている。奈緒子が占い師の前に座ると、占い師は「手をみせてください」と言った。奈緒子が差し出した手のひらを、ルーペでのぞきこんだ占い師は、「ウヮァー」と突如奇声をあげたので、奈緒子もつられて「キャァー」と声を出してしまった。

占い師に、なぜここに来たかと聞かれた奈緒子は、単なる占い客を装って言った。

「よく当たると聞いたもので」

「それで、本当かどうか試そうとしているんですね。隠し事をしても無駄ですよ。私にはあなたの未来がすべて見えるのですから」

占い師はジィッと、奈緒子の周りの見えない何かを見つめるような目をした。

「あなたの行く手には大きな不幸が待ち受けていますね。帰る途中に石段があるはずです。その石段を登ってはなりません。さもないと、あなたは大事なものを失くすことになりますよ」

占い師は、ゆっくりとした口調で、奈緒子に言い含めるように語った。

「当たるわけがない」

奈緒子は自分に言い聞かせた。だが、帰り道、石段が眼前に見えたとき、少なからず不安が走ったのも事実だった。石段の前でしばし立ち止まったが、不安を振り切るように、一歩一歩力を込めて昇る。全段あがった場所からは公園の木々が見下ろせる。そこから奈緒子は、多分自分のあとを追ってきているはずの上田に向かって呼びかけた。

「やったぞ、上田。見てるか」

ところが、返事がない。眼下には暗闇と公園が見えるだけである。

「あれ？　上田さん？」

占い師のところに行かせるだけ行かせて、上田は帰ったのか、いい加減なやつめ、と腹をたてながら、奈緒子は家路を急ぐ。大方、また自分の部屋で茶でもしてるのかもしれない。ところが、部屋には上田はいなかった。研究室に戻ったのかと電話をしたが、不在であるという。占いが当たったかどうかを確認しないで、どこへ行くというのだ。奈緒子は珍しく上田のことを心配に思った。矢部の携帯にも電話を入れてみた。ギブスの石原とサウナで仕事をさぼっていた矢部は、一部始終を聞いてこう言った。

「お前、それ、占いが当たっとるっていうことじゃないか。お前が失くした大事な物っていうのは、上田先生のことなんじゃないかなぁ」

電話の向こうの矢部の声は、なんだか芝居がかっていて、不気味にさわやかだった。

「な、何を馬鹿なことを」

奈緒子が否定すると矢部は、追い打ちをかけるように言った。

「もしかしたら拉致《らち》されたのかもしれないぞ。上田先生、その占いの一味に。奴ら、占いが当たることを意地でも立証したかったのか、あるいは、何か恐ろしい秘密を知ってしまったために……」

とりあえず、矢部と一緒に奈緒子は占い師のもとへ向かった。しかし、さっきまで出店のあった場所は、もはやもぬけの殻。あとには、なぜか、さつま芋が一本ころがっていた。

「今日はもう終わりかもしれませんよ」

他に手がかりがまったくないので、二人は途方にくれていた。

「みなさんもこれから彼女のうちへ？」

振り返ると、大きな鞄《かばん》を抱え、メガネをかけた小柄な男が立っていた。名を長部《おさべ》という。鞄の中からさつま芋が数本顔をのぞかせている。落ちていた芋も彼のものだろう。とすると、この男も占い師の仲間なのだろうかという疑問がわく。

「僕はただ彼女のファンです。運勢を占ってもらったら、これがもうピッタリと当たって。それで、一度、彼女の家の方にも行ってみようと。選ばれた者だけ、時々家に招待してくれるらしいんです。そこに行けば、なぜ彼女が未来をピタリと言い当てることができるのかも教えてもらえるらしくて」

長部が持っているさつま芋は貢ぎ物だという。貢ぎ芋……。「それ、インチキ宗教の勧誘じゃないですか」と奈緒子に言われても、「彼女は本物だ」と言い張る。

そこへ、一台のワゴン車がやってきてとまった。ドアが開くと、中からスーツ姿の男が出てきた。なかなか高級品を身につけている。後ろからオレンジ色のジャージの上下を着用したのっぽで坊主頭の男が出てきて、スーツの男の後ろに付いた。

「お待たせしました。長部由起夫《ゆきお》さん？」

スーツの男は長部に声をかけ、彼の持参した貢ぎ物をチェックしてからワゴン車に乗り込ませる。その顚末《てんまつ》を隅で見ていた矢部と奈緒子に、男が気づいた。長部の知り合いであることを強調し、拾った芋を貢ぎ物だと言って渡す二人を、男は簡単にワゴン車に乗せてくれた。

ワゴン車の中で、奈緒子と矢部と長部はアイマスクをされたので、何も見えなくなった。なんのためにアイマスクなんて……と不安が走る。

「ようこそ、お越しくださいました。私、占い師、鈴木吉子《すずききちこ》様の身の回りのお世話をしております清水《しみず》といいます。しばらくの間ご辛抱ください。吉子様のご自宅の場所は、あまり多くの方に知られたくございませんもので」

到着までに時間がかかるので、お休みくださいと、肩にかけるエアー枕がサービスされる。

清水は話を続けた。

「なぜ鈴木吉子様に未来を見通すことができるのか、みなさん不思議に思っていることでしょう。実は、吉子様の家の近くには、時間の穴と呼ばれるものがあるのです。現在と未来とを自由に行き来することのできる穴です。この世は、現在、過去、未来が常に並行して進んでいるらしいのです渡辺真知子。……失礼しました」

この男もダジャレ好きらしい。説明するのも空しいが、渡辺真知子のヒット曲の歌詞にかけたのだ。

「吉子様の家を囲む一帯は、磁場の関係で、時空が歪《ゆが》み、現在と未来を繋《つな》ぐ穴がぽっかりと開いているらしいのです。これは昔、偉い物理学の先生がお調べになったのですから、確かです」

信じられない、といった口調で矢部が言う。

「つまり、その穴を通って未来に行ったら、これから起こることが全部わかるってわけか」

「はい。ただ、時間の穴を通り抜けるには特殊な方法が必要とされます。そのやり方を知っているのは、吉子様だけなのです。吉子様に気に入られれば、この先自分に何が起きるか、特別に教えていただくことができるのです」

「どうやったら、気に入られるねん？」

「それはもういろいろでございます。家に泊まり込み吉子様の身の回りのお世話を献身的になさる方もおられますし、なにがしかのご寄付をなさる方も」

そこへ奈緒子が割って入った。

「あの、ちょっといいですか？　その人、未来が見えるんだったら、自分で株とかやって儲《もう》ければいいじゃないですか。なぜ、寄付金とか貢ぎ芋とかもらう必要があるんですか？」

もっともな疑問である。が、それを聞いて清水は声をあげた。

「ジーザス！　そんな事をしたら、未来が変わってしまいます。時間の穴の場所を秘密にしているのは、あなたのような不謹慎な考え方をする人から未来を守るためなのです」

不謹慎と言われ、奈緒子はプイと横をむいた。

ワゴン車はどんどん東京から離れていくようだ。目隠しをしているので、車内のようすはまったくわからないが、時間はずいぶん経過しているように思う。うつらうつらするが、奈緒子は、肩にかけたエアー枕がどうもしっくりこず、寝苦しい。ラジオの音が聞こえてくる。「東京に大雪。三十年ぶりに大雪になる見込み」とか「演歌歌手の荒波さんが心筋梗塞《こうそく》で重体」とかいうニュースだ。

ようやくワゴン車が止まった。吉子の家に着いたらしい。深夜だというのに、虫の声が聞こえてくる。しかも、降り立った外は、真夏の夜のような蒸し暑さだ。東京では大雪、というくらいの真冬に、いったいここはどこなのか。目隠しをとった目で見回すと、ごく普通の日本の田舎のようであるのに。

「これも磁場の関係らしいのです」

「磁場？」

「千葉なの、ここ？」

吉子の家は、小高い山の上にあり、広い庭に囲まれたクラシックな和風建築の豪邸である。玄関をあがると、老人が三人を出迎えてくれているつもりなのか、ボーッと立っている。取りあえず、部屋に案内される。庭沿いの廊下を歩いていると、奈緒子はなぜか上田の気配がするような気がして、庭をみつめた。しかし、庭には誰もいない。


この屋敷では、男部屋と女部屋に分かれていた。女は奈緒子のほかは誰もいなかった。男部屋には、吉子を頼ってやってきた、二、三十人の男達が雑魚寝状態でひしめいていた。中年から老年にかけて、四十代を越えた者たちが多い。おずおずと入ってきた新入りたちに向かって、故横山やすしを彷彿《ほうふつ》とさせるマリンルックで黄色いサングラスをした男、不動産屋の瀧山《たきやま》がまっさきに近寄ってきた。長部が大事そうに抱えている鞄に興味を持ったようである。

「何が入ってるんだ、これ」

「なんでもありませんよ。芋です」

「ずいぶん大事そうに抱えているじゃないか」

瀧山がニヤニヤと笑う。もっとツッコまれそうな気配がして、長部は身構えたが、さっきもいたオレンジ・ジャージの男がみなを呼びに来たので、話は中断した。

「大広間にて未来説明会がございます。みなさま、そちらにお集まりください」

旅館の大宴会場ほどもある大広間には、一段高くなったステージのようなものがあり、壁には未来という文字と手相観図の垂れ幕がかかっていた。向かって左側にはなぜか西洋の鎧《よろい》が飾ってある。全員が集まったところで、清水が説明をはじめた。

「鈴木吉子様は占い師として、様々な街で奇跡を起こしてこられました。みなさん、そのお力を目の当たりにされたからこそ、ここにこうしてお集まりになってるわけです。ただ、中にはまだどうしても、その力を本気で信じられない方もいらっしゃるかと思います。偶然じゃないのか、あるいは何か仕掛けがあったんじゃないのか。ご安心ください。鈴木吉子様の予知能力を示す、絶対的な証拠をこれからご覧いただこうと思います」

清水の口調は流暢《りゅうちょう》すぎて、どこか胡散《うさん》臭い感じもする。説明が終わると、大型モニターにビデオが映し出された。ビデオの中に、鈴木吉子が現れた。街の一角で撮影されたものらしく、時々通行人が画面を横切る。

「みなさま、こんにちは。鈴木吉子でございます。ただ今、一月十八日二時三十分です。私は、今、時間の穴を通って、七日後の未来をのぞいて戻ってきたところです。七日後といえば、ちょうどみなさんがこのビデオを見ている頃ですね。前日来の雨も上がり、空には満天の星が輝いていることと思います。東京では三十年ぶりの大雪だそうですね。そして、あの歌手の荒波さん、心筋梗塞で重体、ご心配の方もおられることと思います」

吉子の語った予言はすべて当たっている。集まった一同から、思わず拍手がわく。

「それから、もうひとつ。みなさんの中に私を試そうとしている人がいますね」

吉子の思いがけない語りかけに、奈緒子と矢部はドキッとして、思わず顔を見合わせた。

「ホラ、顔を見合わせたあなたですよ」

ますます、ドッキリする。

「では後ほど。アナタの運命は私の手の中にある。大事なものは、もうみつかりませんよ」

あやしい微笑みでカメラを見つめた吉子の顔で映像は終わった。

『鈴木吉子があなたに……
　制作　オフィスクレッシェンド』

最後にご丁寧なエンドクレジットが、現れた。

集まった人々から一層大きな拍手がわき起こった。

「では、本日幸運にも吉子様が未来を占ってくださる方を発表いたします。徳川鈴之進様、浪花錠様、山田アンソニー様、西中島南方様……」

名前を呼ばれた者たちは、感無量といった表情だ。それにしても変わった名前が多い。

2

ほどなく説明会が終了し、人々は解散した。廊下をウロウロと歩いている長部をみつけ、奈緒子が声をかける。長部は相変わらず、鞄を抱えている。中から芋がのぞいたままだ。

「長部さん、それ何が入っているんですか？」

「芋ですよぉ」

「もしかして、あなたの全財産じゃないでしょうね」

「関係ないでしょ、あんたに」

「吉子様に寄付するつもりだったら、やめたほうがいいですよ。未来を見て来たなんて大嘘ですよ」

　奈緒子はきっぱり言い切ったが、長部はあのビデオを信じてしまっている。

「仕掛けがあるんですよ。誰だって作れます」

　奈緒子は長部を連れて大広間に戻り、ビデオデッキを操作する。『鈴木吉子があなたに……制作オフィスクレッシェンド』のビデオを再生して、予言の部分を一時停止したり、何度も巻き戻したりして検証していると、不審な部分がみつかった。

「そうか、ここを見てください。早口になっています。人が横切って一瞬吉子様の口元が隠れましたね。ホントはもっと、一般的なニュースを話していたのかもしれませんよ。『そして、その影響で東名高速で渋滞』。『そして、あの歌手の荒波さん、心筋梗塞で重体』。本当は、東名高速で渋滞と予告するはずだったんです。それがたまたま演歌歌手が心筋梗塞で倒れたというニュースが入った。吉子様の口元が隠れたとき、声をちょっとだけ入れ替えれば、その事件を予言したことになる、と気が付いた。ね、騙《だま》されちゃ駄目ですよ」

　奈緒子の暴いた吉子の巧妙な仕掛けに、長部は唖然《あぜん》となったが、周囲を気にして、不穏な表情で「ひとつ、忠告しておきますけど、ここで余計な話はしないほうがいいですよ」と奈緒子に言ってそそくさと鞄を抱いたまま、奈緒子の側を離れた。追いかけようとした奈緒子は、再びある気配を感じて立ち止まった。

「上田？」

しかし、誰もいない。この大広間にあるのは、和室に不似合いな西洋の鎧だけだった。

奈緒子は男部屋に矢部を呼びに行った。中では、ステテコ、ランニング姿の男たちが「暑いよ、暑いよ」とうだっている。洗濯物が所狭しとかけてあり、男臭さが立ちこめている。奈緒子は、布団を敷いて寝ようとしていた矢部を、廊下に引っ張り出す。

「上田さん、やっぱりこの近くにいますよ。さっき、声が聞こえたような気がしたんです」

「どこから？」

「いえ、ほんの一瞬だったんで。気のせいかもしれないですけど」

「拉致されてどこかに閉じこめられてるってことか？」

奈緒子は、辺りに注意を配ると、廊下の壁際にピタリと背をつけ、気配を殺しながらサササッと廊下を進んでいく。そんな奈緒子の姿を見て、矢部は、くの一気分に浸っているのだと呆《あき》れるばかりだった。

奈緒子と矢部は、上田を捜して屋敷を歩き回った。奥の廊下に来て、奈緒子がまた気配に気が付いて立ち止まった。何かうめくような声が聞こえてくるのだ。かすかな声をたどっていくと、奥に納戸があった。どうやら、声はここから聞こえてくるらしい。入ってみると、蛍光灯が切れかかっていて、点《つ》いたり消えたりしている。その点滅が、部屋の真ん中に置かれた台の上に、白髪の女性が縛られているのを照らし出した。彼女は辛そうにうめき声をあげていた。奈緒子は慌てて駆け寄り、ロープをほどく。老齢の女性は「すみません、すみません」と、ひたすら謝るばかりだ。そこへ、チンピラ風の男、浅井が何人かの男たちを従えて通りかかった。

「何をしている？」

　奈緒子は、浅井たちの仕業かと思い責めたが、老婆は浅井の金を盗んだのだと言う。

「どこに隠したか、白状するまでここから出すわけにはいかない」

　老女はマツと言った。マツは、「決してそんなことはやってない」と言う。それを制して、浅井は執拗《しつよう》に責めたてる。マツの目の前に、持参した空《から》の紺色のマジソンスクエアバッグを突きつけた。

「これが証拠だ。この婆さんに預けておいたら、中に入っていたはずの金がいつの間にか、なくなってたんだよ」

　奈緒子が、マジソンバッグを手にとり、中をのぞいて言った。

「最初からお金なんて入ってなかったんじゃないですか」

　浅井に従っている男が反論する。

「俺が運んだときは、確かに重かったズラ」

　奈緒子はまったく平然と言ってのけた。

「じゃ、お金じゃなくてドライアイスが入っていたんですよ。それで溶けてなくなってしまった。だって、このバッグの中、すごく冷たいですよ」

男は、中に手を入れて、「ひゃっこ。やや……、確かズラ」とバッグの中が冷たいことを認めた。浅井は、「言いがかり」だとギリギリ怒っているが、もうどうしようもなかった。

「ありがとうございました。私、ここで皆様のお世話をさせていただいております大内《おおうち》マツといいます」

マツの部屋に案内された奈緒子と矢部は、マツと向かい合って座った。奈緒子は、マツがこの屋敷のことをきっと熟知しているであろうと思い、思い切って聞いてみた。

「私たち、人を捜しているんですよ。大きくて、股間《こかん》の中に大きくて……」

奈緒子が上田の特徴を話すと、マツは、曖昧《あいまい》な返事をした。

「見たような……見なかったような……」

「お前どっちやねん、正味な話！　しばくぞ、こら！」

マツの曖昧な物言いに気の短い矢部が一喝するが、「やすし！」と奈緒子に制された。

「私、ただここに雇われているだけなんで……」

マツは申し訳なさそうに言う。

「じゃ、時間の穴って聞いたことありますか？」

矢部が質問を変えると、今度は言葉数が多くなった。

「ああ、この近くにあるって話だね。難しいことはわからないけど、昔からこの辺一帯には、神隠しの伝説っていうのがあってね。江戸時代の頃、女の子が山でパッと消えちゃうことが何度かあったらしいんですよ。村中捜索しても見つからない。で、しばらくするといつの間にかひょっこり戻っている。どこへ行ってたの？　って聞くと、明日の世界へ行っていたって言うんですよ。明日起きることが全部見えたってその子は言うんです。そして、次の日に起きることをちゃんと言い当てちゃう。明日、たくさんのお侍さんが来るよ、とか、どこそこにお嫁に行っただれそれさんが帰って来るよ、とか」

神隠し。明日の世界。この村には、不思議な謎が隠されているようだ。奈緒子と矢部の顔に、緊張の色が走った。

翌日、明るい時間から、奈緒子と矢部は上田を捜して、庭をうろついていた。この屋敷は、かなり標高が高いほうに位置していて、はるか向こうには山々が見えている。奈緒子は、犬でも捜すように、植え込みの中をのぞいたりしていた。そこへ長部が来て「何してるんですか」と尋ねた。奈緒子たちが、ごまかしていると、瀧山がやってきて、「そんなところに時間の穴はないよ」と言う。

「あんたたち、時間の穴を探しにここへ来たんだろう。こそこそしたってみんな気づいているよ。時間の穴さえ見つければ、鈴木吉子にペコペコ金を貢がなくたって自由に未来を見ることができるんだからな」

瀧山は、すっかり奈緒子たちが時間の穴を探しに来たと思いこんでいる。奈緒子たちに、探すのをあきらめて帰れとでも言うんだろうか。

「俺と組まないか」

瀧山は、急に両手の人差し指を×の形にからめながら言った。

「それじゃあ、時間の穴って、やっぱり本当にあるんですね」

長部の目が光る。

「ああ。それは間違いない。あの女は、俺の目の前でそれを証明してみせてくれた」

瀧山は、吉子の力を痛感したときのことを、しみじみ語りはじめた。

「あるとき、俺は目隠しされ、どこかわからない森のはずれに連れていかれた。吉子は、俺に空の封筒を差し出した。吉子は『その封筒はあなたが持っていてください。私は、これから時間の穴を通って三十分後のあなたに会って待ってます』と言った。そして、ふと気がついて、俺に白い紙を渡した。メッセージを書けと言うのだ。三十分後の俺に宛てた、メッセージを。俺は『三十分後の俺へ。頑張って俺の未来を切り開いてくれ。三十分前のお前より』と書いて、吉子に渡した。吉子は、三十分後の世界の俺にこのメッセージを渡してくると言って、森の奥へ消えた。しばらくして、彼女は帰ってきた。そして、三十分経てば、俺の持ってる封筒の中に、さっき書いたメッセージが自動的に現れるだろうと言った。言われたとおり、俺は三十分待って、封筒を開けてみた。すると、そこに入っていた紙にはまさしく俺の書いたメッセージが書かれていた」

瀧山の話に、長部は興奮している。

「すごい！　本当なんだ。時間の穴は本当にあるんだ！」

一方、奈緒子と矢部は、瀧山の話を、首をガクッと後ろにひいて、口をあんぐり開け、ポカーンっとした顔で聞いていた。

「落ち着いてください。今のは、簡単な手品のトリックですよ。嘘だと思ったら、後で拙者《せっしゃ》が同じことをやって進ぜよう！」

奈緒子が、キリリとした表情で言ったあと、ふと殺気のようなものを感じて振り向くと、背後に男たちがズラリと並んで奈緒子を睨《にら》んでいる。

「わいら、全員に監視されているようなもんなんやからな」

矢部が気弱に言う。

「神隠し！」

奈緒子が矢部に向かって、犬に命令するように言う。矢部は咄嗟《とっさ》に自分の頭に手をやる。並んでいる男たちも、気になるのかいっせいに髪に手をやっている。

「こうなったら、矢部、警察だっ！って名乗って……」と提案するが、矢部は拒否した。

「ええか、ここにはわいらの味方は誰もいないんや。それを忘れんな」

奈緒子と矢部は、あくまで隠密に捜査活動をすることにして、まず、吉子の行動を、探ろうと部屋を張った。ふすまに開いた穴から、二人は息を潜めて様子をのぞいた。

ふすまの向こうに吉子がいる。吉子の前に、男がいる。神妙に頭を垂《こうべ》れて、吉子の話に聞き入っている。

「今まで、よく私に仕えてくださいました。あなたに、特別の未来を教えて差し上げましょう。決して、誰にも言ってはなりませんよ。あの汚らしい、失礼、北習志野の、鉄砲団地の土地を買いなさい。あなたは必ず大きな利益を得ることができるはずです」

男はその言葉にひれ伏して、感謝していた。大金が吉子に渡された。

一部始終を見ていた奈緒子は、矢部に提案した。

「ここにいる全員を私たちの味方にしちゃうっていうのはどうでしょうか。時間の穴をみつけたことにするんですよ。時間の穴をみつけたことにして、吉子様より格安のお金で未来を予知してあげますってみんなに言うんです。そうすれば、みんな吉子様の代わりに、私たちをあがめ奉るようになるんじゃないでしょうか。うまくすれば寄付金も私たちの手に……」

矢部は奈緒子の頭をパシッと叩《たた》いて言った。

「お前の目的はそれか！」

「吉子様にとられるよりはいいじゃないですか」

奈緒子は開き直る。

「第一、どうやって未来を予知するんだ？」

「それはまぁ、いろいろあります。うひゃひゃひゃひゃ」

奈緒子は、顔をかわいくクシャッとさせてチェシャ猫のようにニーッと笑った。


そして、奈緒子は本当に、寄付金奪取計画を実行した。浮世絵が飾ってある二階の座敷に、男たちを呼び出した。奈緒子は、部屋の真ん中に長方形の平机をおき、そこに神妙に座っている。机の上には、トランプが一組置いてある。奈緒子の愛用のトランプだ。奈緒子の机から数メートル距離をとって、男たちが座っている。代表格の男が、勇んで奈緒子の前に歩み寄った。

男は、元証券マンの中野といった。

「吉子様の代わりに、この山田奈緒子様は、八掛けの寄付金でみなさんの未来を占ってさしあげると言っておられます」

矢部が奈緒子の左手に立ち、清水のように言った。

「では、来週上がる株の銘柄を教えてくれ」

奈緒子を見下ろして中野は言った。

「あんたに寄付する代わりに、私は株で儲《もう》けて元をとるつもりなんだから」

奈緒子は開き直って恫喝《どうかつ》した。

「なんて汚らわしい！ あなたの目的は結局お金なのですね」

「そりゃそうだろう。そのためにここに来たんだから。あれ？ あんた、そんなことも読めなかったのか？」

中野は、パシッと手にした扇子を開いて、奈緒子の前にドカッと座って言った。

「も、もちろん最初からわかっていました。しかし、私はあなたに言いたい。お金だけがすべてではありません。人生には、お金で買えない幸せがあるのですよ」

中野には、そんな言葉はまったく響かない。

「どんな？ お金で買えない幸せって、いったいどんなことだ？ 俺はいまだに出会ったことがない」

奈緒子は気《け》おされて、ちょっとしどろもどろで返した。

「それはイロイロあります。例えば……焼き肉を腹一杯食べたいとか、しゃぶしゃぶを腹一杯食べたいとか」

常日頃、目先の底の浅い夢しか抱いていない奈緒子は、いざというとき、イマジネーションがまったく膨らまない。

「それ、金で買えるだろ」

中野はしらけた顔で言い、矢部も呆れて奈緒子をはたく。

疑いの目を強くしてきた中野に対して、奈緒子は奥の手を出すことにした。

「未来が見えますとも」

とキッパリ言って、奈緒子はまず紙に何かを書いた。それを矢部に渡して言った。

「矢部、これを持っていなさい。それからお前は、向こうの隅に行って、いいと言うまで目を閉じていなさい」

偉そうな物言いの奈緒子に憮然《ぶぜん》としながらも、矢部はしぶしぶ言うとおりにする。離れた部屋の隅に行き、奈緒子に背を向けて、手で目を覆った。

「心の中で好きな数を思い浮かべてください。なんでもいいですよ。……では、今、あなたが思い浮かべた数だけ、カードを机の上に置いていってください」

奈緒子に言われて中野は扇子を置いて、カードの束を持ち、一枚ずつ置いていく。そして、七枚目で、手を止めた。

「そこでいいですか。では、止めたところのカードを、私に見えないようにして覚えてください」

言われるままに、中野はカードを開けて見る。振り返って、見守っている男たちにもそのカードを見せる。そして、カードを元の位置に重ねた。奈緒子は、残ったカードを中野が置いたカードの上に重ねて言った。

「実は、私には、あなたが思い浮かべる数も、どこでカードを止めるかも最初からわかってたんです。それを、あらかじめ紙に書いて、あそこにいる助手の矢部に渡しておいたんです。矢部、目を開けていいぞ」

矢部が目を開けて振り向く。

「紙を見なさい」

と言われて、思わず自分の髪を触るも、「違う！　ペーパー！」と指摘され、慌ててシャツの胸ポケットの中にしまっていた紙を取り出した。

「そこに、この人が覚えたカードが書かれているはずです。それをここから抜き出してごらんに入れなさい」

奈緒子は、矢部にカードの束を渡す。矢部は中から一枚のカードを抜き出し、中野の前に差し出した。

「あなたが覚えたカードはこれですね」

一枚のカードを、中野の鼻先に突き出す。それは中野が見た『ハートの3』だった。

「合っている」

一同も驚いている。

「では寄付金を」

奈緒子が手を差し出す。

「ちょっと待て。こんなもの当ててもらっても、なんの役にも立たないんだが」

中野は現実主義者だった。中野の声に、一同も一斉に「そうだ！　そうだ！」と騒ぎ立てた。

「まぁまぁ、今日のところはこのくらいで。次はもっとすごいものをお見せしますよ」

あきらかに奈緒子が不利だと感じた矢部が皆をなだめ追い払った。

「だからうまくいくわけないって言ったやろ！」

残された座敷で矢部は怒髪天をついていた。

「矢部さんがちゃんとフォローしないからですよ」

奈緒子はかたくなに、自分は悪くないという態度である。

「今のをどうフォローしろっちゅーんじゃ⁉」

と怒りながら、ふと考えて、「どうやって当てたんだ、今の？」と聞く。

「私はただこのカードの束の一番下のカードをこっそり見ておいただけです。いいですか。さっき重ねたカードを元の状態に戻しますよ。元の束の一番下はスペードの7で、相手が選んだ束の上に、これを重ねると相手が選んだカードは必ずスペードの7の下に置かれますよね。ねっ」

奈緒子は自慢げな顔をしている。矢部の持っていた紙には「スペードの7の下のカードを抜き出せ」と書かれていた。「そら、イカサマやないか！」呆れる矢部に「うひゃひゃひゃひゃ」と奈緒子は嬉しそうに笑った。

とりあえずイカサマもばれず、難を逃れた奈緒子と矢部は、座敷を出て、ちょっとした小部屋で今後の策を練っていた。そこへ、瀧山がやってきた。なにやら、気が高ぶっている。

「聞いたぞ。下らない手品で寄付金を横取りしようとしたそうじゃないか。吉子にばれたらどうなるかわかってるのか」

怒られると思って、奈緒子は「違います」と弁解したが、瀧山が話したいこととは別だった。

「そんなことよりな、時間の穴がどこにあるのか、わかるかもしれないぞ」

周りを気にしながら、コソっと言った。

「あの女は、毎晩、夜遅くなるとこっそりとどこかに出かけていくんだ。多分、時間の穴を通って未来を見に行ってるんだと思う。あの女のあとをつけていけば、時間の穴の場所がわかるはずだ。心配するな。あとをつけるのは俺がやる。ただ、お前たちにも手伝ってもらいたいことがある。これを持っていてくれ」

瀧山は、酒瓶が入った箱くらいの大きさの無線機を一台、矢部に手渡した。

「デカッ」

思わず奈緒子がつぶやく。イマドキ、こんな大きい無線機には、お目にかかれない。

「もう一台は俺が持っておく。これでどこにいても俺たちは連絡がとれる。今晩、もし俺に何かあったら助けに来てくれ」

そのとき、清水の配下の、オレンジ・ジャージの男が部屋をのぞいて、招集の旨を伝えた。

「みなさま、ただ今より、鈴木吉子様からみなさまに特別のお話がございます。大広間の方にお集まりください」

そして、「無線機をおしまいになって」と付け加えたので、矢部は慌てて後ろ手に持ってるデカイ無線機を隠した。あまり意味のない行為ではあったが。

奈緒子たちが大広間に着くと、既に男たちは集まっていた。突然の招集に、ザワザワザワと騒がしい。そこへ、しずしずと、吉子が入ってくる。吉子は、幕のかかっている舞台を背にし、一同のほうを向き、毅然として言った。

「この中に、邪悪な考えを持った者がいるようですね。密《ひそ》かに、時間の穴を探り出そうなどと」

一同は、仰天して前のめりになる。奈緒子と矢部と瀧山は、こっそり顔を見合わせる。

「誰かは、ご本人がよくおわかりのはずです。おやめなさい！　決してうまくはいきませんよ。私には、その者の未来が、手に取るようにわかるのです」

吉子は、一同のほうへ歩み寄る。ゆっくりと皆の列の中に入って行く。男たちは、吉子の威厳溢《あふ》れる口調に恐れをなして、あとずさる。吉子は、足下にいる怯《おび》えた男たちなど眼中になく、どこか遠くを見ているようすだ。

「不思議な情景が浮かんできました。箱が並んでいる。箱の表には、文字が書いてありますね。ひとつは、『怨《うらむ》』、ひとつは、『呪《のろう》』、ひとつは『叫《さけぶ》』……、『怨』と『呪』の箱はどうやら空《から》のようです」

そこまで静かに語っていた吉子が、急にハッとして、恐ろしいものを見たように言った。

「『叫』と書かれたその箱だけは開けてはなりません。開ければ、とてつもない不幸がその人に訪れる」

吉子の顔がみるみる恐怖に歪《ゆが》んでいった。

大広間を出た奈緒子と矢部、瀧山は、計画を中止すべきか話し合っていた。ひとり、瀧山だけは、実行すると息巻いている。そこへマツが、奈緒子たちに話したいことがあると、自分の部屋に招き入れた。平机越しにマツと向き合って、奈緒子と矢部が座る。

「実は、ゆうべ、ある方が私を訪ねておいでになりました。お二人が捜しておられるのとどことなく似た方で……」

マツの言う男の特徴は、まさに上田そのものだった。

「で、その人は今どこに？」

矢部が聞くとマツは首をひねって、「さぁ」とだけ。ただ、手紙を預かっているのだと、机の上に、一通の手紙を置いた。

「その男性は、『礼儀をわきまえない貧乳の女がまもなくここに来ると思います。そうしたら、これを渡してください』と。お名前を聞いたのですが、『名乗るほどのものではございません』と、窓から飛び出していかれました。まるでウルトラマンのように……」

封筒を受け取った奈緒子は、中の手紙を取り出し開いた。勢いのいい手書きの文字がぎっしりと書かれている。

「この大味な感じは上田さんですよ」

奈緒子には、確信できた。

『時間の穴があるというのは本当だ。ためしに俺はここにいくつか予言を残しておく。すべて時間の穴で見た光景だ。当たっていたら、君がやろうとすることはすべて読まれている印だ。吉子様は君がかなう相手ではない。今すぐここを離れなさい。

予言その1、今、君はこの手紙を読んでいる』

「当たり前やないか！」と矢部。

『予言その2、今、君たちは、当たり前やないか、と思った』

「ふざけとんのか」、矢部の神経が逆なでされる。

『予言その3、君の前に男が現れる。君たちは時間の穴を見つけるのを手伝ってくれと頼まれる』

「当たってるぞ！」

奈緒子と矢部は目を合わせた。アドレナリンが活発に分泌しているような気分だ。予言はまだ続いている。

『予言その4、これはまだ先の話だ。時間の穴をみつける計画は失敗し、男は命を落とす。君も窮地に陥る』

窮地が読めずに眉をしかめている奈緒子に矢部が「きゅーちや」と耳打ちする。

夜になった。奈緒子は洗面所に行った帰り、男子トイレの前で、またも上田の気配を感じた。

「上田さん？　トイレ中？」

返事がない。思い切って奈緒子はトイレの引き戸をガラッと開けた。突き当たりの窓が開いていて、誰かが窓から飛び出していったあとのようだった。奈緒子は外に出て、逃げた者を追いかけた。うす暗い庭を、背の高い男が走っていくのが見えた。奈緒子はスピードを上げ、男に追いつき、背中へドスンと体当たりした。男は前のめりに倒れた。近づいて顔を確かめると、やはり上田だった。上田は、この期に及んでも尚《なお》、手で顔を隠している。

「上田さん、なぜ逃げるんですか？」

「俺は、上田ではない。侍だ」

「その言い方が上田さんですよ」

上田は、立ち上がり、奈緒子から離れ、近づこうとする奈緒子に言った。

「来るな！　ここから先は危険だ！　時間の穴に落ちるぞ」

「なに言ってるんです？　そんな穴この世にあるはずが……」

「あるんだよ。この辺りは、磁場の影響で時間と空間が微妙に歪んでいるんだ。この暑さがその証拠だ」

狂ったように鳴いている虫たちの声も、庭のほうぼうから聞こえてくる。

「手紙を読んだだろう。すぐに帰れ。君のことは百年先まで読まれている」

「百年先？　どうなってるんですか、私？」

「それは……、おお、見るもおぞましい。今よりましだが、それでも十分に……、おおっ ヘクトパスカル、ロドリゲス！」

上田の言葉は支離滅裂だ。

「脅されているんですね。後ろに誰かいるんですね？」

奈緒子はなおも、上田に近寄ろうとすると、突然上田は「ジョワッ」と言って、真っ直ぐ上方に跳んだ。

「上田さん⁉」

急に目の前から消えた上田の姿を確認しようとした奈緒子だったが、彼女の背後に立った何者かにガツンと頭部を殴られ、庭にドサッと倒れ込んだ。

それから、どれくらい経ったのだろう。奈緒子は、矢部の声で目が覚めた。暗闇から、いきなり矢部の顔が迫ってきているのを見て、奈緒子は思わず金切り声を上げてしまった。

「やめてぇ、堪忍してぇ、お侍さんっ」

「何、寝ぼけてんのや。それにしても、お前、よく便所の前で眠れるな」

奈緒子は、トイレの前で気絶していたのだ。

「いろいろと心配でつい」

矢部の質問にお茶を濁したが、男子トイレから庭に出て、上田に会ったのは夢だったのか、気になってならない。夢にしてはリアルだった。上半身を起こして、ふと見ると、服に枯れ葉がついていた。怪訝《けげん》に思ったのだが、それについて思いをめぐらせる間を与えずに、矢部が、瀧山が出ていったことを告げた。矢部が持っている無線機から雑音混じりの声が聞こえた。

「聞こえるか、瀧山だ、ドーゾ。鈴木吉子が家を出た。俺は今、あとをつけている。ドーゾ」

奈緒子は心配になって、やめたほうがいいと言うが、瀧山は聞かない。

「何、言ってる。今さら後にひけるか！　ドーゾ」

止めることは無理と思い、矢部が聞く。

「今、どこですか、ドーゾ」

「家からまだそう遠くまでは来ていない。ドーゾ」

瀧山のナビゲーションに従い、奈緒子と矢部も家を出た。瀧山は、林の中に入ったらしい。

『身ごもり地蔵』が目印になるらしい。奈緒子たちも、地蔵を捜して、林を進んだ。奈緒子が無線機を持っている。なるべく瀧山の声をクリアに聞こうと、アンテナを最長に伸ばしているため、奈緒子が動くたびに、アンテナがビュンビュン動く。隣にいる矢部の頭に、アンテナが当たりそうになっていることを、瀧山との交信に夢中な奈緒子は気が付かないでいた。

『身ごもり地蔵』が見えた。『窮地』が読めた矢部だったが、地蔵を『じぐら』と読んでいた。奈緒子と矢部も、案外良いコンビである。


瀧山から、吉子が林の奥深くに建つ蔵に入っていったと報告が入った。奈緒子たちも、ようやく追いついた。見ると、大きな土蔵が建っていて、その前に瀧山が身を隠している。

「鈴木吉子はあの中に入っていった。十五分経つが出てこない。ドーゾ。俺は行ってみる。ドーゾ」

「瀧山さん、何かの罠《わな》なんじゃ……」

「何かあったら、連絡する。ドーゾを忘れるな。ドーゾ」

近くにいるのに、無線機使用、必ずドーゾを忘れない、瀧山は意外と律儀な男だった。

土蔵の中に入った瀧山からは逐一報告が入る。

「物置みたいだな。おい、待てよ、ドーゾ」

「どうしたんですか、ドーゾ」

「怨《うら》む……ドーゾ」

「え？　ドーゾ」

「表に『怨』と書いてある箱があるんだ。あ、ちょっと待て。あったよ。『呪』『叫』、三つともそろってる。そうか、これだよ。これこそが時間の穴の入り口なんだ。ドーゾ」

奈緒子は、無線機越しに瀧山が遭遇している特異な状況を想像しながら、ゴクリと唾《つば》を飲んだ。何も言葉がなかったが、とりあえず「ドーゾ」とだけ言ってみる。

「間違いない。これを知られたくなかったから、鈴木吉子はあのときわざわざあんなことを言ったんだ」

奈緒子は、瀧山の嬉々《きき》とした声を聞きながら、吉子の予言を思い出し不安になってきた。

『「叫」と書かれたその箱だけは開けてはなりません。開ければ、とてつもない不幸がその人に訪れる』

「瀧山さん、やめたほうが……」

「大丈夫だ、心配するな。お前たちの未来も見てきてやるよ。ドーゾ」

瀧山は箱を開けているようだ。

「『怨』と『呪』は確かに空だ。最後は『叫』……。ドーゾ」

「瀧山さん、ドーゾ」

少し間をおいて、

「ウワァッ！　ドーゾ」

瀧山の叫び声が聞こえてきた。それでも、語尾には「ドーゾ」を付けている。律気だ。

「どうしたんですか!?　ドーゾ！」

ギャーァッ、ウワーァッ、もはやドーゾをつける余裕もなくなって、瀧山は悲痛な叫び声をあげる。やがて、無線機から何も聞こえなくなった。矢部が無線機をとりあげて、大声で聞く。

「瀧山さん！　おい、どうした！　返事をしろ！」

返事はない。奈緒子と矢部は、少し高い傾斜をよじ登って、土蔵の入り口に向かった。入り口に着くと、中から吉子が現れた。

「どうなさいました？」

奈緒子たちを見ると、なにごともない表情で聞いた。奈緒子が、中に、瀧山がいるはずなのだと言うと、「どなたも見えませんでしたよ」と言う。

「中を見せてもらっていいですか？」

「ドーゾ」

吉子は、平然と言った。

土蔵の中は、ひんやりとしていた。部屋いっぱいに同じ大きさの箱が並べてあった。懐中電して隅々まで見るが、瀧山の姿は見えない。ひとつひとつの箱をチェックしていく。

「『叫』の箱……」

奈緒子が、瀧山の声が聞こえなくなったときのことを思い出して言った。

「確か、最後に瀧山さんの悲鳴がして、ドスンと音がして、それからズリッと蓋《ふた》が閉まる音が聞こえましたよね。多分、瀧山さん、箱の中を覗《のぞ》いているところを後ろから襲われてそのまま箱の中に詰め込まれたんですよ」

『叫』の箱を捜そうとしたが、『怨』『呪』はみつかったのに、『叫』だけない。腑《ふ》に落ちない二人に、吉子が冷たく言った。

「気がすんだら、外に出てください。箱は全部、今晩中によそへ運ぶことになっているのですよ」

言うが早いか、特殊部隊のような黒い作業服を着た集団がやってきて、キビキビとシステマチックに箱を運び出し始めた。迅速に任務を終えた集荷業者は、アッという間に箱をトラックに乗せて去っていった。

呆然《ぼうぜん》とする奈緒子と矢部を見て、吉子は高らかに笑う。いつのまにか、清水の配下のオレンジ・ジャージの男もいて、いっしょに笑っていた。

「何でや、なんで『叫』の箱がないんや」

「もっと大きな別の箱に隠したとか？」

「瀧山を入れたままか？　無理やで。あの女一人の力じゃ。だいたい部屋空っぽやないか」

奈緒子も矢部も悔しいが、どうにもわけがわからず、その場に立ちつくすばかりだった。

吉子の家にすごすご戻ってきた奈緒子たちのもとへ、長部がやってきた。やっぱり鞄を抱えている。芋もやっぱり入っている。

「瀧山さん、時間の穴に迷い込んで抜け出せなくなっちゃったそうじゃないですか。みんなそう言ってますよ」

もう既に、この家の誰もに情報が広がっていた。

「時間の穴なんてないですよ」

奈緒子が憮然として言う。

「じゃ、瀧山さんはどこに消えたんですか。それに瀧山さんが言ってた、三十分後の自分に宛てたメッセージの話は？　メッセージは確かに届いたんでしょ？」

長部は、奈緒子につっかかる。奈緒子は、長部の目の前に封筒を取り出した。

「この封筒の中をよく見てください。カラですよね」

長部が中を見るが、確かにカラ。

「封をしてください。それをあなたが持っていてください」

次に、奈緒子は長部に紙を渡す。

「これに好きなことを書いてください」

長部は『もずく』と書いた。その紙を奈緒子が受け取る。

「これは私が預かります。じゃ、あなたが持っている封筒を開けてみてください」

長部が封筒を開けると、中に紙があった。

「紙が入っていますよね」

と確認するように言って、奈緒子はその封筒をさりげなく自分で取り、中から紙を取り出す。そして、取り出した紙を長部に渡して見せた。

「確かにあなたが書いたものですね」

見れば、『もずく』と書いてある。驚いた長部の顔を見て、奈緒子は封筒を持って妙に明るく言った。

「これ、新しいやつ！」

狐につままれたような顔をしている長部に、奈緒子は仕掛けを説明した。

「封筒は二重になっていて、あらかじめ何も書かれていない白い紙を隠し入れておいたんです。普通に見ると、カラに見える。でも、閉じて切って、開くと、前もって塗っておいた糊《のり》が、最初に見せた側にくっつき、白い紙を隠してあるほうから開く。それを見せたら、私がさりげなく封筒を取り出し、中の紙を取り出すふりをして、『もずく』と書かれた紙と入れ替える」

『もずく』と書かれた紙を長部に見せて、「ねっ」と奈緒子はニッコリした。

「それ、手品じゃないか！」と矢部。

「そうです」

奈緒子はしらっと言った。

そののち、奈緒子と矢部は長部も伴って、もう一度土蔵に行った。すると、土蔵の中にいつのまにか『怨』と『呪』の箱が戻ってきている。長部が、おそるおそる箱に近づき、ふと箱の陰をのぞいて、恐怖の声をあげた。瀧山が仰向けに箱の上に足をかけるような無惨な姿で死んでいた。頭部が血まみれだ。そこへ吉子がやってきて言う。

「瀧山は時間の穴に落ちたのです。時間の穴に落ち、戻れぬまま、ここに現れたのです。おわかりになったら、お引き取りください」

長部は怯えて言う。

「やっぱり、あったんですよ。時間の穴が」

しかし、奈緒子は納得できない。

「でも、変じゃないですか。『怨』『呪』、とあって、なぜ『叫』の箱だけないんでしょうか。あると何かまずい事情でもあったんじゃ……」

粘る奈緒子に吉子は苛立《いらだ》って言う。

「さっさと出てお行き！」

ついに、奈緒子の中で、すべての辻褄《つじつま》がパズルのようにスッキリと組み合わさった。

「そうか！　やっぱりあなたですね。あなたは瀧山さんを襲って荷物の箱に押し込めた。瀧山さんが見た箱に書かれていたのは、文字じゃなくて数字だったんです。04という数字。吉子様、あなたは予言するふりをして、実は瀧山さんにわざと『叫』という文字があるという先入観を与えた。だから、瀧山さんは、04という数字を見て『叫』という文字だと思い込んでしまった。予言の本当の目的は、それを信じさせることじゃなくて、先入観を与えることだったんです」

吉子は驚いて言う。

「どこにそんな証拠があるのですか？」

「矢部、逮捕しろ」

いきなり奈緒子が、矢部にふる。矢部はビックリして目を丸くする。手下の男が顔を硬化させて「あんた、マッポかぁ!?」と問うと、状況のヤバさを感じた矢部は、「滅相もない。いーかげんなこと言うな!」と誤魔化した。

弱気な矢部にがっかりした奈緒子は、「神隠し!」と矢部に向かって言った。その言葉に、パブロフの犬の如く、矢部はパッと頭に手をやる。もっとも、そうしたからといって、状況の打開には何もつながらないのだが。

「愉快な仲間たち」

奈緒子と矢部のチームワークの悪さを吉子は笑ってみている。そして、真顔になって、奈緒子に聞いた。

「あなたにも予知能力があるそうですね」

奈緒子は思わず「はい」と頷《うなず》く。

「では勝負しましょう、お嬢ちゃん。どちらが本当に未来を見通すことができるか」

吉子の真剣な物言いに、奈緒子は引き下がれない、と覚悟を決めた。

勝負の場は、吉子が予言をするあの大広間だ。幕を張った舞台の手前に、目の覚めるような青い布が敷かれている。その上に白い布をかけた平机。その上に、吉子はガラスのコップを三つ載せ、水差しから水を注いだ。机から向かって右手に、矢部、奈緒子、長部が並んでいる。後方には、男たちが立会人として座って、見守っている。

吉子は、舞台を背にして、集まった人々のほうに向かって、口を開いた。

「ここに水の入ったコップが三つあります。そして、これは、一人の人間が死ぬには十分な量の毒薬です」

吉子の手に、白い粉末の入った小瓶が握られていた。

「これから、この粉を、私たちに見えないようにどれかひとつのコップに入れてもらいます。そうだ、不正ができないよう、まず、神隠し」

吉子は、矢部を呼んだ。矢部はどうしても条件反射で髪をさわってしまう。

「あなたがこの粉をどれかひとつのコップに入れる。次にさつま芋」

今度は長部のことを呼ぶ。

「あなたが、やはり誰にも見えないようにして、コップの順番を好きなように入れ替える。自分も見てはダメ。こうすれば、どのコップに粉が入ったかは、誰にもわからなくなるはずですね。でも私には、神隠しが三つのうち、どのコップに毒を入れるか、全部予測することができます。お嬢ちゃん、あなたもできますね」

吉子は、奈緒子のほうを見た。奈緒子は居眠りをしている。矢部が「寝るな！」と頭をはたく。吉子は、構わず続ける。白い紙を二枚取り出し、一枚を奈緒子に渡す。

「どのコップが安全か、予測してその紙に書いてください。私も書きます」

相変わらず奈緒子は居眠りしていて、矢部にはたかれる。奈緒子のこの居眠りは、神経が図太いのではなく、この場の重い空気が、奈緒子なりにいたたまれないのだった。吉子が紙に予測を書いているので、奈緒子も観念して予測を書く。吉子が、奈緒子の書いた紙と自分の書いた紙を机の片隅に置いた。

「細工ができないよう、ここに保管しておきます。最初に言ったように、神隠し、どれかひとつにこの粉を入れてください」

吉子は、広間の端に移動し、机が見えないように背を向けた。それを見届けると、矢部が席をたち、机に向かい、皆に背を向けた状態でひとつのコップに粉を入れた。次に、長部が、机に向かって、コップの順番を入れ替えた。

「それでは、私とそのお嬢ちゃんで、自分が安全と思ったコップの水を順番に飲んでいくことにします。さつま芋、その紙を開いて読んでください」

長部は言われた通り読み上げた。

「吉子様の予想では、安全なコップは、みなさまから向かって、一番右と真ん中、お嬢ちゃんの予想では、一番右と一番左」

二人の予想は違うものだった。

吉子はニヤリと微笑んだ。

「では、私からいきますよ」

吉子が右のコップを取り、ゴクゴクゴクとすべて飲み干す。一瞬の間をおいて、「はぁ」と一息。

なんともなかった。見つめている一同も、気をふっと緩める。吉子は、ためらわず、真ん中のコップも取って、一気に飲む。そして、ニッコリ。なんの異変も起こらない。

吉子は、残った左のコップを指さして、無表情な奈緒子に声をかける。

「あなたの予想では、このコップは安全なはずでしたね」

吉子は、コップをとって脇に座っている奈緒子の前まで持っていく。奈緒子の前に正座をして、コップを静かに置いた。

「では、飲んでください」

静かな中に強い語気を感じる言い方だった。

奈緒子はあとにはひけなくなり、コップに手をのばすと、矢部が止める。それを見て、吉子がキツイ口調で言った。

「飲みなさい」

奈緒子は、静かに燃える瞳で、吉子をみつめ、コップを口まで持っていった。でも、グッと飲む勇気が出ない。

「飲めないのですか」

吉子が挑発する。見守っている一同からの、「飲め、飲め、飲め」という低音のコールが静かにサラウンドで奈緒子の耳に轟《とどろ》いている。

3

これは何かのトリックだ……じゃなかったら……奈緒子は心の中で自分に言い聞かせたが、どうしても逡巡《しゅんじゅん》してしまう。なかなか思い切らない奈緒子に業を煮やした吉子が、「じゃ、私がいただきます」と素早くコップをとり、一気に喉《のど》に流し込む。大広間に慄然《りつぜん》とした空気が走ったが、飲み終えた吉子は高らかに笑い始めた。

「この粉は、毒なんかじゃなくて、ただの塩なんですよ」

「そんなっ、汚いじゃないですか！」

奈緒子、憤慨。

「本当に未来が見えるんだったら、騙されるはずないでしょう」

吉子が一喝した。

「それに、もしこれが本物の毒だったとしても結果は一緒です。死んでいたのはあなたですよ。そのコップの水を飲んでご覧なさい」

吉子に促されて、奈緒子はおそるおそるコップの水を飲んでみる。その水は、塩辛かった。

「どうです？　塩辛いでしょう？　毒は確かにそのコップに入れられたのです」

吉子は勝ち誇った顔で言った。そして、奈緒子から、一同のほうに向き直ると、「こんな、まがいものの占い師にひっかかってはなりません」ときつく念をおして、大広間を出ていった。

一同も、冷ややかな目で奈緒子を一瞥《いちべつ》しながら、吉子のあとを追うように部屋を出ていく。

残されたのは、奈緒子と矢部、そして長部の三人になった。奈緒子は、悔しくてたまらない。濃い塩水で、舌もピリピリしているため、ますます顔がしかめ面になっている。

「そやからやめろって言ったんやっ。俺まで恥かいたやろ。もう面倒みきれんぞ」

矢部も悔しそうだ。

「これでわかりました。吉子様の力はやっぱり本物だったんだ」

長部は、真顔で言う。

奈緒子は、必死で考えをめぐらせる。コップが置いてあった机のところへ行き、何か仕掛けのあとが残っていないかを捜す。すると、ハッとある考えが閃《ひらめ》いた。

「そうか！　塩は最初から全部のコップに入っていたんですよ。それで、最後のひとつだけを私に飲ませたんです」

慌てて、証拠となるコップと水差しを確認に厨房《ちゅうぼう》へ行ったが、残念ながら既に洗われてしまった後だった。

「無駄や。証拠なんか残っとるかい」

ぬか喜び……。矢部も奈緒子もがっくり肩を落とした。


奈緒子と矢部が、部屋に戻ろうとして大広間の前を通ると、ふすまが開いている。どうにも気にかかって、奈緒子は大広間の中をチラリとのぞく。さっきと鎧武者の格好が違っている気がするのだ。機嫌の悪くなっている矢部は、奈緒子の疑問に相手になってくれない。そこへ、中野たち一派が奈緒子たちを追ってきた。中野に促されて、奈緒子は大広間に入る。

「お前のせいでみんなが迷惑してるんだ。鈴木吉子様はたいそうお怒りだ。今日の占いは中止になった。今まで順番待ちした分、どう返してくれるんだ!?」

中野は、手に持った扇子を掲げ、能を舞うようなポーズで奈緒子に怒りをぶちまけた。

「予知能力があるなら、たまには吉子様みたいに役に立つ予言をしてみたらどうだ。せめて明日の天気とか……」

奈緒子はやる気なさそうに答える。

「晴れ時々曇り」

「降水確率は？」

「30％」

「何で予言に確率があるんだ。さっきラジオで天気予報聞いたんだろ⁉」

「じゃ、ただの晴れ時々曇り」

「他には？　株はどうなる？」

「そんなことばっかり言ってると、今に本当にお金で身を滅ぼしますよ」

「それも予言か。どう滅ぼす？　言ってみろ」

子供の喧嘩《けんか》のように、奈緒子もやけくそだ。

「昼御飯を食べようとすると、お碗《わん》に載ってるのが、御飯じゃなくてお金なんですよ。そんなにお金が好きなら、一生お金を食べてろって神様が罰を下して……」

中野一派は奈緒子の予言に大笑いだ。しかし、中野はズボンの尻《しり》ポケットから手帳を出して、メモをはじめた。

「それから？」

奈緒子は、仕方ないのででまかせを言い続けた。

「時計の針が逆に回転をはじめる。炊いた御飯が、ただの米に戻る。鎧武者が歩き出し、お前たちを成敗する」

矢部は完全にあきれ顔だ。中野はすべて漏らさずメモをした。

「みんな、よく覚えておいてくれ。ひとつでも当たらなかったら、俺たちは、お前を磔《はりつけ》にし、市中を引き回し、崖《がけ》から突き落とす」

中野一派は、いっせいにうなずいた。

「あー、そこの神隠し。おまえも仲間だったな」

中野は矢部にも、おまえもだ、というような顔をする。

「僕は全然仲間と違いますケド？」

矢部は急に態度を豹変《ひょうへん》させ、奈緒子に向かって言った。

「おまえ誰やねん？　しばくぞ、コラッ」

「情けない奴らだ」

中野は軽蔑《けいべつ》した顔をして、大広間から出ていく。二人きりになると、矢部は奈緒子を口汚く罵《のの》りはじめた。

「え〜加減にしろ！　こらっ、しょーもないっ。おまえのケツはふけんのじゃっ、わいだけでも、先、帰らせてもらいまっさ、ボケッ」

さんざん非道《ひど》い言葉を吐いて、矢部はすたこらと吉子邸を去っていった。うるさいが、いなくなると心細いものだ。ポツンと大広間に残された奈緒子のもとに、マツが現れた。

奈緒子は、マツから一通の封書を手渡された。またしても、上田からだ。

『時間の穴の調査は着々と進んでいる。これは物理学の歴史を書き換える発見となるだろう。ところで、俺は、時間の穴で恐ろしい夢を見た。YOUが鈴木吉子とコップを使った賭けに負け、やぶれかぶれになってでまかせの予言を乱発している光景だ。これが、本物の未来でなく、ただの悪い夢であってくれと願わずにはいられない。もし君がこの手紙を読んでいる頃このとおりのことが起きていたら、悪いことは言わない、助かる方法はひとつしかない。みんなの前で土下座しろ！　ごめんなさいと言いながら、心を入れ替え、優しくしとやかで胸の豊かな女性になりますと誓うのだ』

「無理だ……」奈緒子は思わず口に出した。ふと目を、前に座っているマッのほうに向けると、コクコクとうなずいている。

チョットそれはないんじゃないか、と奈緒子は思った。

大広間を出た奈緒子は、廊下でまたも何かの気配を感じた。

「上田？」

声をかけるが、返事はない。そこに、長部がやってきて言った。

「何してるんですか、こんな所で。早く逃げたほうがいいですよ。みんな本気であなたを磔にする気ですよ」

奈緒子はその言葉を気にはしながら、逃げ帰る気はなかった。

食事の時間になり、奈緒子は大広間に向かった。中野たちは、既に部屋にいて、奈緒子を待ち受けている。

「逃げるなよ、予言が当たらなかったら、どうなるかわかってるだろうな」

奈緒子が逃げられないように襖《ふすま》が閉められた。マッが、清水の配下たちに手伝ってもらって、黒塗りのお重を運び込んできた。

「御飯をどうぞ」

まず最初に、中野が何段何列かに積まれたお重をひとつ取り出す。

「御飯がお金に変わる、と」

メモを声に出して読みながら、おもむろにお重を開ける。

「え⁉」

お重の中を見て、中野の顔色が変わった。中には、おかずの代わりに千円札と十円玉がぎっしり入っている。

「お前がやったのか⁉」

中野は逆上して叫んだ。

「違いますよ。第一、あなたがどれを取るか、私にわかるはずないじゃありませんか」

見ると、他のお重には普通におかずが入っている。

オレンジ・ジャージの男が、御飯をよそおうとして、大きな炊飯釜《がま》を開けると、また驚きの声をあげた。炊いたはずの御飯が米になっている。

さらに、今度は、一人の男が驚いて指をさした方向を一同が見ると、大広間の舞台の幕の上に掛けてある時計の針が勢いよく逆回転をはじめた。

男たちは、恐れおののきはじめた。

「予言が当たった……」

中野は、自分自身の動揺も自制しながら、男たちをなだめる。

「馬鹿なこと言うな！　こいつがやったんだ！　俺たちが見てない隙に、こいつが細工したんだよ！」

奈緒子を指さして言う。しかし、奈緒子自身も身に覚えがない。大広間は、異様な興奮に包まれた。まるで中世の魔女裁判のように、一同が奈緒子を恐れ、殺気立った。

「こんな奴は生かしておいちゃいけないズラ！　今すぐ、磔ズラ！」

男たちが、奈緒子につめ寄る。

「堪忍して。やめてください。やめろっ」

さすがの奈緒子も身の危険を感じた。

ところが、「そんな馬鹿な……」という中野の声を皮切りに、奈緒子に迫ってきた男たちの視線が、奈緒子の肩越しに集中した。次第に、殺気を帯びた顔が、怯えた顔に変わっている。奈緒子が振り返ると、飾ってあった鎧武者が動いているではないか。鎧はギクシャクした動きではあったが、舞台から降り、男たちのほうに向かってくる。腰から剣を取り出し、めったやたらと振り回す。まったく、男たちに当たっておらず、一見して弱そうな動きなのだが、鎧が動き出したことだけで、男たちを震え上がらせるのには十分だった。一同は、いちもくさんに大広間から逃げていった。

大広間はすっかり静かになった。鎧は、男たちがいなくなったのに、おぼつかない手つきで剣を振り回している。奈緒子は、鎧に冷静な表情で近寄り、マスクを取ってみた。

「う、上田さん？」

上田がばつの悪そうな表情で固まっている。

「何してるんですか、こんな所で？」

「何してるじゃない。早く逃げろと言ったはずだ」

「今までどこにいたんですか？」

「あちこちだ。戸棚とか押入の中とか」

「どうりで。何か気持ちの悪い視線を感じていたんですよ」

そこまで言って、奈緒子は怒りがこみあげてきた。

「何でさっさと出てきてくれなかったんですか⁉」

「いろいろと事情があった」

上田は言葉少なに語る。

「奴らに捕まったかと思ったんですよ。どれだけ心配したか……」

「ふーん、YOUが心配してくれるとは思わなかったんだ」

いつになく、上田に対して親身な言葉をかけてしまった自分に気づいて、奈緒子は慌てて素っ気ない態度に戻した。

「それじゃ」

上田を置いて、大広間から出ようとする。それを上田が止めた。

「待ってくれ！」

上田は、鎧が自力で脱げなくなっていたのだ。

上田の鎧を脱がしたあと、大広間を出た二人は、誰にもみつからない屋敷の一室に潜んだ。

上田はこれまでの動向について改めて話していた。

「俺は、君が占い師の所に行った後、急な用事を思い出して、君のアパートに戻り、それから、しばらく連絡のつかない場所にいたんだ」

「どこに？」

「まぁ。いいじゃないか」上田はニヤリと意味深に笑う。

「よくないですよ！　さんざん捜したんですよ！」奈緒子はまた怒りがこみあげる。

上田は、石原から奈緒子と矢部が自分を捜しに行ったことを聞いて、慌ててあとを追ったのだと言う。

「そして、隠れてしばらく様子を見ることにした。軒下を移動したり、なかなかスリリングだったよ」

「だから、なんで隠れるんですか？」

「君の仲間だと気づかれないほうがいいと思ったんだ。そうすれば、君がいよいよ危なくなった時に、俺だけ逃げることができる」

上田の身勝手な考えに、奈緒子は言葉もない。

「案の定、YOUは次々とよけいなことをしはじめた。みんなを救うと言って予言のふりをして、実は鈴木吉子に渡す金をかすめとろうとまでした。恥を知れ！　仕方なく、俺は手紙で君にここから離れるように警告したんだ。俺はマツさんに、後で君に渡してくれと言って、封書を預かってもらった。実はその中には、何も書かれていない白い紙が入っていただけなんだ。

そして、事件が起こってから、あたかもそれを予言したかのような手紙を書き、マッさんに気づかれないようにこっそりとそれを最初の手紙と入れ替えた。バレるかと思ったが、意外にもYOUは気づかなかった」

「まさか、そんな呑気《のんき》なことしてると思わないじゃないですか。あ、じゃ、あの夢も？」

奈緒子は、トイレの前から上田を追った夢を思い出した。

「そうだ。あれは夢ではない。あの時、俺はつい油断して君にみつかってしまった。だから、とっさにそれが夢であると思わせようと、わざと支離滅裂な会話をかわしたんだ。そして、君の後ろにまわって、君を殴って気を失わせ……」

「ナニすんじゃ、ボケっ、しばくゾ！」

殴られたのは夢じゃなかったと知り、奈緒子はキレた。

上田は、それを無視して真顔で言った。

「時間の穴など存在しない。この暑さも空間が歪んでいるせいではなく、ただのフェーン現象だ」

奈緒子は怒りを込めて「ふぇーんっ」と唸《うな》る。

「助けに来たのか邪魔しに来たのか、どっちだ!?」

上田は、ふと声を落として言う。

「あのおばあちゃんはね、病気でもう長くは生きられないらしいんだ。俺は、おばあちゃんに、時間の穴に行っておばあちゃんの未来を見たと言って慰めた。おばあちゃんは、明日も明後日も、来年の今頃も元気で生きているよと言ったんだ。おばあちゃんは泣くほど、感動してたよ。

おかげで、あのおばあちゃん、俺が何をしても少しも疑わなかった。だから、俺は千円札と十円玉を弁当の中に混ぜておくことができたんだ」

奈緒子は、少々疑問をさしはさむ。

「でも、どうして中野さんがその箱を選ぶってわかったんですか?」

上田は、自信たっぷりに解説した。

「いいか、小市民を絵に描いたような人間だ。コンビニに行けば、棚をかき分け一番奥の賞味期限の新しい物を選ぶ。雑誌は必ず上から二番目を買う。そして彼は右利き。とすれば、答えは明白だ。彼が選ぶ弁当箱は一番奥の右端の上から二番目! アベレージな日本人は数学的である」

そう言って、上田は誇らしげに笑った。

「御飯がお米に変わったのは?」

「御飯を全部食って代わりに米を入れておいただけだ」

「全部食ったって、あれ全部ですか?」

何十人分の御飯なのに。奈緒子は驚愕《きょうがく》した。

「米ならいくらでも食える。アベレージな日本人だからね」

「阿部……?」

アベレージの意味がよくわからず呆気《あっけ》にとられている奈緒子を無視して、上田は自慢話をやめようとしない。

「時計に細工をするのは大変だった。ホイル盤の切り込みの角度を変え、そうすることによって、秒針の回転方向を逆にすることができる。しかも、鎧を着たままでだ！」

奈緒子は開いた口がふさがらない。

「そんだけ暇と労力があったら、さっさと出て来ればいいじゃないですか」

「アハハ、アハハ、君のビックリする顔は面白かったよ」

上田は、心から嬉しそうに笑った。

「そんなに笑うとろくなことがないぞ」

奈緒子は恨みがましい目で上田を見て言った。

「ほお、どんな？」

「みんなに見つかる」

「え？」

上田があせると、実際に奈緒子の背後に中野たちがものすごい形相で立っていた。

「そうか、お前がこっそり予言を実現させていたというわけだ。あやうく騙されるところだった」

「なんのことですか？」と奈緒子は必死でしらをきる。

「とぼけるな！」

中野たちはズカズカと部屋に侵入し、二人を取り囲む。そこへ、長部が止めに入るが、長部も奈緒子の仲間として扱われてしまう。奈緒子、上田、長部、あわや磔か、と思ったところへ、清水が現れた。

「お待ち下さい。この人たちのやったことは確かに許せません。しかし、みなさんを人殺しにするわけにはいきません。どうでしょう、この者たちの処分は私に任せていただけないでしょうか」

吉子の片腕である清水の言葉には逆らえない。中野たちは、渋々引き上げていった。はじめて清水と言葉を交わす上田は、丁寧な口調で言った。

「私、日本科学技術大学の上田といいます。今回は、時間の穴の調査に来まして」

「ほお、大学の先生でしたか。で、時間の穴について、何か発見はありましたか?」

清水は穏やかに聞く。

「も、もちろんです。やぁ、スバラシイ。時間の穴の存在は、ホーキング博士の宇宙論をまさに実証するもので……」

上田がしどろもどろに言うと、清水は声を落として言った。

「ないんですよ。時間の穴なんて、実はどこにもないんです。すべては鈴木吉子様が仕組んだトリックです。人々を騙し、お金を巻き上げるためのね」

悲痛な面もちの清水は、長部の鞄を指さした。

「ほら、あなたのその鞄、中身は芋なんかじゃない」

長部の鞄の中には大金が入っていたのだ。

「危ないところだったのですよ」

清水は、吉子に合わせて嘘をつき続けることにもう耐えられないのだと言う。

「だったら、清水さん、それをみんなの前で正直に言いましょうよ。あなたの手で鈴木吉子を告発するんです」

上田が言うと、清水は首を横に振って言った。

「今は、無理です。人々は、私より吉子様を信じるでしょう。もしインチキとわかっても、その時はその時で暴動になる」

清水は、とりあえず、奈緒子たちを逃がそうというのだ。

「裏道に案内します」

吉子邸から麓《ふもと》へ降りる森の中を、清水に導かれて、奈緒子、上田、長部が足早に歩いていく。舗装された道ではないので、歩きにくい。「ああっ！」大声がして、ふりむくと長部が足を滑らせていた。先頭をきっていた清水が、長部のもとに戻って、転んだ拍子に手から放れた鞄を持った。

「持ちましょう」

長部は心細そうだったが、無視して清水は歩を進めた。

だいぶ進んだと思ったところで、行く手に吉子が立ちふさがった。

「どこへ行くのですか？」

吉子は、清水をキッと睨《にら》み、「私を裏切ったというわけですか」とすごんだ。進路を塞《ふさ》がれた清水は、慌てて脇道に入り、脱兎《だつと》のごとく逃げ出した。長部の鞄も持ったままだ。

「そっちに行ってはいけません！」

吉子が言うが早いか、森の中に清水の悲鳴がこだました。清水の身を案じて、奈緒子と上田が声のした方向に駆け出す。長部もノロノロとあとを追う。

鬱蒼《うっそう》とした木々に覆われた深い森をぬって進むと、開けた場所に出た。その地面に何カ所も赤黒い染みができている。血だ。血の中に、時計や紅白のリボンでつくった名札、財布などが落ちているが、人の姿はどこにもない。

上田が、近づこうとすると、追ってきた吉子が止める。

「それ以上、近づいてはいけません。そこに、時間の穴があるのです。清水は偶然、そこに落ちてしまったのです」

「そんな馬鹿な」

上田には信じられない。

「何も知らない者が落ちたりすれば、時間の隙間に挟まれて大変なことになるのです」

長部がおどおどと言った。

「でも、清水さん、時間の穴は本当はないって」

「清水は時間の穴のことはなんにも知りません」

奈緒子がおそるおそる血だまりに近寄っていく。落ちているものを見て、ひとつネクタイピンを取り上げる。まぎれもない清水のものだった。

「金属を身につけていると、磁場が歪み、体が引き裂かれてしまうといいます」

吉子が冷然と言う。長部は恐怖のあまり頭を抱えている。そこへ、吉子邸から、絶叫を聞いて男たちがやってきた。奈緒子たちは、慌てて逃げ出した。複雑に入り組んでいる森の道のおかげで、追手をなんとかまき、木の陰に身を潜める。

「あっちか！　こっちか！」

森を捜索している人々の声が、奈緒子たちの側を通り、やがて遠ざかっていった。

「やっぱりあったんですね、時間の穴」

奈緒子の陰に隠れている長部が言った。

「そんなわけないですよ」

「でも現に清水さんは……」

時間の穴に取りこまれてしまったじゃないですか、と言おうとした長部は大変なことに気が付いた。

「僕の鞄！　あれも時間の穴に……、全財産だったのにィ〜」

長部は、おいおい泣きはじめた。

「長部さん、鞄はどこかにあるはずです。上田は長部を励ますように言った。

それでも心が晴れそうにない長部に、上田は、背負っていた風呂敷《ふろしき》包みを下ろし、中を開けた。中には、おにぎりが入っている。

「まぁ、これでも食べて元気を出してください。ゆうべ、むすんでおいたんですよ。やっぱり山はおにぎりです」

この期に及んで、上田は、まったく懲りない男だった。

とりあえず、おにぎりを食べてジッとしていると、すっかり森の中は静かになった。もう追手は戻ってこないようだ。安心して、立ち上がる奈緒子は、長部の姿を見てギョッとした。

長部が、不気味な笑いを浮かべ、ブツブツとつぶやいている。

「時間の穴に落ちたんなら、時間が経てば戻ってくる。そうだ、どうしてこんな簡単なことを忘れていたんだろう」

長部は突如勢いよく、さっき清水が消えた血だまりの所へ駆けだした。

「オサダさん！」

上田があとを追う。

「オサベ！　オサベ！」

奈緒子が上田の間違いをたしなめながら、あとを追う。

上田は、人の名前を覚えるのがほとほと苦手なようだ。

さきほどの場所に戻ってくると、お札がひらひらと舞っているではないか。見ると、さっきは何もなかった場所に長部の鞄が置いてある。中から芋ではなくお札が数枚はみ出している。長部は嬉々《きき》として、鞄に駆け寄った。鞄を取ろうとして、窪《くぼ》みの向こうに何気なく目をやると、清水の死体があった。清水の体は、手足、胴、首などあらゆる関節がねじれたむごたらしい姿となっていた。

「清水さん、やっぱり時間の穴に落ちて……」

あくまで時間の穴を信じる長部に対して、奈緒子は吉子の仕業だと言う。

「だって、無理ですよ。そんなの。清水さんがいなくなったとき、吉子様はずっと僕たちといたじゃないですか」

長部は、地面にこぼれたお札を一枚一枚かき集め、鞄に詰め込みながら諦めたように言った。

「いたかー、いないかー」

遠くで人々がまだ捜索している声がかすかに聞こえている。

しばらくすると、追手は諦めて戻ってきた。再び、三人は逃げ始める。追手と鉢合わせしそうになって、上田が傾斜になっているところで足を滑らせた。上田はズルズルと下に落ちてしまった。奈緒子が驚いて下を見ると、そこはそんなに深くなく、人が一人歩けるくらいの道幅があった。奈緒子は長部を促し、下に降りた。奈緒子たちが消えた上の道を追手が駆け抜けていった。なんとかやり過ごし、ホッとして脇に目をやると、道の突き当たりにポッカリ穴があいている。祠《ほこら》のようだ。

「何かの抜け道でしょうか？」

「向こうにつながっているみたいだぞ」

三人は中に入っていった。中は真っ暗で腰をかがめないといられない狭さだった。空気の流れがあるので、行き止まりではない。しばらく歩くと明かりが見えてきた。出口だ。用心しながら、外へ出ると、しめ縄が飾ってある。どうやら、ここは神社らしい。ブツブツと祈りをあげる声がして、その方向を見ると、マツが真剣に拝んでいた。マツの後方に木でできた鳥居が見えた。

「私はもうどうなってもかまいません、一日も早くあの子を間違った道からお救いください」

あの子とは誰のことだろう？　祈りを終え、帰ろうとするマツを奈緒子が呼び止めた。思いがけないところから顔をのぞかせた奈緒子に驚き、さらには、あの二メートルは身長のある男もいっしょだということに、マツはすっかり面食らう。上田がマツにこの神社の謂《いわ》れを聞いた。

「ここはね、祈りの岩と言って、昔から神がやどると言われた神聖な場所なんだよ。村で大切な行事があるときには、長老たちがやってきて、予定を読み上げ、神に奉納したものだよ」

マツの話を聞いて上田は合点がいった顔をした。

「そうか、そういうことか。神隠しの伝説の正体がわかったぞ。昔、この山に入った女の子たちが突然消えてしまい、いつの間にかまた戻るという伝説だ。そして、戻った女の子たちは、なぜか、みな未来を言い当てた。おそらく、女の子たちは、森の中でこの抜け道を見つけたんだ。そして、この場所に出た。ここにいれば、長老たちが奉納する村の予定を聞き出すことができる。知らないはずのことを女の子が知っているんで、みんなびっくりするんだ」

時間の穴の秘密が解明されたとき、奈緒子は、足下に靴が落ちているのに気が付いた。黒い革の男物の靴は、清水のものだった。

「そうか、清水さんも、この抜け道を使ったんですよ。あのとき、清水さん、私たちの前を走っていって、森に入り、こっそり抜け道に隠れたんです。血の跡は、あらかじめ清水さんが細工をしておいたものですよ。自分が時間の穴に落ちたと思わせるために」

それは、長部のお金を横取りするために清水が仕掛けたことだったのだと奈緒子が続ける。

「私たちがその現場を見れば、清水さんがやっぱり時間の穴に落ちたんだと思いこむ。吉子が現場を見つければ、ほっといても彼女はそう主張する。結果的に吉子は清水さんの猫ばばの手助けをせざるを得ない。でも、ここで予想外のことが起きた。逃げる道を吉子に見つかってしまったことです。清水さんは慌てて逃げ出し、とりあえず抜け道に隠れた。でも、抜け道のことは吉子も知っている。だから、出てきたところを吉子に殺された。後は、その死体を、誰もいないときを見計らって時間の穴の空き地に運び込んでおけばいいんですよ」

長部は身を硬くして言う。

「僕にはそんなこと、信じられない」

奈緒子は、長部をみつめて言う。

「もうお芝居は終わりにしましょうよ」

「え？」

「ずっと気になっていたんです。長部さん、その鞄、どうしていつもそんなふうに抱えているんですか？　本当に大事なものだったら、どこかに隠しておけばいいじゃないですか」

そう言われて、長部は顔を背けた。

「それじゃ、『この中にお金が入ってますよ、みなさん』って言いふらしてるようなものじゃないですか？　長部さん、清水さんにわざとそのお金を横取りさせようとしたんじゃないですか？　そして、吉子がそのことに気づくよう、あのとき、わざわざ大声を上げた……」

ひとしきり自分の推理を話したあと、奈緒子は長部に聞いた。

「あなたの目的は、なんなんですか？」

長部は、いきなり不敵に笑い出した。猫背気味の体を、大きく反らすと、急に背が伸びたように見える。

「そうですよ。私がここに来たのは、別に未来を占ってもらうためじゃありません」

長部の重たい前髪が目にかかっているが、時々ちらちらと見えるメガネの奥の瞳《ひとみ》は、狂気に満ちているようだ。

「私はあいつらがどうしても許せなかった。鈴木吉子と清水が。鈴木吉子は、最初は街のどこにでもいるような占い師でした。手相を見て、未来を占う。半分は人生相談みたいなものです。相手の悩みを聞き、アドバイスをする。元々、人を見抜く目のあった吉子は、たちまちよく当たるという評判の占い師になっていきました。でも、彼女はそれだけでは満足できなかった。ふと、彼女の心に悪魔のような考えがよぎったのです。いいですか。相談に来たAという人物に、いついつある場所に行きなさいと言ったとする。次に相談に来たBという人間にも、同じ時刻、同じ場所に行きなさいと言う。そしてこう予言するんです。あなたはそこでAという人間と出会うはずです。予言は当たりますよね。Bはなぜそれが当たったのか、少しもわからない。これを自分の所に相談に来たたくさんの人たちにやったらどうなると思いますか。一見意味のない指示を膨大な人数の人に与えるんです。誰も気がつかないうちに、未来を手のひらの上で動かすことだって不可能じゃない。鈴木吉子の評判に目をつけたのが、清水です。清水は、巨額の寄付金を受け取るシステムを作りあげたんです。こうなったらもう、インチキ宗教といっしょです」

「でも、あなたはなぜ……」

からくりを知っているならば吉子の詐欺に遭うこともないだろうに、上田は不思議に思う。

「私は、婚約者をあの二人に殺されました」

長部は、重々しい口調で衝撃の事実を告白した。

「私の彼女は編集部で占いのコーナーを担当していました。そこで鈴木吉子の噂を聞きつけたんです。なぜこんなにも占いが当たるのか。不思議に思った彼女は、こっそりと占ってもらった人たちのあとをつけ、調べてみたんです。彼女は真相に気づきました。そして、こんなことはやめるように鈴木吉子を説得に行きました。彼女が吉子に詰め寄ると、吉子は彼女に『見知らぬ男に襲われる』という予言を与えました」

奈緒子はおそるおそる聞く。

「それで本当に襲われたんですか？」

「ええ、言われたとおりの日に。吉子は、三人の男たちの心を操り、私の婚約者を悪魔だと信じこませたのです。怯えた男たちは、恐怖のあまり、彼女を階段から突き落としてしまったんです。彼女は亡くなりました。私は、吉子のせいだと訴えましたが、警察は相手にしてはくれませんでした。あいつらは、自分たちは全く手を汚すことなく、私の婚約者を死に追いやったのです。だから、私も、自分の手を汚すことなく清水を、死に追いやった」

ハハハハハッと長部はけたたましい笑い声をあげた。奈緒子と上田は事態の重大さに、言葉もなかったが、奈緒子がハッと気づいて聞いた。

「待ってください。まさか、清水さんの次は吉子を？」

上田も止める。

「馬鹿なことはやめなさい。これ以上人殺しなんて」

「じゃあ、あの女をこのまま見逃せっていうんですか!?」

長部は食い下がる。

「違います。今度こそ、ちゃんと彼女を告発するんです。清水さんを殺したのが吉子なのは確かなんですから。罪を認め、警察に行くように私たちが説得します。だから、もう復讐《ふくしゅう》なんてやめなさい」

復讐の念に支配されている長部は、体を痙攣《けいれん》させ奈緒子を睨んだ。

ひとまず森を出て、吉子邸に戻ろうとした奈緒子と上田と長部は、中野たちの急襲に遭った。二十人はいるだろうか、中野たち一派は怒りが頂点に達して、今にも奈緒子たちを殺しかねない勢いだ。

「みなさんは、騙されているんです。清水さんは吉子様に殺されたんですよ」

奈緒子が必死に訴える。しかし、奈緒子の話は中野たちにはまるで通じない。中野の合図で、男たちは手に持った棒を奈緒子たちに一斉に向けた。

そこへ、吉子が止めに入った。吉子は穏やかに言う。

「面白いじゃないですか。話を聞いてみましょう」

大広間に奈緒子、上田、長部が引き出されている。周りを中野たちが囲む。奈緒子は、吉子が清水を殺したという証拠として、祈りの岩に落ちていた清水の靴を差し出す。しかし、吉子は動じない。

「下らない。そんなもの、何の、証拠になると言うのです」

そこへ「もうおやめ、吉子」と言う声がして、見ればマツが立っていた。マツは、吉子に歩み寄り、「いい加減、目をお覚まし」と強く、でも慈愛にも満ちた表情で言う。

「ひょっとして、マツさん、吉子のおかあさん?」

上田が驚くと、吉子は馬鹿にしたように笑った。

「こんな女が私の母親なものか。私の母親はね、私と同じように特別な能力を持った人間だった。悪い人間たちに利用されそうになって、命を落としたのよ」

それを制してマツが言う。

「いいえ、吉子。お前のお母さんもお父さんもただの普通の人でしたよ。病気で早く亡くなったけどね。お前は私が引き取るまで、親戚《しんせき》をたらい回しにされて。寂しくて、だからみんなの注目がほしくて、嘘をつき続けた」

「うるさい！」

吉子はやや冷静さを欠いて、声を荒げた。

「要するにあなたは、私の育ての親だってことが自慢したいのね。欲しいのは、何？　お金？」

マツは哀しそうな顔をして、持っていた小さなガラスの瓶を吉子に向けた。

「わかってたよ。あなたが私に毎日飲むようにとくれたこのお薬。本当は薬ではないのでしょう。あなたは私に少しずつ毒を盛っていた。いいのよ。あなたは本当はとても心の優しい子なのよ」

そう言うと、マツは周りを取り囲んでいる人々を見て言った。

「みなさん、この子を許してあげてください。私が代わりにみなさんにお詫《わ》びします」

そして、瓶の粉を、コップに入った水に溶かし、一気に飲んだ。ほどなく、マツはゴフッと血を口から吐いて、苦しそうにもがき、床に突っ伏した。

上田が駆け寄る。

「医者を呼べ！」

オレンジ・ジャージとブルー・ジャージの男たちが、マツを抱えて連れ出した。上田は熱くなって、吉子に詰め寄る。

「あんた、何も感じないのか！　最後まであんたをかばってくれたあの方を見て」

吉子は顔色ひとつ変えず、言った。

「あの女が言ったことは全部でたらめです。あなたが言わせたんじゃないですか。あの女を買収して。あなたたちこそ、みんなを騙そうとしているんじゃないですか？　やはり証拠なんてなにもないんじゃないですか」

上田は何も言えなくなった。マツの言ったことを、立証できるものがないからだ。吉子が勝ち誇った表情を浮かべる。ところが、上田は、突然元気に笑い出した。

「証拠なんて必要ない。俺たちの目はごまかせない。なぜなら、彼女にはすべてを見通す力があるからだ！」上田の指は、隣にいる奈緒子をさしている。一同の視線が奈緒子に注がれる。ふいをつかれた奈緒子は、思わずその場のノリで言ってしまった。

「え、は、はい。お前のやったことは、すべてお見通しだ！」

奈緒子は吉子を指さして言い放った。

「そこまで言うなら、この前の勝負の続きをやりませんか。今度は本物の毒を使って」

吉子が、ちょっと厳しい顔をして言った。

「その勝負に僕も参加させていただけないでしょうか」

長部が言い出した。「だってコップは三つだし。三人いたほうがいいじゃないですか」

上田は長部の勇気に驚く。

「でも、あなた、自分が毒入りのコップを飲むかもしれないんですよ」

「大丈夫です。僕は奈緒子さんの言うとおりにしますから」

奈緒子は、頼られても責任持てないと思った。

さっそく、三つのコップと水差しが用意された。この前の勝負と同じ、青い布の敷いてある、平机の上に、コップは載せられている。奈緒子は上田を隅に呼び出し、打ち合わせを行う。長部も参加する。三人はコソコソと話し合っている。傍から見ると不審以外のなにものでもない。

上田が朗報を語る。

「俺はあいつがマツさんに飲ませたコップを見たんだ。あの毒にはひとつの特徴がある。粉がとけた水を揺り動かすと、表面にほんの小さな泡が立つんだ」

「つまり、泡の立っていないコップを選べばいいんですね」

「ああ、こっちが先に毒の入っていない二つを選んでしまえば、彼女は降参せざるを得ないはずだ」

吉子が待ちくたびれて声をかける。

「打ち合わせはすみましたか？」

三人は慌てて、吉子の前に戻る。

「では、はじめましょう。みなさん、後ろを向いて目を閉じてください」

部屋にいる一同が目隠しをする。その中の一人、山田アンソニーが吉子に言われて目隠しをとり、コップのひとつに毒を入れる。続いて、中野が目隠しをはずし、コップを入れ替える。用意ができたところで、全員が目を開けた。

「勝負!」

吉子の声が響いた。

奈緒子と長部はコップを入念に見るが、泡なんてどれにも立っていない。不幸にも毒の入ったコップだけ動かされなかったらしい。

「じゃ、見分ける方法はないってわけか」

三人がまた隅に集まって、コソコソ言っていると、吉子がとがめて言った。

「なんでも見通せる人が何をコソコソ打ち合わせしているのです?」

呆れた吉子は、自分からいくと言う。しかし、奈緒子がそれを止めた。

「あなたの負けです」

奈緒子は、勝算ありといった顔をして、上田たちを見る。そして、またコソコソと机のコップを指さして言った。

「ほら、一番右のコップ。へりに小さな傷がありますよね。あのコップ、確か、最初は真ん中にあったはずなんです。でも、今、右端にあるってことは……」

奈緒子の言葉を上田が続ける。

「真ん中のコップと一番右のコップが入れ替えられた!」

「ええ。そして、毒の入ったコップは動いていないはずですから、毒入りのコップは……」

「動いていない一番左」

なんて、奈緒子は、悪運の強い女なのだろう。

「お待たせ致しました。では、私からいきます」

奈緒子は机の前に座り、真ん中のコップを選んだ。そして一気に飲む。立ち上がり、振り向いて、一拍置いて、「あーっ、美味《おい》しかった！」とケロリと言った。

次に長部が机の前に座り、右端のコップを取って飲み干す。同じく、立って振り返る。奈緒子も上田も長部の無事を信じて疑っていない。ところが、振り向いた長部はうっと唸り、表情を変えた。その顔は苦悶《くもん》に溢《あふ》れている。そして、喉《のど》をかきむしり、ギリギリと床に倒れ込む。

「ばかな！」

奈緒子も上田も予想外の展開に大きな衝撃を受ける。それを見て、吉子は一安心。

「愚かな人たち」と言いながら、残ったコップの水に口をつける。そのときだった、長部の元に駆け寄った奈緒子と上田は、長部が苦しみながらも、目でこっそりと吉子のほうを窺《うかが》い見ているのに気が付いたのだ。

奈緒子は咄嗟《とっさ》に、長部が芝居をしているのだと察知し、吉子を止めた。

「ダメです！　その水を飲んじゃダメ！」

しかし、一瞬早く、吉子は、水を飲み干したところだった。勝利を感じてニッコリと微笑んだ吉子の顔が、瞬時に歪んだ。手から、コップが落ちる。

「どうして……」

かぼそい声で吉子がつぶやくと、長部がむっくり立ち上がり、吉子に言った。

「あなたの飲んだコップに毒が入っていて、僕の飲んだコップには毒が入っていなかっただけですよ。吉子さん、あなたが勝手に毒を飲んだんです。僕は何もしていない。手を汚さずに、望んだとおりの結果を手に入れました。あなたが僕の恋人にやったのと同じことを、僕はあなたにやっただけですよ」

長部の目はおそろしく冷ややかだった。吉子はあまりの苦しみのためかジッとしていることもできず、座敷の奥までもつれながら走り、ダンッと止まる。ゆっくりと、高く、かぶっていた紫のベールを掲げ、舞うような動きをする。それは、吉子の生に対する激しい執着の現れなのか。しかし、やがて力尽きたのか、ドサッと倒れ込み、そのまま息絶えた。口からどす黒い血が一筋流れていた。長部は、吉子の定位置である舞台の上にあがり、一部始終を見ながら、高らかに笑い続けた。そんな長部の姿を、奈緒子も上田も責めることはできず、悲痛な面もちでみつめるしかなかった。

あとは警察の手に任せ、奈緒子と上田は吉子邸をあとにした。隠してあった上田の車に乗せてもらい、奈緒子のアパートの前まで送ってもらう。降りがけに、奈緒子がふと思いだして言った。

「結局、吉子様の占いは当たらなかったわけですね。ほら、お前の一番大事なものをなくすって言ったやつ」

そう言ってみて、その占いに端を発した上田の失踪《しっそう》事件のことも思い出した。

「でも、上田さん、連絡のつかないところって、いったいどこにいたんですか？　何度も大学のほうに電話したんですよ」

「君がすごい勢いで電話してきたって言うから、てっきり怒ってるのかと思ったんだよ」

「何で、私が怒るんですか？　心配してたに決まってるじゃないですか」

　奈緒子がちょっと優しい声で言う。

「ああ、そうか。それはまぁ、そうだ」

　上田がハハハと笑い、奈緒子もつられてなんとなく笑う。車内に暖かい空気が漂った。奈緒子は、シートベルトを外し、車を降りようとして、上田を見て言った。

「あ、そうだ。忘れてた」

　バスッ！　奈緒子のパンチが上田の顔面を襲った。

「夢で殴られた、仕返し。バイナラ」

　戻ってきた東京は、れっきとした冬だ。解放感に溢れた奈緒子が、スキップしながらアパートの入り口に来ると、防寒具に身を包んだハルが、また何かを焼いている。香ばしい匂いと火鉢からのぞく火に、帰ってきた実感がわく。奈緒子の楽しそうな表情を見て「嬉しいことでもあったのか？」とハルが聞いた。奈緒子は預かってもらっていた米俵を取りに来た、と応えた。

「ああ、あれね」

　ハルの様子がなんだかおかしい。ハルがジャーミー君を呼ぶと、「ナンダ、ハル？」と言いながらやってきた彼は風変わりなポンチョを着ている。日本の厳寒がしのげて大喜びのようだ。よく見ると、お腹の真ん中に『くそう津米』と書いてあるではないか。まさか……。

「あの後、上田先生が来てね、試しに開けてみたのよ。そしたら中身はどう見てもお米でしょ。

変だなと思って、ちょっと食べてみたのよ。そしたら、食べれば食べるほどお米でしょう」

奈緒子は目を点にして、ハルをみつめた。

「食べたって、全部ですか？」

まさか、ハルとジャーミー君だけで全部ってことはないだろう。

「私じゃないのよ、上田先生」

確かに、上田は何十人分の御飯を一気に食えてしまうと言っていた。奈緒子が怒っていると怯えていたのは、このことだったのか。もはや、パンチ一発では済まされない。カーッと頭に血がのぼった奈緒子は、踵《きびす》を返して、上田の車の元に走ったが、時既に遅かりし。上田は猛スピードで車を走らせていた。

何が阿部ナントカな日本人だ、奈緒子はあんな男のことを少しでも心配したことを激しく後悔していた。その忌まわしい記憶を道に振り落とすかのように、奈緒子は猛然と上田の車を追って走るのだった。

サイ・トレイラー

episode 3

1

「不況だなぁ……」

昼下がり。今日も奈緒子は手品の仕事が思うようにいかず、お腹をすかせていた。どうやって今月の家賃を待ってもらうかを考えながら、商店街を力なくトボトボと。ふと見ると、前から歩いてきた小学生が、パンの中のうぐいすあんが気に入らないらしく、道にポイ捨てをしている。奈緒子は唾《つば》をのみ込み、思わずしらず、おずおずと背をかがめ、落ちたパンを拾おうとした。うら若き乙女の行動とは思えない。しかし、あえなくパンは通りすがりの自転車に轢《ひ》かれてしまった。

「不況だなぁ」

気づけば、商店街をうろつく人々が口をそろえて、不況だ〜とつぶやいている。そんなイヤな不協和音をBGMにしていると、ますます自分の行いが惨めに思えてくる。目の前の潰《つぶ》れたパンの残骸《ざんがい》が、まるで今の自分の状態にも重なって見えてくる。道路にうずくまり、心を震わす奈緒子の耳に、聞いたことのある言葉が飛び込んできた。

「なるほど。必ず〝当たる占い師〟時間の穴のトリックはそういうコトだったんですか！」

必ず当たる占い師？　どこかで聞いたことがあると奈緒子は思った。声の方向に顔を向けると、店先のテレビからテレビ朝日の人気番組『ワイドスクランブル』が流れている。主婦に絶大な人気を誇る昼の顔・大和田獏《おおわだばく》が司会をしている番組だ。ブラウン管の向こうで、大和田獏が神妙な顔でうなずいている。その隣にふんぞりかえって座っているのは、誰あろう、上田だ。

上田はこの番組の中の、『日本科学技術大学・上田教授のどんと来い、超常現象のコーナー』にレギュラー出演していたのだ。そこで上田は、先日の占い師・吉子の事件の全貌《ぜんぼう》をさも自分がすべて見通していたように解説していた。

「まぁ、私の明晰《めいせき》な頭脳は、どんなトリックも看破してしまうのですよ。はははは」

上田は高らかに笑っている。その姿を頼もしそうに見て、大和田獏が続けた。

「ところで先生、また本を出されるそうですね」

上田は、晴れやかな笑顔で一冊の本を取りだし、カメラに向けて言う。

「はい、好評につき『どんと来い！　超常現象2〜黒門島漂流記』」

なに!?　テレビをじっと見ていた奈緒子は驚いた。あの占い師事件を解決したのは、私だ。それに、上田はまた本を？　しかも、黒門島の話を勝手に書くとは！　奈緒子の心にどす黒い怒りがうずまいた。奈緒子の憤慨を知る由もなく、テレビの向こうで上田は、不気味なほど明るい笑顔で、拳《こぶし》をふりあげた。

「さぁ、みなさん、ご一緒に。ど〜んと来いっ！」と叫んでいる。大和田獏もアシスタントの大下アナウンサーも、一緒になって「ど〜んと来い」。

「大和田獏まで……」

奈緒子はその虚飾入り交じったシーンを悔しい面もちで見つめていた。

「あーっ、縁起悪いもん見たっ」

商店街を抜けた奈緒子は、神社に足を向けた。困ったときの神頼み。

「腐れ縁が切れて、どこからかあぶくのように銭がぶくぶく湧いてきますように！」

大きなことを頼んでいるが、賽銭《さいせん》はわずか一円。気合いを強く入れて念じ、帰りかけたとき、足下に百円玉が光っているのを見つけた。

「あぶく！」

思わず拾いかけたが、さきほど商店街にいた老人がどこからともなく湧いて出て、先行奪取されてしまった。夢破れて、神社を出ようとすると、今度は灯籠《とうろう》の下にお財布が落ちているではないか。遠目に見ても、相当分厚い。今度は誰にも先を越させまいと猛然と拾って、中身を確かめる。黒いオーストリッチの財布の中には、一万円札が何枚も入っていた。

「どこの国のお金？」

嘘のようだが、奈緒子は一万円を見たことがなかった。

何はともあれ、このまま財布をバッグにしまいかけた時、背後から声がした。

「迷わず、ネコババか」

振り返ると、そこには、ギラついた笑いを浮かべる上田が立っていた。

「その財布は俺が朝の太極拳《たいきょくけん》に行くべき歩行中に拾得したものだ。お巡りさんに届けるから返してもらおう」

「嘘をつけっ」

奈緒子は猫のように、上田を威嚇《いかく》する。

上田がその財布を開くと、中に白いペンで「ウエダ、7：35　狸穴公園《まみあな》」と書いてある。

「嘘でない、ほら」

「おまえ、拾ったものを勝手に……」

奈緒子は、自分のしようとしたことを棚にあげて、上田を責める姿勢をみせた。上田は、そんな奈緒子を制して言った。

「YOUにビジネスの話がある」

ビジネスと聞いては黙っていられない。今月の家賃のこともある。奈緒子は上田の研究室に同行した。研究室には、上田の本の表紙に使用されたポートレイトがあちこちに貼ってあって、そのニヤリと笑った表情が、奈緒子には居心地悪くてならなかった。部屋の一角の応接ソファに、深刻な表情をした黒縁メガネで横分けハンサムな男が座っていた。身につけているスーツや時計も高価そうなものだ。

「岡本宏《おかもとひろし》さん、二十八歳、証券会社勤務、依頼人だ」

岡本の向かい側に座った上田が、自分で淹《い》れた茶をすすりながら紹介する。

「証券会社の人ってはじめて見た」

上田の隣に座っている奈緒子は、興味津々で岡本を見た。

エリート風な男、岡本は、涙目で一部のパンフレットを鞄《かばん》から出し、机の上に置いた。パンフレットには、パラサイコロジーアカデミーと書かれていた。ページを開けると、中は、鮮やかなブルー地に白抜き文字で、何かこまごまと説明が書いてある。その中に、一人の男の写真が掲載されていた。男は四十代後半くらいだろうか、しかし、赤い髪に赤いシャツという派手な身なり。そして、黒いマント風なものを着ている。何かあやしい風貌《ふうぼう》だった。岡本はこの男の写真を指さして言った。

「この人の能力が本物かどうか、確かめてほしいんです」

奈緒子は、パンフレットに書かれている男の肩書きを読み上げた。

「パラサイコロジーアカデミー学長・深見《ふかみ》博昭《ひろあき》。またインチキヤローですか？」

奈緒子は上田に聞く。それを上田は制し、続けてプロフィールを読むように促した。

「三年前にワタリゴメ」

「渡米」

「ハーバード大学で客員教授を務める傍ら、オオノウセイリガク？」

「大脳生理学」

「心理マナブ？」

「心理学」

「ノリ、ガク」

「法学！　わざとだろう!?」

「……の博士号を取得したシンススムーキ…エイッの学者ぁ？」

「新進気鋭の学者！　つまり、俺と同じ超一流の知識人というわけだ」

「だから何？」

奈緒子の疑問に、岡本が説明する。

「深見さんは半年ほど前に帰国してアカデミーを開校したんです。今はそこで seventh perception つまり、第七の知覚と呼ばれるテレパシー等の講義を行っています」

「この人もテレパシー使い？」

「いいえ。彼には、第七の知覚の中でも、最も呪われた才能、サイ・トレイリングの能力があるというんです」

「サイコメトラー EIJI？」

サイ・トレイリング——聞き慣れない言葉に、奈緒子はテレビドラマ化された少年漫画のことしか浮かばなかった。そこへ、上田が出番とばかりに、嬉々《きき》として説明をはじめた。

「不勉強な君のために説明しよう。サイ・トレイリングとは、人の持ち物などから、その人の意識の痕跡《こんせき》を追跡し、居所を見つけ出すことだ。FBIでは、行き詰まった誘拐事件などで、サイ・トレイリングの能力を持つ人間、いわゆるサイ・トレイラーを起用して、被害者の遺体の捜索に当たらせたりもしているんだよ」

「遺体の捜索？　そんな事？」

奈緒子はちょっとギョッとした。

「もし深見さんの能力が本物なら、僕はどうしてもそのサイ・トレイリングで見つけて貰《もら》いたい人がいるんです！」

岡本が必死の形相で言った。奈緒子はそんな岡本に疑問を感じた。

「なんで私にそんなに強く言うんですか？　誘拐事件とかなら警察に行ってください」

「誘拐ではない。失踪《しっそう》だ」

上田が奈緒子に言い、岡本が説明を続けた。

「三年ほど前に噂になった人面タクシーの話は御存じですか？　僕の婚約者・小早川恭子《こばやかわきようこ》は、三年前、人面タクシーに乗ったまま、失踪してしまったんです」

「そうなんだ」

奈緒子は、ボンヤリしている。

「驚けよ!!」

「そうなんだ!!」

「あの噂はデマや都市伝説じゃないんです。僕はこの目で恭子が人面タクシーに乗るのを見たんです。あの日、僕は恭子のマンションに向かっていました。マンションの側にたどり着いたとき、彼女がタクシーに乗っていくのを見かけたんです。それが人面タクシーでした。あのとき、僕が大声で止めていたら恭子は……」

岡本は号泣した。

「人面タクシーは実在したようだ。実際、三年前に三多摩地区で恭子さんを含めて四人の若い女性が失踪している」

上田がフォローする。

「三年も経てば、警察も本気で捜査をケイゾクしてくれません」

岡本はさらに泣く。男にしてはかなり涙もろいようだ。しかし奈緒子は、その大仰な泣き方にどうも気持ちが冷めてしまう。

「失礼ですけど、岡本さんはなぜ今になって急に恭子さんを見つけだそうって思われたんですか？」

「僕も、恭子の事はもう忘れなければと思っていました。事実忘れかけていた。そしたら、こんな記事が……」

岡本は、鞄の中から今度は週刊誌を取り出した。比較的新しい号のようだ。付箋《ふせん》のついているモノクロページを開けると、そこには、

怪奇、人面タクシー。失踪した娘たちの怨念《おんねん》か!? 早く私たちをみつけて！

という見出しがデカデカと誌面を横たわり、妖怪《ようかい》のような人面タクシーの想像図が、おどろおどろしい線で書かれていた。目撃者のコメントも掲載されている。

「これを見たら、もういてもたってもいられなくなって。もし、深見さんの能力が本物なら、僕は何をなげうっても、恭子のサイ・トレイリングを頼むつもりです！ お願いです！ どうか彼の力の真贋《しんがん》を確かめてください！」

岡本ははらはらと涙を流しながら、奈緒子と上田に向かって深々と頭を下げた。

「……シンガン……って、ナンですか？ シンガンソングライター？」

深刻な状況の中、無知蒙昧《もうまい》ぶりをさらす奈緒子に、上田も岡本も一瞬凍り付いたような表情になった。

深見の力を試してみることを承諾した奈緒子と上田は、さっそく深見のいるパラサイコロジーアカデミーに向かった。アカデミーは、まるでSF映画に出てくる近未来世界のような高層ビルの中にあった。

「パラサイコロマカデミアンナッツ？」

「パラサイコロジーアカデミーだ」

ボケとツッコミを楽しみながら（？）、奈緒子と上田は吹き抜けのある広いエントランスの受付にたどりつく。

「すみません、学長の深見さんはどちらですか？」

単刀直入な奈緒子の問いに、受付嬢は不審顔、約束はあるのかを聞く。そこへ上田が、奈緒子の背後からヌッと顔を出し、受付の台に肘《ひじ》をついて高慢な態度で言った。

「そんな面倒な事はしていない。日本科学技術大学教授で、あの『どんと来い、超常現象』の著者、最近はテレビにも出ていて大和田獏とも懇意にしている上田次郎が来たので見に来なさい、と伝えなさい」

受付嬢はとりあえず電話を深見の部屋につなぎ、「どんと来いがお見えです」と伝えた。

「まんま伝えたら十中八九、『帰れ』って言われますよ」

奈緒子の声を無視して、上田はアカデミーの女生徒が数人歩いているのに視線を向けていた。上田の目線は、その中の巨乳の女性の胸元に集中している。その女生徒がハンカチを落としたのをすかさず拾い、追いかけたが、不覚にも滑って転んでしまった。女生徒は、エレベーターホールにデカイ身体をカエルのようにベッチャリと腹這《はらば》いにして転がっている上田に一切見向きもせず、エレベーターに乗っていってしまった。

「ふふふふ。人生には様々な不運がある。ラテン語の諺《ことわざ》にいわく『不幸な人間は希望を持て』とな」

呆《あき》れる奈緒子を後目《しりめ》に、上田はスッと立ち上がり不敵に微笑んだ。そのとき、奈緒子と上田の上方から声が降ってきた。

「『そして幸福な人間は用心せよ』」

見上げると、そこには、赤い髪、赤いシャツ、黒いマントを着た男が、二階から二人を見下ろしていた。赤茶色の布製の手袋をした左手を顎《あご》にかけて佇《たたず》む男は、怜悧《れいり》な雰囲気を身にまとっていた。その男こそが深見だった。

「わざわざ訪ねていただいて光栄です。『どんと来い』の上田教授。ご高名はかねがね」

深見の丁寧な物言いに上田は溜飲《りゅういん》をさげた。

「ご高名だなどと言われると、ははは。どーんと来い！」

嬉《うれ》しくなって、決まりポーズの拳を振り上げる。

深見はそんな上田から視線を外して、奈緒子を見て聞いた。

「そちらのお嬢さんは？」

「あ、これは山田と言って、私の助手みたいなものです」

上田に助手みたいなものと紹介されムッとしながらも山田は会釈する。

「ようこそ、おじょ～さん」

深見は一見紳士的に奈緒子に微笑んだが、その細い目と薄い唇は、やはりどこか冷たいものを感じた。

「せっかくいらしていただいたのですから、お二人に少し当アカデミーをご案内しましょう」

深見に連れられて、奈緒子と上田は、アカデミー内部を見学させてもらった。学内には何部屋か、広い教室があり、そこでは十数名の生徒たちが集まって、各々スプーンを使った実験、ESPカードを使った実験、アルファベットの積み木を使った実験などを行っていた。皆一様に、ブツブツと何かを唱えるように実験に没頭していた。

「一九七二年、旧ソ連、ノボシビルスクの医学研究チームは、培養組織、ネズミ、ウサギなどを使って、いくつかの遠隔性細胞間相互作用の実験に成功しています」

奈緒子には、深見の言葉は難しすぎて、『エンタッ・アチャコ』にしか聞こえなかった。

「遠隔性細胞間相互作用とは、物理的な距離を超えた交信作用のことです。人間で言えば、テレパシーと呼ばれるような、所謂《いわゆる》、意識のダイレクトな交流が証明されたわけです。人間の意識は海馬や大脳新皮質に流れ込む感覚情報を受容し、認知の領野として形成されます。しかし、意識それ自体は自律的な交信媒体として働いている」

深見の説明に、上田は「私も高校のときハマったなぁ〜」と懐かしい目をしていた。

ひととおり教室を見たのち、深見は応接間に奈緒子と上田を案内した。広い応接間には、高価な調度品がそろっている。深見と向かい合ってソファに座った奈緒子たちの前のテーブルに、高級なカップ&ソーサーが置かれた。上田は、紅茶の良い香りを楽しみ、感嘆の声をあげる。

「いやぁ、実に科学ですねぇ」

「でも、実際にどんな事ができるのか、さっきのレッスンを見学しただけじゃわかりませんよね」

一方、奈緒子は半信半疑の様子だ。

「お望みなら、レッスンに参加されても結構ですよ」

「いいえ。それよりも、サイ・トレイリングをやって見せて頂けませんか？」

奈緒子の挑戦的な口調に、深見の表情が少し変わった。

「あなたは、サイ・トレイリングの恐ろしさを何も知らない」

「呪われた才能ですか？」

上田の衝撃的な言葉に、深見は答えない。ただ冷ややかに上田を見るだけだった。

「あなたは自分に能力があるといいながら、一度もその力を見せた事がないと聞きました。普通、人はそういう人間を信用しません。その人に、華々しい学位でもなければ」

「私が学位の威光で人を騙《だま》していると？」

「違うのなら証明してください」

なおも食い下がる奈緒子に深見は観念した表情で言った。

「一度やれば、納得していただけるんですね」

それを聞いて上田は、鞄の中からキレイに折り畳まれた白いハンカチを取り出した。

「そうと決まれば、このハンカチの持ち主の居場所を」

ハンカチは、さきほどエントランスですれ違った巨乳の女生徒のものだった。

「できれば、名前と電話番号なんかも」

調子に乗っている上田を一瞥《いちべつ》して、奈緒子は、そのハンカチをひったくり、サッと広げた。そのハンカチをいつもの手品の要領で紅茶カップの上に置き、少々念を込めたのち、持ち上げると、なんと、カップの上には黒いオーストリッチの財布が乗っていた。それはまぎれもなく、例の狸穴公園で拾った財布だった。上田はギョッとしてポケットをまさぐる。いつの間にか、奈緒子にすられていたのだ。奈緒子は、平然と、その財布を深見に差し出し言った。

「このお財布の持ち主をサイ・トレイリングとやらで見つけてください！」

深見と奈緒子と上田は、財布の持ち主をサイ・トレイリングするため外に出た。大勢の人が行き交う街頭で立ち止まった深見は上田の手をとって、財布を載せた。そして、左手にしていた布製の手袋を静かにはずし、生身の手で財布に触れた。

「は――――ッ」

突如、深見は白目をむいて、顔を痙攣《けいれん》させはじめた。何かに乗り移られたかのようなその形相は、あまりに禍々《まがまが》しいもので、奈緒子はあとずさってしまった。五秒ほど、白目をむいたのち、何事もなかったように素に戻った深見は、道路の向こう側で信号待ちをしている群集に向かって指を指し言った。

「上田教授、あの辰巳《たつみ》琢郎《たくろう》似の老人を呼んでください」

上田は、信号が変わって歩き出した群集の中から、それらしい男を連れてきた。もっとも奈緒子にはその羽織袴《はかま》で、髭《ひげ》の先を上に向けた、細身の老人が辰巳琢郎に似ているとは思えなかったのだが。

「な、なんでぇ、おめぇさんたちは？」

老人の口調はべらんめぇで、後ろには、チンピラ風な男が二人付いている。どうやらヤクザの組長と組員らしい。

「これはあなたの財布ですね？」

深見は黒いオーストリッチの財布を差し出して聞く。

「ま、間違いねぇ！　この財布は！」

老組長は、驚いて叫ぶ。

江戸っ子？　奈緒子は、老組長のべらんめぇ口調が気になってならない。老組長は、失くした財布を手渡されて大喜び、中身をチェックするため二つ折りになった財布を開けてみる。

「ナンダ？　この、ウエダ、7：35　狸穴公園ってのは!?」

白いペンで記された覚え書きを見て組長は激怒する。

「子分は二人でも、おめぇさんたちのような小僧っ子に馬鹿にされる程、落ちぶれちゃいねぇ。行くぞ」

組長は憤慨しながら、子分を従えて去っていった。見送る奈緒子に上田はささやいた。

「親しみを感じてないか？」

「少し」

時代錯誤な気《き》っ風《ぷ》のいいしゃべり方、肩で風を切って歩く態度、変なプライドを持って生きている組長の背中に奈緒子はシンパシーを覚えていたのだ。深見が、そんな奈緒子に言う。

「これで納得していただけましたか?」

しかし、奈緒子は、しばし考えたあと、深見に言った。

「私も少しなら意識の痕跡《こんせき》を感知できますけど」

奈緒子は深見と上田を伴って、公園に来た。

「上田、鞄をお出し」

弟子みたいなものと言われた仕返しか、奈緒子は上田に対して高圧的に言う。上田は、自分の茶色い鞄を表向きに奈緒子に差し出すが、「逆」と奈緒子は一喝する。裏にした鞄の平らな面に、奈緒子はトランプの絵札を、上下に三枚ずつ六枚並べた。

「お好きなカードを一枚選んで指を指してください」

深見に言いながら、奈緒子はアイマスクをつけた。奈緒子が、自分の指すカードが見えない状態なのを確認して、深見は、ハートのキングを指さした。

「よろしいですね」

奈緒子は、六枚の絵札を集める。いつのまにか、公園に住むホームレスたちが、この手品に興味を持って、三人の周りを取り囲んで見ている。

「今から、あなたの意識の痕跡を感知して、選んだカードをこの中から消してみせます」

奈緒子は、掌の中の六枚のカードに集中したのち、「ヤ――――ッ」と雄叫《おたけ》びをあげた。そののち、サッと五枚のカードを鞄の上に広げてみせた。五枚の絵札の中には、深見が選んだハートのキングはなかった。驚く上田に反して、深見は顔色ひとつ変えずに言った。

「その五枚のカードをよくご覧なさい。わかりませんか。確かに私の選んだハートのキングはありません。しかし、その五枚の中に最初の絵札は一枚もありませんよ。そう、絵札をすりかえたんです。通常、人は選んだ一枚のカードに注目し、他のカードに注意を払わない。しかも絵札は数字と違って図形の類似性が高く、すり替えても露見しにくい。芸人がよくやるイカサマです」

よく見れば、最初に広げた絵札とは違う絵札が鞄の上に並んでいた。奈緒子はいつのまにか、六枚の絵札をすり替えていたのだ。集まったホームレスもブーイングで離れていった。

「よくわかりましたね。彼女はマジシャンでは超低レベルなんですよ」

深見の冷静な推理に、上田は奈緒子をフォローしてるのか、けなしているのか判断に困るようなことを言った。それを受けて深見は、極めて冷たい表情で言い放った。

「そんな低俗な人間が、神聖な科学の世界に首をつっこむなど、身の程知らずも甚だしい」

馬鹿にされた奈緒子は、思わず深見に向かっていこうとしたが、上田に制されてしまった。

「その通りです！　深見博士、また改めて神聖な科学の話を……」

「上田教授。私の能力を試すつもりなら、もう少しましな人を連れてくるべきでしたな。この国では、サイ・トレイラーはまだイカサマ師と同列にしか考えられておりません。はっきり申し上げておきます。私は今後は一切、この国でサイ・トレイリングをするつもりはありません」

深見は厳しい口調で言って、奈緒子たちのもとから離れていった。遠ざかる黒マントの背中に向かって、屈辱に震える奈緒子は、「おととい来やがれっ!!」と捨て台詞《ぜりふ》を叫んだ。あまりに大きな声だったので、公園でダンスレッスンをしている少女たちが、ビックリして奈緒子を振り向いたくらいだ。しかし、当の深見は何の反応も起こさず、静かに去っていった。

首尾を聞きに上田の研究室を再び訪れた岡本は、深見の力を検証することに失敗したという報告を聞いて、また泣き出した。

「なんてことしてくれたんです！　それじゃあ、もう恭子を探してもらえないじゃないですか⁉」

「まぁ涙をふいてください。とにかく、カードマジックを見破ったことで、深見にトリックの知識があるとわかった訳ですし。恐らくサイ・トレイリングにも何かトリックが」

さめざめと泣く岡本を前に、上田がフォローする。

「何もわかってないじゃないですか！　サイ・トレイリングは完璧《かんぺき》に成功したんです。あなたたちは本物の能力のある人間を怒らせてしまったんです！　このっこのっこのっ！　このイカサマ師がっ‼」

岡本は、泣き笑いのようになったぐしゃぐしゃな顔で、奈緒子をなじった。奈緒子はうつむき加減で、岡本の話を聞いていたが、やがて何かを決心したような表情をし、バンッと机を叩《たた》いて、岡本を見据えて言った。

「岡本さん、もう一度だけ、私にチャンスをください」

「今さら何を言うんです⁉」

「深見に恭子さんのサイ・トレイリングを引き受けさせてみせます！」

その言葉に岡本だけでなく上田も驚いた顔をする。

「本当ですか？」

「私のマジシャン生命をかけます」

奈緒子のシリアスな発言に、上田は一言言った。

「安い」

その言葉は無視して、奈緒子が続ける。

「上田さん、『どんと来い、超常現象のコーナー』に深見をゲストとして呼んでください」


翌日、さっそく『ワイドスクランブル』内の上田のレギュラーコーナーに、深見と奈緒子が出演することになった。まずは、作戦として上田が、深見をゲストで招き、話を聞くという名目で深見を呼んだ。深見は、昨日のことは水に流して出演を快諾してくれた。

「上田教授は先日、深見博士のパラサイコロジーアカデミーへおいでになったそうですね」

昼下がり、テレビ朝日のスタジオ。『どんと来い、超常現象』のコーナーがはじまった。大和田獏が上田に話を向ける。

「ええ。実に素晴らしい体験でしたね。今日は博士にアカデミーの話を伺うということでお越しいただいたのですが、実はついさっき、突然、ある女性があなたに挑戦したいと言いだしましてね」

上田は、話を切り替えた。あらかじめ、テレビスタッフとはこの件は打ち合わせ済みだ。大下アナウンサーが、「それでは挑戦者の方、どうぞ！」と声をかけると、手品の定番『オリーブの首飾り』のメロディーが流れだし、ステージ奥から奈緒子が現れた。真っ白なセーターの下の胸がいつもよりかなり膨らんで見える。テレビ出演を意識して、パッドを入れてきたのだ。

深見は、上田の横に並んだ奈緒子の姿を見て憤慨した。

「こんなお遊びに付き合うつもりはありません。悪いが、帰らせてもらう」

「逃げるんですか、深見さん？　私も、お遊びのつもりはありません。もし私があなたの意識の痕跡を感知できなかったら、そのときは『どんと来い、超常現象』の印税と上田教授のテレビのギャラ、大学の給金、そして実家の駐車場からあがるお金のすべて、あなたのアカデミーに寄付します」

奈緒子は真剣な顔で勝手な条件を並べている。奈緒子のマジシャン生命はどこへやら、上田に不利な条件ばかりではないか。上田は青ざめた。

「お――――いっ」

奈緒子は、上田を無視して続ける。

「その代わり、もし感知できたら、この写真の女性をサイ・トレイリングしてください」

奈緒子は、一枚の写真を深見に突きつけた。その写真にはひとりのメガネをかけた女性が、青空をバックに笑顔で写っていた。岡本の婚約者、恭子だ。

「受けていただけますか？」

しばしの間をおいて、深見は奈緒子を不敵な目で見返して言った。

「いいでしょう」

大和田獏が期待のこもった声で言う。

「では早速お願いします！」

メインステージから場所を移し、少し空間のあるフロアーで奈緒子の挑戦は行われた。机が用意され、奈緒子と深見は向き合って座る。奈緒子は机の上に、上下五枚ずつ計十枚の数字のカードを広げた。

「お好きなカードを一枚選んで、指を指してください」

奈緒子はそう言って、選ぶところが見えないようにアイマスクをかけた。

「ば、ばか！　昨日と同じじゃないか！」

上田が気づいたことは、深見にも気づいていた。深見は、アイマスクをした奈緒子を哀れむような目で見て、十枚のカードの中から、ダイヤの7を指した。深見が指を指し終わるのを待って、奈緒子はアイマスクを外し、広げたカードをひとつの束にまとめた。

「よろしいですか。これからあなたの意識の痕跡を感知して、選んだカードを消してみせます」

奈緒子は、カードの束を手の中に収めたと思うやいなや、「は――――ッ」と声をあげ、白目をむいて、念を込める。やがて、サッと、机上に広げたカードは九枚。その中には、深見が選んだダイヤの7はない。今度は、先に広げた数字のカードと同じカードだ。

深見はやや顔色を変え、奈緒子をじーっとみつめた。そして、奈緒子のサイドの髪をあげて、隠れた耳などをチェックした。

「ここにあるのは、すべて最初のカードと同じです。耳に小型受信機も入れていません。上田からマイクでカードを教えてもらうのも不可能です。カードがご不審ならあらためてもらっても結構です。一切トリックはありません。私はあなたの意識の痕跡を感知したのです。約束どおり、この女性をサイ・トレイリングしていただけますね」

奈緒子は毅然《きぜん》と言った。

スタジオ内は静まりかえった。一同は深見がどう出るのかを固唾《かたず》を呑《の》んで見守ってる。すると、深見は静かに左手の手袋をとって、奈緒子が差し出した恭子の写真を手に取った。

「その女性、小早川恭子さんは、三年前の一月二十日に、人面タクシーに乗ったまま行方がわからなくなって……」

深見は、写真を手にしたまま、また例の白目をむいて痙攣《けいれん》する儀式を行った後、一呼吸おいて言った。

「この女性は既に殺されています。そして被害者はこの女性だけではありませんね」

深見の読みに上田が驚いて言う。

「はい、あの、その女性が一番最初に失踪《しっそう》して、その後、三多摩地区で相次いで三人の女性が人面タクシーに」

「いいでしょう。どうしても私にサイ・トレイリングさせたいと言うのなら。その四名の被害者を全員、見つけだしてみせましょう！」

深見は言った。そして続けて「報酬はキャッシュで一千万。よろしいですね」

深見の大胆な挑戦に、スタジオは騒然となった。

「ややややや、大変なことになりました！ 人面タクシー連続失踪事件を日本ではじめてサイ・トレイリングで解決するという一千万の大チャレンジが宣言されましたっ！ この『ワイドスクランブル』では、このもようを一部始終放送したいと思います！」

大和田獏も大興奮だ。

その夜、上田の研究室に、奈緒子と岡本がまた集まっていた。昼間の『ワイドスクランブル』をビデオに撮って見せると、岡本はまたおんおん泣きはじめた。ハンカチが絞れるほどの涙の量だ。

「一千万なんて現金、とても僕には……」

そこへ、部屋の片隅から金髪オールバックの石原がひょっこり顔を出した。だだっ広い上田の研究室を憩いの場として、刑事の矢部と部下の石原が勝手にくつろいでいたのだ。

「エライことになったなぁ。ねえちゃん払えるんか？　というか、オマエぎょうさん入れてるのぉ！」

石原はビデオで見た奈緒子の胸パッドのことをからかった。

「うるさい！　一千万なんてうちの家賃、二百ヵ月分ですよっ！　用がないなら帰ってください！」

奈緒子が怒る。自分の家でもないのに、権限をふりかざすような物言いだ。

「そうはいかんもんじゃぁ。深見はなぁ、『女は殺されとる』とテレビで公言したんやぞ。俺ら署長から、万一、サイ・トレイリングでなんぞみつかった時に、警察おらへんかったらカッコつかんから、おまえらついとけって言われたんじゃ」

矢部がまくしたてる。上田は計算機をいじりながら言った。

「そうだ！　四人全部じゃなくて、恭子さん一人でいいから、二百五十万でって頼んだら？」

「いいよって言うと思ってるんですか」

　上田と奈緒子に険悪な空気が流れているのを見て岡本が頭を下げる。

「すみません。お二人をこんな騒ぎに巻き込んでしまって」

「乗りかかったバスですよ」

　奈緒子のトボケタ言葉に、一同は押し黙るしかなかった。

「余計なことしたなぁ。借金まみれになっても、もはや一千万用意せえへんと、引っ込みつかんぞ」

　矢部のシリアスな言葉に、研究室は重苦しい空気に満ちた。

　そのとき、「その一千万、私に払わせてもらえませんか？」という声がした。見ると入り口に、男が立っている。やや小太りな中年男性がニコニコと笑っている。黒いタートルネックに金のメダルのネックレス、金の時計、指には指輪、ちょっとしたお金持ち風だ。手にはポーチを持っている。上田は、初対面の男にかけより、「全面的にOKです。お支払いください」と言った。奈緒子は、男に念のため素性を聞く。そのとき、岡本が血相を変えて言った。

「僕はこの人の力を借りるのだけは絶対にいやです！」

　そして、岡本は男をにらみつけて研究室を出ていった。

「申し遅れました。私は恭子の伯父《おじ》、小早川辰巳《こばやかわたつみ》です」

　残った男は自己紹介をした。奈緒子も石原にもその名前に聞き覚えがあった。

「小早川って、あのめちゃくちゃ金持ちのエッセイストか？」

「小早川さんが伯父様ということは、もしかして恭子さんは、あの有名な小早川グループのご令嬢？」

上田の目の色も変わった。一方、矢部は、そんな彼の肩書き以外で小早川のことが気になってしょうがなかった。

「いやー、小早川さん。僕と同じ匂いがしますね。なんでやろー？」

矢部は嬉《うれ》しそうに小早川の頭を見つめる。どうやら、小早川の髪も鬘《かつら》らしいのだった。

とりあえず一息ついた小早川は、恭子との関係を語り始めた。

「恭子は、私の妹・律子《りつこ》の一人娘なのです。律子はかなり進歩的な性格で、二十歳のときに、未婚の母として恭子を生みました。当時、未婚の母と言えば、相当風当たりが強かった時代のせいか、律子は最後まで恭子の父親の名前を明かしませんでした。律子は、恭子の失踪から半年後に亡くなりました。よほど、娘の失踪が堪えたのだと思います。今では、恭子と血のつながった肉親も私ひとり。ですから万にひとつでも恭子が見つかる可能性があるのなら、亡き妹に代わって、その一千万、私に支払わせて頂けないかと思いましてね」

救世主・小早川の登場で一千万の心配をすることがなくなった奈緒子と上田は、その夜遅く、夕飯を食べにでかけた。屋台のソーキ蕎麦《そば》屋で二人は沖縄の味に舌鼓を打っている。奈緒子の食欲は相当のもので、替え玉をバリカタで頼み、高菜も紅生姜《べにしようが》も多めに注文する。上田は、ふと昼間のトランプ対決のことを思い出し、奈緒子にトリックを聞いてみた。

「わからなかったんですか？」と奈緒子に呆れられ、上田は、「はは、馬鹿な。ただ科学的に厳密な証拠が少々」と誤魔化してみる。

「あのね、あのアイマスク、メッシュで向こうが丸見えなんです」

奈緒子はあっけらかんといともくだらない解答をした。

「卑怯《ひきょう》な！」

上田は開いた口がふさがらない。

「とにかく、これからですよ。どうなるかわからないのは。人面タクシー連続失踪事件をサイ・トレイリングするって言い出したのは、深見のほうなんですよ。きっと何か次の手を考えています」

奈緒子は来るべき対決のときに向けて、闘いの決意を新たにしている様子だった。

そのとき、奈緒子と上田は、屋台のマスターの顔が見覚えのある人物であることに気が付いた。屋台の向こうで笑っているちょっと太めな男は、以前から奈緒子につきまとっていたストーカー・照喜名だったのだ。

翌日、パラサイコロジーアカデミーに、奈緒子、上田、深見、岡本、小早川、矢部、石原、と主要メンバーが集結した。『ワイドスクランブル』の撮影スタッフもいる。奈緒子たちは、テレビのADから、中継のために、各自胸に名前と肩書きの書かれたプラカードをつけさせられた。奈緒子は挑戦者、上田は教授、小早川は、スポンサーなのでお金のマーク、岡本は、元婚約者と、非常にワイドショー的だ。

奈緒子が岡本を深見に紹介する。

「立ち会いを許可して頂いて、ありがとうございます」

岡本が丁寧に挨拶《あいさつ》した。

次に、出資者として小早川を紹介している間中、岡本は苦々しい顔をしていた。

そこへ矢部が、カメラを意識して重大事実を話し始めた。

「ただですね、先ほど、深見博士に写真をお見せしたところ、やはり四人とも亡くなっているとのことでして。どうなさいますか？　続けますか？」

小早川は意を決したように

「もし、恭子がこの世にいないならいないで私はその時の真相が知りたい。誰かに殺されたなら、そいつを見つけだして復讐《ふくしゅう》してやりたい。この中のどなたでもいい、真相を解き明かしてくれた方に私はあの一千万を払います」

それを聞いた奈緒子は、「どなたでもいいって、私でもいいってことですか？」と身を乗り出す。

「あなたがたに何ができるんです？　まず、四人の死体を探し出してください」

と小早川は深見に頼んだ。奈緒子は深見に尋ねる。

「深見さん、念のために聞いておきたいんですが。失踪から既に三年。その上、もう亡くなっているんだとすれば、生前、彼女たちが残した意識の痕跡はかなり薄くなってるんじゃないですか？　途中で『ここまでだ』なんて言いませんよね」

深見は静かに答えた。

「無論、人が死亡すると、その人が物理学的に残した意識の痕跡も、時と共に消えていきます。しかし、望まない死を遂げた場合、その人が生前に残した意識の痕跡は決して消えることがありません。なぜなら、その人の意識自身が死後も消滅していないからです。この世界には、死者の意識が残留する〝ゾ——ンッ〟と呼ばれる見えない領域があるのです」

深見は〝ゾ——ンッ〟と言う言葉を、口をとがらせて高い声で発音した。奇妙だ。

「望まない死を遂げた者の意識は、死の瞬間に感じた強烈な恐怖、怒り、怨恨《えんこん》などによって、〝ゾーン〟に焼き付けられてしまうのです。ちょうど火災現場で死んだ人間の形が焼き付けられてしまうようにね。〝ゾーン〟に意識がとどまっている限り、彼女たちが生前、この世に残した意識の痕跡も消えることがない」

そう言って、深見は机上の失踪した四人の女性の写真に手をかざした。

「サイ・トレイラーは最も呪われた才能を与えられた者。これから私が追うのは、死と恐怖の意識の痕跡です」

深見は、一枚写真を取り上げて言った。

「最後に失踪したこの彼女から始めましょう。彼女の持ち物を」

石原が、深見に彼女が持っていた動物のマスコットを手渡す。

深見はマスコットに残された失踪女性の痕跡を感知して、車で移動した。矢部と石原の車が深見を乗せ、上田が奈緒子を乗せて走った。まず、街中の通り沿い、街頭の柱に触れた深見は言った。

「ここだ、彼女は三年前の二月二十日の夜、ここにいた。ここにもたれてタクシーを待っていた」

それから深見は、日野方面まで車を走らせた。だいぶ郊外まで来た、とある交差点、傍らには三角帽子の山田うどんの看板がある。

「この赤信号でタクシーは止まった。彼女はじっと、絶望と恐怖で声が出なかった。彼女はただじっと……」

深見は、静かだが力のこもった声音で語る。その光景が、居あわせた者たちの脳裏にリアルに浮かび上がった。

「俺、なんや、終点が怖うなってきた」

矢部が身震いをする。深見の指示で車は人影などまるでない山中に入っていった。車を止めると、深見は躊躇《ちゅうちょ》なく藪《やぶ》に分け入っていく。奈緒子たちも、慌てて後を追う。しばらく進むと、雑木林の一角で深見が立ち止まった。

「ここです。この場所で彼女は殺されました。絞殺です」

奈緒子が聞いた。

「そこまで言うからには、彼女の遺体が埋められた場所もわかるってことですよね」

深見は、気配を感じるように辺りを見回して言った。

「ここからあの斜めの木までを掘り返してください」

矢部は、石原の携帯をとって、警察に地面を掘り起こす手配を頼んだ。カメラも回っている。ほどなく作業員が到着し、掘り返しがはじめられた。奈緒子たちはすることもなく、山中で立ちつくしている。やがて、作業員の声がした。

「骨が！　人の骨が出ました」

驚いた奈緒子が、バンの中にいる深見に目をやると、深見は平然とした表情でシートにもたれていた。

その後、深見は夜半に至るまで、二人目、三人目の失踪女性の痕跡を追跡、いずれも山中に遺骨が埋まっているのが発見された。あと残っているのは、小早川恭子だけだった。

「今夜はここで一旦《いったん》、置きましょう」

三人分のサイ・トレイリングをした深見は、さすがに疲労の色が顔に出ていた。よほど精神を集中するのだろう。しかし奈緒子にはまだ、深見の力が信じられない。

「深見さん、あなたは一体……」

深見は自分をみつめる奈緒子に向かってうっすら微笑んだ。

「あなたの負けです。私には本物の力がある。死と恐怖を追跡する悪魔の力がね」

「よっしゃ！　連続殺人事件や！　石原、あしたから忙しなるで」

静まりかえった山中に、矢部の声だけが大きく響く。闇夜に、作業用の赤いライトがあやしく点滅していた。


数日後、昼下がり。上田の研究室に、奈緒子と矢部が集まっていた。今夜八時から、恭子のサイ・トレイリングが行われる。矢部は殺人事件担当を外されて、暇をもてあましているので、上田たちといっしょにこの超能力実験に立ち会うつもりでいる。

奈緒子と上田はテレビを見ていた。『ワイドスクランブル』の時間である。司会の大和田獏の隣には、深見が座っていた。

「望まない死を遂げた者の意識というのは、死後も決して消滅することがないのです。それがいろいろ集まってゾーンになるのです」

深見は自説〝ゾーン〟について解説していた。

「軽く乗っ取られましたね、上田のコーナー」

奈緒子が茶化す。そう、深見が三人もの死体を見つけだしたため、テレビスタッフは急遽《きゅうきょ》、レギュラーを上田から深見へと変更してしまったのだ。

「うるさい。君のせいでとんだ恥さらしだ」

上田は、心底プライドを傷つけられていた。

「いや、そんなことはない。私たち、実はすごく一千万に近づいているのかもしれませんよ。深見がどうしてあんなにも簡単に死体のありかを言い当てることができるのか。深見が四人の死に深く関わっているか、ひょっとしたら自分で殺して埋めた」

奈緒子は、驚くべき推理を語った。

「アホやなぁ、オマエ。骨が出てきた時点で、殺人事件やぞ。自分で殺して埋めて掘り返して。逮捕してくださいって言うてるようなもんやろ」

矢部は相手にしない。

「でも、深見は一千万の報酬を手に入れるんですよ」

「ばーか。少なくとも三人の人間を殺してアカデミーまで作って、その代償が一千万じゃ割が合わないじゃないか？」

　上田も反論する。それでも奈緒子は執拗《しつよう》にくい下がる。

「一千万ですよ！　死ぬまで大手を振ってあのアパートに住んでられるんじゃないですか」

　哀しいかな、奈緒子の金銭感覚は続く貧乏の中で、完全にずれてしまっていたのだ。

「あほ。オマエみたいに深見は金に困っとらんわ」

「第一な、深見は当初、サイ・トレイリングはしないと言っていたんだ。それを無理矢理やらせるように仕組んだのは……」

「オマエじゃ！」

　上田と矢部は、完膚無きまでに奈緒子を責める。が、奈緒子の頭には一千万のことしかない。

「とにかく、深見は絶対この事件に関わってるはずなんです。あいつから目を離さないようにしていれば、私たちには自然と一千万が……」

　そこへ、石原が入ってきた。深見のところへ恭子の私物を届けてきた帰りだ。石原もまた、矢部と同様、殺人事件から外されていた。

「のうのう、ねえちゃん、言うとくけどのう、深見先生は、殺人事件に関係ないけんのぉ」

　石原が、奈緒子の意見に水を差すことを言った。

「あの三人の被害者が失踪したとき、深見先生は、日本におらんかったじゃきに。書類に書いとったじゃろ。深見先生は、三人が失踪する一週間前にワタリゴメ」

「渡米！」

　今回は奈緒子がつっこんだ。

「渡米してたんじゃ。それ以降、半年後帰国するまで、いっぺんも日本に戻ってないけぇのぉ」

深見はまたするりと奈緒子の追跡をかわしてしまった。悔しさのあまり、奈緒子は虚空をみつめるばかりだった。

夜が来た。八時前、パラサイコロジーアカデミーには続々と人々が集結してきた。奈緒子、上田、矢部、石原、小早川はまず応接間に案内された。テレビの撮影隊もスタンバイしている。深見は、恭子の持ち物である髪飾りを今日の追跡に使用するため持っている。

八時になった。が、なぜか岡本の姿がない。しばらく待ってみることにしたが、八時を三十分過ぎても現れる様子がない。

「行きましょう。深見さん。これ以上待つことはない」

岡本と仲の悪い小早川は苛立《いらだ》ち、立ち上がる。

「でも岡本さんは恭子さんの婚約者で、ずっと恭子さんを心配してたんです」

「婚約者なら一番にここへ来てしかるべきじゃありませんか。全く薄情な婚約者もあったものだ」

と、そこへ、岡本がべそをかきながら駆け込んできた。ただならない形相だ。

「きょ、きょ、きょうこぉ〜っ！　恭子が人面タクシーにぃーっ！」

ここに来る途中、恭子の乗った人面タクシーを見たと言うのだ。そのタクシーは、岡本の身体をすり抜けて走って行ったという。岡本の狂乱ぶりは、手のつけようもないほどだった。

「やはり、今日のサイ・トレイリングは延期しましょう」

ただならぬものを感じたように、深見は言った。しかし、小早川は納得しない。

「冗談じゃない！　深見さん。私はこれまであなたのやり方に一切、異議を唱えなかったはずだ。あなたが恭子を無視して、他の被害者からサイ・トレイリングを始めてもだ。だが、今夜は出資者として言わせてもらう。私はこれ以上待つつもりはない！」

小早川の苛立ちは相当のものだった。しかし深見は、顔色ひとつ変えずに答えた。

「私が恭子さんを最後に残したのは、彼女のサイ・トレイリングが最もおそろしいものになるとわかっていたからです。ゾーンに留まった彼女の意識、怒り、憎悪、怨恨、それらは他の三人とは比べ物にならないくらい強い。なぜなら、四人の被害者の中で、彼女だけが知っていたからです……殺人者を。四人の女性を殺害して埋めた犯人は、最初の被害者、恭子さんの身近にいた男性です」

深見が驚くべきことを言いだしたので、みなは動揺するばかりだ。

「な、なんです⁉　馬鹿な冗談はやめてくださいよ‼」

岡本は、泣き泣き反論する。

「不愉快だ！　私は帰らせてもらう！」

小早川は完全にキレて、応接間を出ていった。岡本もあとに続いた。

二人がいなくなっても、深見は相変わらず能面のような表情をたたえていた。

「石原君。恭子さんの持ち物、髪飾り以外にもあれば、今日中に私の自宅のほうへ届けてください」

そう言って、深見も応接間を出た。

今日のサイ・トレイリングは中止となり、テレビ撮影隊も引き上げた。奈緒子たちも、帰ろうと入り口まで来ると、そこでは岡本と小早川がもめていた。どうやら、小早川は岡本が恭子を殺したんだと思っているのだ。

「なんで僕が恭子を殺さなきゃならないんです！」

「やましい事があるからこそ、そんな馬鹿な幻を見るんじゃないのか！」

小早川と岡本が言い争っている。

「まぁまぁ二人とも」

矢部が仲裁をしている。

「僕はこの目で確かに見たんだ！　信じてください、矢部さん！　本当に見たんです！」

「いい大人がみっともない。車が煙みたいに消えてなくなるわけないだろう!?」

そこへ奈緒子が割って入った。

「そのとおりです。もしそんなことがあるなら、物が消える以上、必ずトリックがあるんです」

奈緒子は強気だ。岡本に人面タクシーが消えた場所を聞き、自ら検証に行くと言う。

「そこに一千万円がある限り！」

奈緒子のただならぬ一千万への執着に、上田はたじろぐばかりだった。

そうして、奈緒子と上田、矢部に小早川は、岡本が遭遇した人面タクシーの出現場所に向かった。

岡本はいやいや、案内として付いてきている。岡本が人面タクシーを見た場所は、道が東西、南北に通った交差点だった。岡本は東西に走る道路の西側にタクシーを見つけたという。その道路の西を背にして見ると、左側が道路工事中らしく現場のライトが点滅している。気が付くと、次第に霧が出てきている。岡本がタクシーを見たときも霧が深かったと言っていた。

「なんや気色悪ぅ」

「ただの霧じゃないか。はははは」

矢部が怖がるのを笑う上田だが、その笑い声は固く、目も据わっている。

「あの雑誌の記事にも人面タクシーは、霧の夜に出るって書かれてありました。多分、映写機かなんかで、霧に映像を映しだしてるんだと思います。一見、実物みたいに見えるんですけど、あれはただの……」

奈緒子が冷静に状況を分析する。

そのとき、上田が背後——西方向から車が来る気配に気づいた。振り返ると、深い霧の向こうからヘッドライトの光が漏れてきた。

「で、出た！」

岡本が叫ぶ。霧の中から現れたのはタクシーだ。上方についたタクシーのマークは、不気味に笑った顔のマークだ。人面タクシーの記事が載った雑誌にも、タクシーの目印としてあのマークが書かれていた。タクシーはスピードを緩めることなく、奈緒子たちのほうに走ってくる。

映像だと奈緒子は強く信じ、その場に踏ん張る。しかし、近づいてくる車の姿は、3D映像のようにあまりにリアルだ。遂に車は、目の前まで近づいてきた。ぶつかる！

「逃げて!!」と奈緒子が叫んだ瞬間、バリバリッと破裂音がして、青い閃光《せんこう》が奈緒子たちの脇を走った。奈緒子たちに向かって突っ込んできたはずの車は、もういない。振り向くと、車が東の方向へ遠ざかっていくのが見えた。通り抜けた？　そんな馬鹿なことが……。そして、そのタクシーの後ろには、写真で見た恭子らしき人物が青白い顔をして乗せられているのが見えた。恐怖で気絶している上田以外の全員が、その姿をはっきりと見た。そして、恭子を乗せたまま、タクシーは深い霧の中へ消えていった。

2

翌日の昼間、明るくなってから奈緒子はもう一度、人面タクシーの現場に行ってみた。交差点、東西、南北につながる道、工事現場は昨日のままだ。自分の歩いた道を一歩一歩、周囲に気を配りながら歩く。すると、奈緒子の脳裏にあることが閃《ひらめ》いた。

「トリックだ……」

奈緒子は確信して、上田と矢部を呼び出した。

数時間後、上田と矢部は現場に現れた。石原もついて来ている。彼らは、数珠やらお札やらを身体にたくさん身につけている。よほど、昨日のあやしい霊的タクシー体験がこたえたらしい。石原も、昨晩、深見のもとを訪ねた折り、深見の家の周りに怪奇映画のような足長蜘蛛《ぐも》や日本人形を見てしまい、すっかり気が小さくなっていた。

「昨夜の人面タクシーはトリックやったなんて、嘘やったら、オマエ絶対呪われるぞ」

矢部は大声を出し、恐怖を紛らわせている。上田も巨体に似合わず、小動物のようにオロオロとしている。

「上田、怖がるな！」

奈緒子は一喝した。そして、工事現場の脇の、看板を指さした。警察のマークがあるその看板には、焼け焦げのようなものが残っている。

「これです。これがトリックを解く鍵《かぎ》だったんです。昨夜、私たちはこの道を向こうから、西から東へ向かって歩いていました。暗い上に、昨夜は霧が濃くて距離感が摑《つか》めなかった。でも、工事現場の灯りの位置から考えて、私たちが人面タクシーに気づいて立ち止まったのはちょうどこの辺りです」

奈緒子は、交差点の中心まで来て立ち止まった。

「人面タクシーは、東から真っ直ぐに私たちのほうへ走ってきた。ひき殺される、そう思って逃げようとしたとき、霊界のプラズマみたいな閃光が走って、私たちは思わず目を瞑《つむ》った。そして、人面タクシーは、私たちの身体を気体のように通り抜けて真っ直ぐ走り去った……、そう思ってますよね？　すべてのトリックは、私たちが目を瞑っていたその二、三秒の間に完了していたんです。霧の中で目を瞑れば、誰でも方向感覚を失う。目を開けたとき、私たちの方向感覚は丁度九十度狂うように、つまり東西、南北が逆になるように仕組まれていたんですよ」

奈緒子の確信に満ちた推理に、上田は大きくうなずいた。

「やっぱりそうだと思ったよ」

矢部にはさっぱりわからない。もっとも、上田も実はなんのことやらわかってないのだが、悔しいので、同意しただけなのだが。

「矢部さん、どうして人面タクシーがこっちへ走り去ったと思ったんです？」

「え？　だって、こっちからやって来たように感じたんやもん」

矢部は、東西南北に道ができた交差点の真ん中から、自分の進行方向・東を指さす。

「そう感じた理由があったんです。走り去る人面タクシーを見る時、私たちは無意識に方向を示す目印も見ていた」

方向を示す目印……。

「工事灯か！」

昨晩の記憶を呼び戻した上田が思いついて言った。昨晩、西から東に向かって歩いていた上田たちの、左手に工事灯が点滅していた。

「ええ。あの工事灯は、霧の中で方向を示す唯一の目印だった。でもあのとき、私たちが見たものは、左側の工事灯ではなく、向こうの工事灯だったんです」

奈緒子は、自分たちが今歩いている道と交差して南北に走る道を指さした。そこにも今左側にある工事現場とまるで同じような工事現場がある。

「あれ？　昨日あんなんあったっけ？」

矢部には左側の工事現場しか記憶がない。

「二ヵ所あっても、灯りがついていたのは、常に一ヵ所だけだった。私たちが目を瞑った瞬間、この灯りが消えて、それまで消えていたはずの向こうの灯りがついたんです」

奈緒子が説明した。

「誰かが隠れてスイッチを切り替えたって事？」

「いいえ、このトリックはすべて人面タクシーを運転する人間だけでできるんです」

「じゃあ、そいつは人面タクシーを運転しながら、工事現場の灯りを切り替え俺たちの方向感覚を狂わせたって言うのか？」

「ええ、その証拠がこの焼け焦げです」

奈緒子は今一度脇にある看板を指さした。

「昨夜、私たちがここに来たとき、あの工事現場と向こうの工事現場は、道路を横切る導線で繋《つな》がれていたんです」

奈緒子は、このトリックをもっとわかりやすく説明するために、ジオラマを取り出し、交差点の真ん中に広げた。奈緒子が、皆の到着を待っている間に、その辺にあった段ボールなどを使って作ったものだった。手先は器用なので、なかなか精巧にできている。次に奈緒子は、紙でつくった男とグラマラスな女（奈緒子にとっては自分のつもり）の人型を取り出し、昨晩の出来事を再現しはじめた。

「濃い霧のせいで私たちは、道路に張られた導線に気づかなかった。私たちが交差点の真ん中に来た時、人面タクシーのドライバーは西から猛スピードで突っ込んで来た。ドライバーは、バンパーで導線を切って、霊界のプラズマを見せ、そのせいで目を瞑った私たちは、同じ導線

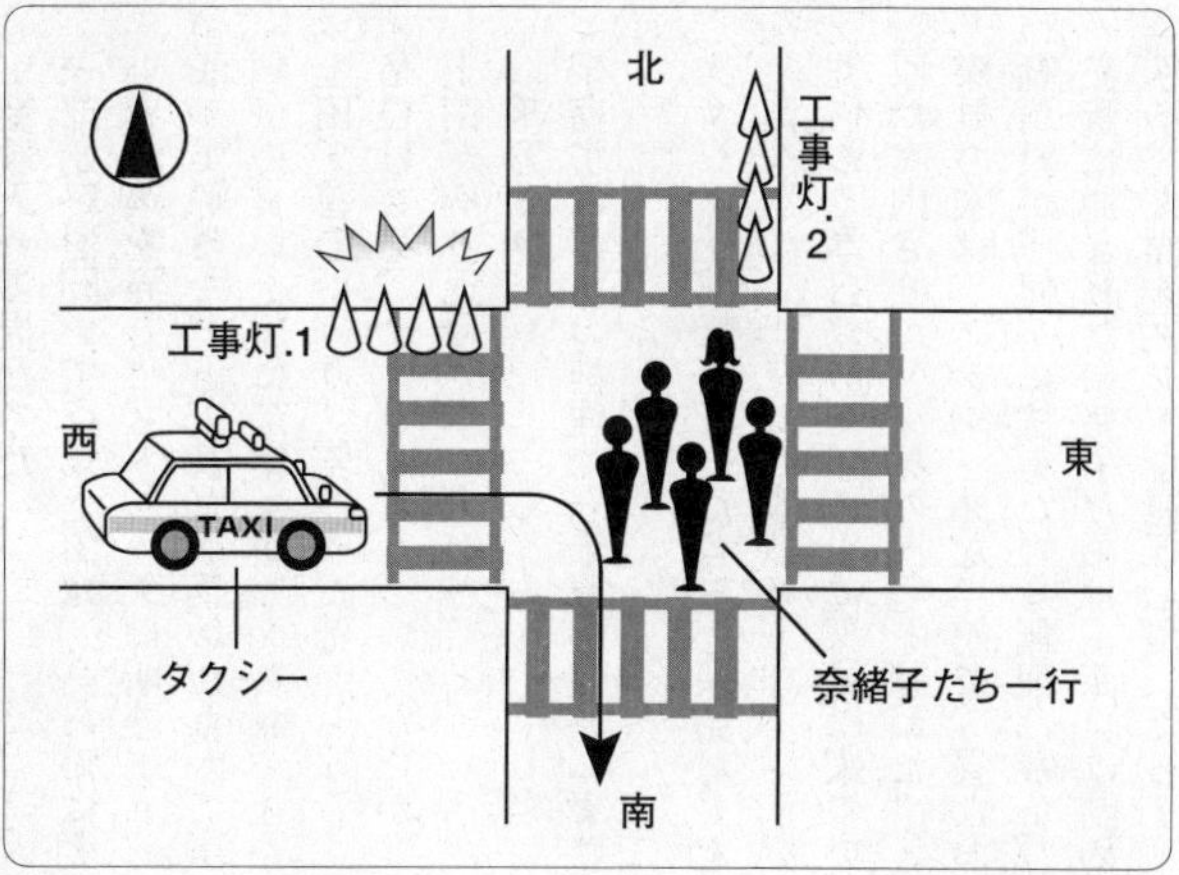

の細工で工事現場の灯りが切り替わったのに全く気づかなかった。人面タクシーは、角を南へ曲がり、私たちは切り替わった工事現場の灯りのせいで、南へ走り去った人面タクシーを、自分たちを通り抜けて東へ走り去ったと思いこんでしまった。リアウインドの恭子さんの幽霊は、たぶん写真を引き伸ばしたパネルかなんかだと思います。基本的には、視界の悪い場所に光源がひとつあれば、人間は無意識にその光源をより所にしてすべての距離と方向を測ってしまう。それを利用したトリックです」

ジオラマを駆使して、自信ありげにトリックを語る奈緒子に、矢部は「ほんまか？」と半信半疑である。

「わしなら騙されんけんど」

石原が調子に乗って言うのを、矢部がはたいて止める。

「ありがとーございますっ」

石原は常に、矢部の暴力を愛の鞭《むち》として甘んじて受け入れる男なのだ。

一部始終を聞いていた上田は、高らかに笑いながら、賢げに言った。

「いくら策を弄《ろう》してもトリックは所詮《しょせん》トリック、必ず見破られるのだ。ゾーンに死者の怨念が留まっているなどと、甚だお笑いだな」

調子の良い上田に奈緒子がつっこむ。

「上田、首のお守り、安産のだぞ」

「YOUこそ、一千万がとりついてないか」

上田が切り返す。

「一千万？」

奈緒子は、この推理で一千万が自分にまた近づいたと感じフフフとほくそ笑んだ。

タクシーを運転していた者こそ深見だ、と奈緒子は確信、さっそく深見に会いにいくことになった。

あいにく本日はアカデミーに深見は来ていず、自宅にいるという。奈緒子、上田、矢部は、石原に案内させて、深見の自宅を訪ねた。

深見の家は、クラシックな洋館で、昼なお薄暗く、どことなくあやしい気配を漂わせていた。昨晩石原が、何かに怯《おび》えたのも無理はない。

書斎に通された奈緒子たちは、深見に詰め寄った。

「私が、人面タクシーを運転していたと？　みなさん、そう思っておられるわけですか？」

深見は、追いつめられた様子もなく、穏やかに微笑んだ。

「どちらかと言えば、私はやや懐疑的ですが」

さきほどの現場での強気はどこへやら、上田は本当に調子がいい。

「自分は九割九部九厘までまちごうとると思てます」

矢部もそう言って、奈緒子の味方は誰もいなくなった。

「なかなか面白いお話でしたが、私がその車を運転するのは不可能ですよ。その時刻、私は確かもう休んでいて、石原クンが恭子さんの私物を届けてくれたはずです」

深見は、自分が犯人扱いされていることに憤るでもなく、紳士的に奈緒子に説明をした。

「そうじゃった」

石原が昨晩のことを思い出したようだ。

「確かに昨日の晩、兄ぃたちが人面タクシーの現場に向かっている頃、わしは、この家に来ていたですけん。インターフォンを鳴らしたら、二階の一室に灯りがついて、深見さんの声がインターフォンから聞こえてきたけん。『悪いが今日はひどく疲れてもう休んでるんだ。そこの郵便受けに入れておいてくれ』と言われたんで、年の割に早寝じゃのうと思いながら、言う通りにしたんじゃよ」

深見にはアリバイがあった。しかし、奈緒子は動じない。

「すぐに解けると思いますよ、そのアリバイ。深見さんが、寝室を見せてくれればの話ですけど」

奈緒子の挑戦的な申し出を受けて、深見はみなを寝室に案内した。

深見の寝室に入ると、奈緒子はひととおり部屋中を見渡した。

「わかった!」

奈緒子は、部屋の奥にあるフロアスタンドのところに近寄って言った。

「このフロアスタンドは片づけておくべきでしたね」

奈緒子は、パンと手を打つとフロアスタンドの灯りがついたのだ。

「これ、音に反応するやつなんですよね。深見さん、あなた昨晩、インターフォンのフックを外し、フロアスタンドのすぐ前に置いた。そうして、あなたは寝室の灯りを消して家を出る。やがて、石原さんが来て、インターフォンを押すと、ブザーに反応してフロアスタンドがつき、同時にスタンドの電源に連動させておいたテープが回りはじめ、予め吹き込んでいた声が流れる。石原さんが聞いた声はそのテープの声だったんです。あなたは石原さんにここに来るように命じて、自分のアリバイに利用した」

奈緒子の名推理の間中、上田は興味深げに手を叩いて電気をつけたり消したりしている。シリアスに決めているところなのに、まったく耳障りだ。「上田!」。自分の見せ場を邪魔されぬよう奈緒子は制し、最後の決め台詞を一気にはいた。

「そして、本当はその時刻、人面タクシーを運転し、幽霊のトリックを演じていたんです!」

上田も矢部も真剣に深見を見据えたが、深見の表情は依然変わらない。寝室の革張りの椅子に深く腰をおろし、余裕綽々《しゃくしゃく》で微笑んでさえいる。

「なんのために、私がそんなばかげたトリックを演じなければいけないんです?」

「そ、それは、だから、ゾーンとかいう死霊《しりょう》の国みたいなものを信じさせて、皆を怖がらせるためですよ」

深見の余裕に、奈緒子は少したじろぐ。深見は高らかに笑い出した。

「あははは。死霊の国ってなんですか？　あなた方はともかく、岡本さんは真剣に婚約者を捜しているし、小早川さんはいわばクライアントです。彼らを怖がらせて一体、私に何のメリットがあるんです？　あなた方はよほど私を犯人にして一千万を手に入れたいと見える。でもね、残念ながら真実はひとつだけです」

深見はアンティークテーブルに並べた三人の被害者の遺品を手にとって話を続けた。

「ゾーンは現実に存在するんですよ。ゾーンに死後も彼女たちの意識が留まっていたからこそ、私はサイ・トレイリングに成功し彼女たちの骨をみつけることができた。もう御存じだと思いますが、彼女たち三人の失踪中、私は日本にいませんでした。ゾーンがなければ、私はどうやって、見も知らぬ女性たちが殺され埋められている場所をみつけることができたというのです？」

薄暗くシンっと冷えた寝室の椅子にもたれたまま、淡々と語る深見の切れ長の瞳《ひとみ》からは、彼の感情の動きは読みとれない。ただゾクッとする冷たさだけがたたえられていた。その瞳に射《い》竦《すく》められた奈緒子は、もはや返す言葉がなかった。

その翌日、奈緒子と上田は警察署に来ていた。深見が犯人ではないと証明されたものの、このまま引き下がれない。何か手がかりを探すために、失踪した女性の書類を当たりにきたのだ。

ガランとした会議室で、奈緒子と上田は並んで座り、必死に書類を繰る。

「他ならぬ上田センセの頼みやから、失踪届見せてやってんねやぞ」

矢部は奈緒子に、この特別配慮は上田の力であって、断固として奈緒子のためではないのだということを強調する。

「はいはい」

書類に夢中で軽くいなす奈緒子。

「はいは一回でよろしいっ」

矢部も上田も石原も相変わらずお札などをつけている。上田は、矢部の持っているお札を珍しがって、奪い取り、「高かったのに〜」と矢部はガックリするなど、奈緒子以外は、真剣味に欠けた雰囲気だ。奈緒子は、上田たちを相手にせず、熱心に書類に目を通す。

「あれ？」

奈緒子が書類の中から気になることを発見した。

「恭子さんの失踪日は一月二十日。ってことは恭子さんが失踪した時だけは、深見はまだ日本にいたんだ」

「おったよ。北海道の大学に。ま、たとえ深見センセが自家用のコンコルドを持ってても、東京にいる恭子さんを連れ去るのは不可能！」

せっかくの発見も矢部の一言で、役に立たないことがわかり、奈緒子はふっとため息。ふと傍らの恭子の写真を見ると、小さな閃きが頭をよぎった。

「そう言えば、恭子さんのサイ・トレイリングが延期になったとき、深見も言ってましたよね。

恭子さんは生前、親しかった男性に殺されたって」

矢部が資料を繰りながらその疑問に答える。

「恭子さんが失踪したとき、小早川グループのお嬢さんちゅうこともあって警察でもいくらか捜査はしたらしいで。えーと、そん時、事情聴取されたんは……伯父、小早川辰巳と婚約者・岡本宏」

「あれっ、わし二人とも知っとります」

石原が素《す》っ頓狂《とんきよう》な声をあげた。

「わかっとるっ」

矢部にまたはたかれる。

ふと、奈緒子は、事情聴取されたという岡本と小早川のことが気になった。上田に促され、矢部がひき続き記録を読み上げる。

「これによると、小早川は、三年前の一月二十日午後九時頃、恭子さんが人面タクシーに乗ったのを目撃された時刻には、麻布の自宅に一人いたことになっとります。それを証明できるのは、丁度その時、小早川の家にエッセイの原稿を取りに来ていた編集者ですな。編集者が家に来ると、屋敷は真っ暗で、留守かなと思い、念のためインターフォンを鳴らすと、二階の部屋の灯りがついた。インターフォンからは、小早川の声が聞こえた。『ちょっと徹夜続きで疲れていてね、もう休んでるんだ。原稿は郵便受けの方に入れてあるから』と言って切れたそうや」

「ん？　これとよう似た話。どっかで聞いたことあるなぁ。あぁ、子供の頃か、断片的な記憶しか浮かばん」

矢部がとぼけたことを言う。

「兄ぃ！　つい昨日じゃ！　ほれ、深見センセのアリバイ！」

当事者である石原が驚いたように言った。

「うーん、これはどういうこっちゃ⁉」

矢部が混乱している。そのとき、奈緒子の頭に一筋の光明が差し込んだ。

「小早川のアリバイは厳密に成立してないってことですよ」

「うん、よし、わかった。この連続殺人犯は小早川なんや！」

続いて、矢部が大胆な推理を披露した。

「つまりこういうことや。小早川が女性たちを殺害して埋めた。そして、その場所を深見に教えてやって、その上で一千万払って、深見に死体を掘り返して貰ってるんや！」

あまりの大胆な読みに、一同は啞然《あぜん》。

「あの、素朴な疑問なんですけど。なんでそんな事を？」

さすがの上田も、「そのとおり、知っていたよ」とは言えず、おずおずと矢部に聞く。

「それは、何か大事な物を死体と一緒に埋めちゃったとかですよ」

矢部がしどろもどろで答える。

「私なら、こっそり掘り返して探しますね。お金もかからないし」

奈緒子がクールに言う。矢部は、それ以上続けられない。

「岡本さんにも確かなアリバイはありません。忘れたんですか？　恭子さんが人面タクシーに乗るのを目撃したって言ってるのは、岡本さん本人なんですよ。当然、自分自身の確かなアリバイなんてありませんよ」と奈緒子が言うと、「二人のアリバイ成立せずか」と四人は深く考え込んだ。

「いつになく真面目じゃのー、わしら」

石原がはしゃいだ顔をする。しかし、奈緒子が考えているのは一千万のことだったことは、皆には伝わっていなかった。

奈緒子たちは、一旦会議室を出て休憩をすることにした。上田は自動販売機でコーヒーを買った。ふと見ると前方から岡本が泣きながら走ってくる。この男、泣いてないときのほうが少ないのではないだろうか。泣いてる岡本が、上田に気づいて走り寄ってきた。連続殺人事件の件で参考人として呼び出されたのだと言う。

「いろいろ、恭子とのことを質問されて。僕は、最初から小早川があやしいって言ってるのに、刑事さんは全然聞いてくれないんですよ」

「そういう君の方こそ恭子が邪魔じゃなかったのかね」

上田は、泣きすがる岡本の肩越しに小早川の姿を認めて声をかけた。

「これはこれは小早川さんも、恭子さんのことで?」

小早川は相変わらずポーチを片手に泰然と立っている。売れっ子エッセイストの誇りがそうさせるのか。

「ええ、私は、恭子を殺したのは岡本君だと考えてますがね。何と言っても彼には動機があった」

岡本は、小早川にくってかかる。

「あんた、いい加減なことを言うな！」

「君は顧客の金を使いこんだ。そして、随分恭子に無心を繰り返していたじゃないか」

いきなり、小早川は決定的なことを言いはじめた。岡本の顔色がサーッと青ざめた。

「恭子から君のことを相談されてね。君のしていることは犯罪で、早急に君の会社を調べるべきだと忠告したよ」

岡本は動揺を必死に隠すように、小早川にくってかかった。

「か、金のことはあんたに言われたくないね。去年、馬鹿な投機に手を出して財産の大半をなくしたのは誰でしたっけ？　実際、今回のサイ・トレイリングの報酬一千万だって、本当に支払えるのかどうかあやしいもんだ」

サイ・トレイリングの報酬一千万が本当に支払えるのかどうかあやしい。奈緒子は、それを聞いてビックリ。

奈緒子の動揺などおかまいなしで、岡本と小早川は、顔を近づけて、責任のなすり合いを繰り返していた。場所が警察なので、小声で会話の応酬が続けられる。

「恭子が見つかれば、一千万は必ず払う！　私は恭子のたった一人の肉親だ。父親のいないあの子の父親代わりだったんだぞ！」

「何が、父親代わりだ！　恭子はあんたのことをずっと怖がってたんだ。子供の頃、可愛がってたスピッツが急に血を吐いて死んだのも、あんたが餌に毒を入れたからだって言ってたぜ！」

「デタラメを言うな！」

勢い余った岡本は思わず小早川の鬘《かつら》について言及しそうにもなる。矢部がハラハラしていると、警官が近づいてきた。上田がそれに気づいて、二人を外に連れ出そうとする。上田が慌てて、岡本を促すために彼の肩に手をやった瞬間、上田の持っていた紙コップの中のコーヒーが岡本のスーツにこぼれてしまった。よほど高いスーツらしく岡本はヒステリックになり、上田に持っていたコートを強引に押しつけて洗面所に駆けていった。矢部が、そんな岡本の姿を見てつぶやいた。

「ああいう二人をスイカと天ぷらというんやな。食い合わせが悪いんやな」

それは、含蓄があるのかないのか不明の微妙な台詞だった。

そのとき、携帯の着信音が鳴った。どうやら岡本のコートの中から音が聞こえてくる。上田は躊躇《ちゅうちょ》なく、その電話に出た。

「はい、もしもし」

「一体、何をやってるんだッ!? 君が二時に池袋の『グリル』と言ったんだぞ！ いつまで人を待たせる気だ!! すぐ来やがれ！」

鼓膜が破れそうな大声が電話から聞こえた。それだけ言って、電話はブツッと切れた。

「上田さん、その、人の電話に当然のように出る習性、改めたほうがいいですよ」

奈緒子がたしなめるが、上田は、何かを考えている様子だ。

すぐ来やがれ……上田にはこのべらんめぇ口調に聞き覚えがあった。

上田は声の主を確かめるために、電話の主が告げた池袋の『グリル』という喫茶店に向かった。奈緒子もいっしょだ。ドアを開けると、窓際の席に、髭《ひげ》が上に向いた袴姿《はかますがた》の老人が、食事をしていた。先日、上田が拾った財布の持ち主、ヤクザの組長ではないか。向こうも、上田に気づいて呼びかける。

「オマエは上田！」

奈緒子も気づいて声を上げる。

「あ！ 江戸っ子！ 深見がサイ・トレイリングで見つけたお財布の持ち主！」

上田は作り笑顔で、江戸っ子組長に近づいていく。

「あれぇ、お財布のあなたでしたか！ 名前まで覚えていてくださって」

上田は空いている組長の前の席に座る。見れば、組長の後ろのテーブルには、子分が二人座っていて、コチラを睨《にら》んでいた。

「おめえの名前は忘れようがねえ！ 見やがれ！」

組長は、黒いオーストリッチの財布を開くと、上田が書いた「ウエダ、7：35 狸穴公園」という白い文字が消えずにくっきりと残っている。上田は動じず、なおもとぼけて言う。

「これは私が七時三十五分にお財布を拾ったことを表しています。あ、日付も書き入れましょうか？」

「やめれ！」

組長、激怒。奈緒子は、そんな組長に質問をする。

「あの、失礼ですが、岡本さんとお知り合いですか？」

「おう！　おめえも知り合いか？」

「ええ」

「全く、いい加減な野郎だ。こっちが客だと言うのに、岡本はしょっちゅう遅れてきやがる。よくあれで、証券マンが務まるもんだ。このめぇ、この財布が見つかった日も、俺はここで二十分も待たされたんだ！」

組長は、怒りながら、気になることを言った。

「え？　私たちが、あなたをみつけてお財布を渡した日も、岡本さんに会う約束をしていた？」

奈緒子の質問に組長は、「そうよ」と答えた。

「ひょっとして、お財布がなくなったのも、岡本さんに会った日じゃなかったですか？」

奈緒子は質問を続ける。組長は、ふと考えて、「そういや、そうだったな」と続けた。

その一言で、奈緒子の顔は輝いた。「一千万、もらったぁーっ」


重要な証言を組長からもらい、奈緒子と上田は池袋の繁華街を歩いていた。奈緒子は、深見と岡本がグルであると確信したのだ。すべては上田が財布を拾ったときにまで遡《さかのぼ》るのだと、財布も深見と岡本が仕組んだことだったのだと。

「前もって、あの人のお財布を盗んでおいて、それを狸穴公園でわざと上田さんに拾わせた。そうしておいて、上田さんに深見のサイ・トレイリングの力が本物かどうか確かめてくれと依頼する。私たちは、仕組まれているなんて、夢にも思わず深見のアカデミーに向かった。通常、人間はそうそう他人の持ち物なんか持ち歩いていない。十中八九、拾った財布の持ち主をサイ・トレイリングすることになる。岡本が、顧客との待ち合わせの時間と場所を深見に知らせておけば、深見は簡単に財布の持ち主を捕まえることができる」

奈緒子はこれまでの出来事を順を追って説明した。なるほど、辻褄《つじつま》が合う。

「確かに。ってことは、俺たちはみごとにあの二人に嵌《は》められたのか」

深見と岡本の巧妙な作戦に、上田の顔が険しくなる。奈緒子も悔しくてたまらない。

「人面タクシーのトリックが解けたときに、二人の関係に気づくべきだったんです！　覚えてますか？　恭子さんのサイ・トレイリングが延期になった時のこと。あの晩、私たちはアカデミーで岡本が来るのを待っていた。岡本が人面タクシーを見たと言って、駆けつけてくると、深見は、サイ・トレイリングを延期しようと言った。いいですか。人面タクシーのドライバーはやはり深見なんですよ。あのとき、深見はずっと私たちと一緒にいたんです。一体、誰が岡本の見た人面タクシーを運転できるんです？」

奈緒子の逆説的な言葉に、上田もハッと気が付いたようだ。

「岡本が人面タクシーを見たというのは真っ赤な嘘だったんですよ。あの後、私たち全員をトリックを仕掛けた現場に誘い出すためのね。私たちはまんまと罠《わな》にひっかかった。そして、待ちかまえていた深見は、タクシーの消失を演じ、恭子さんの幽霊を見せたんです」

上田も納得の表情である。

「わからないのは、深見と岡本が、なんのためにこんな事をしているかです」

そこへ、石原が、池袋のギャングに絡まれるのを振り払いながら追いかけてきた。

「小早川さんの所に、ゾーンからメッセージが！　死んだ恭子さんから！」

追いかけてきた石原と共に、奈緒子と上田はすぐさま深見の家に向かった。夕方の薄暮の明かりがカーテン越しに入ってきている深見の書斎は、一段とあやしい気配を漂わせている。矢部と石原は魔よけのお守りをして、構えている。殊に、石原は額に破魔矢をくっつけている姿が滑稽《こっけい》でもある。ふっくらとして鷹揚《おうよう》そうないつもの小早川とは違い、恐怖にひきつった表情を浮かべている。深見もいつになく険しい顔をしていた。奈緒子たちが到着すると、小早川は、震える指で卓上の白い紙片を指さした。

「警察から戻ったら、自宅の机の引き出しに……」

『わたしは殺された　わたしは殺された』

のたうつような文字が、血で書かれているようだ。

「恭子が私にメッセージを……」

小早川は恐怖と哀しみで張り裂けんばかりの表情だ。

「小早川さん、こんなの信じちゃダメですよ！　霊界やらゾーンから手紙が来るわけないじゃないですか！」

奈緒子は小早川を励ます。

深見は、険しい顔を崩さずに、手紙を手に取り、思念を集中させ、言った。

「危険だ」

「いい加減にしてください！　こんなの安っぽい作り物じゃないですか！」

奈緒子は呆《あき》れて言う。

「だから危険だと言っているんだ！」

深見は、さらに厳しい顔になった。

「これはゾーンにかこつけた岡本君のいやがらせです。この手紙には、岡本君の意識の痕跡がはっきりと残っている」

そう言って、深見は矢部に岡本の居場所を尋ねた。

「それが、どうやっても連絡が取られへんのです」

「彼は、ゾーンの本当の恐ろしさをまだわかってない。こんなことをして、ゾーンを自ら呼び寄せていることにまだ気づいていないのだ！　彼は！」

深見はこうしてはいられないという様子で、岡本を捜しに出ると言う。

「この手紙でサイ・トレイリングをして岡本君を捜します！　彼は今とても危険な状態にある！」

深見について、全員岡本を捜しに行くことになり、矢部の車に、深見と石原、上田の車に奈緒子と小早川が乗った。奈緒子は上田に、事前に言い含めた。

「深見と岡本がグルだってこと、絶対誰にも言わないでください。二人はこっちが気づいたことをまだ知らない。深見は岡本を使ってまた何かを企んでいるんです」

奈緒子は、拳を強く握り、演技過剰に言った。

「今度こそ、もらったぞ、上田。その場でトリックを暴いてやる。一千万円の名にかけて！」

事の緊急性に、矢部は自分の車に赤いパトランプを取り付け、猛スピードで走らせた。

矢部の車の後部座席に乗った深見は、血糊《ちのり》の手紙に意識を集中しながら、道を選択していく。

「急いでくれ！　ゾーンが岡本君に近づいている！」

深見は相当なトランス状態に陥っているように、口調が高音で震えている。


深見は車を幕張《まくはり》方面へ走らせた。そして、一件のホテルの前で停めさせた。車から降りた深見は、猛然とエントランスに駆け込み、エレベーターを探す。しかし、エレベーターがなかなか降りてこないので、深見は階段で行くことにした。石原に八階の鍵《かぎ》をフロントからもらうように指示をしているので、目標は八階。階段で上るには相当の距離だ。それでも深見は、階段を猛ダッシュで駆けあがる。奈緒子、上田、矢部、小早川も後に続く。深見は黒マントを翻し、四階、六階と昇っていく。年輩の小早川は辛くなって、矢部に抱えられながら昇っている。最初は、最後方に位置していた上田が、最終的には持ち前の体力をフルに生かし、八階につく頃には先頭に立っていた。それでも全員すっかり息があがっている。八階廊下に出た深見は、廊下の左右を見回し、「あの部屋だ！」と823号室を指さした。

「急いで、岡本君を！」

中に岡本がいるのか？　矢部が、823号の扉を激しく叩く。

「岡本！　岡本！　開けろ！　開けんか！　警察じゃ！」

そこへ、石原が合い鍵を持ったフロントマンを連れてきた。石原は急いだため、転んでその拍子に額の破魔矢で額に傷をつけていた。矢部が扉を開けてもらっているとき、奈緒子は傍らに立つ深見が「ダメだ、ゾーンが」とつぶやいたのを聞き逃さなかった。と、その瞬間、部屋から絶叫が聞こえてきた。

「うわ――――――っ」

絶叫は、尾を引くように下へと向かっているようで、やがて、ドスンッと鈍い音が地上から聞こえた。

鍵が開き、全員が中に飛び込むと、部屋の奥から風がブワッと奈緒子たちに吹き付けた。窓が開き、カーテンが揺れている。狭めのシングルルームの中は、ベッドとサイドテーブルに机、椅子のシンプルなものだ。そこにはさきほどまで誰かがいたような気配があった。奈緒子は、風が強く吹き込む窓に向かい、窓辺からおそるおそる、音のした地上を見下ろしてみた。

下には、男がうつぶせになって倒れていた。岡本だ。頭部からは多量の血があふれ出し、地面を染めていた。

「ゾーンに引き込まれたのだ。恭子さんの意識が岡本君をゾーンに引き込んだのだ」

そこにいる全員が呆然《ぼうぜん》と声もなく立ちつくすしかなかった。小早川は八階まで駆けあがった疲れと、恐怖が重なってへなへなと床に座り込んでいる。奈緒子は、岡本がさっきまでいた部屋をグルリと見渡した。何か岡本を飛び降り自殺させたきっかけになるものがないかと。電話、灰皿、ホテルのマッチ、ホテルの案内のファイルなど、ごくごく平凡なものしかなかった。

一同は、肩を落とし、深見の家に戻った。深見は食堂に皆を案内した。食堂は、二十人は座れそうな大きなテーブルが横たわっている。

「ゾーンが我々を認識したのです。大変、危険な状態です。夜が明けるまで全員バラバラにならないほうがいい。まもなくすべてが終わります。夜が明ければ、ゾーンの活動も緩慢になる。サイ・トレイリングを行って恭子さんを冷たい土の下から見つけだしてやれば、もうこんな事も起きなくなるでしょう。それでは、みなさん、お好きなゲストルームでゆっくりとお休みください」

深見はそう言って、食堂を出た。奈緒子は、深見に岡本との関係を聞き出したくて仕方がなかったが、上田に制され、黙っていた。すっかり茫然《ぼうぜん》自失状態の矢部、石原、小早川も黙って食堂から出ていく。

残されたのは奈緒子と上田。上田は奈緒子にささやいた。

「今夜のところは深見の出方をうかがうんだ」

と年長者らしくアドバイスする。しかし奈緒子には上田の言動の意味がわかっていた。

「超、マジ、怖いんですね」

「まさか。子供か君は」

上田は、否定するが、食堂を出る手足が右、左いっしょになってぎくしゃくしている。よほど、震えが来ているのだろう。しまいには、コケた。それを見送る奈緒子は一言。

「子供はおまえじゃ！」

奈緒子は、洋館に珍しくあった和室を自分の部屋に選んだ。布団に潜ったが、眠れない。

「ゾーンはすべてトリックだ。岡本は、深見に殺された。でも、岡本が転落した時、深見は私たちと扉の外にいた。深見はどうやって岡本を殺したんだろう」

思いがめくるめく。さきほど見た岡本の部屋についてもう一度思い出してみるが、なんら閃きはない。

奈緒子は気分転換に、深見の屋敷をうろつくことにした。というのも、好きな時代劇『暴れん坊将軍』を見たかったのだが、あいにく奈緒子の和室にはテレビがなかったのだ。どこかに、テレビのある部屋はないものかとさんざん捜したが、どこにもテレビがない。すっかりむくれて、自室に戻ろうと思ったところ、廊下の向こうに見える書斎のドアがかすかに開いているのに気が付いた。奈緒子は、なんとなく気になって書斎に入り込んだ。奈緒子が部屋に入る音に反応したのか、音で反応するフロアライトが点灯している。中は、昼間よりもひんやりしていた。入って、右手にズラリと本棚が並び、ギッシリ本が詰まっている。

『Oゾーン』『ホットゾーン』『聖書の暗号』『魔の辞典』皆表紙には神秘学的なものが並んでいる。また、『殺人願望の心理学』『殺人紳士録』『犯罪者列伝』など、犯罪心理学の本も多い。その中で、背がちょっと飛び出している本をみつけ、奈緒子は手にとってページをめくってみた。

『快楽殺人にとりつかれる心理』

その本にはそのような項目があった。奈緒子の目は、その題字になぜか引きつけられた。

そのとき、背後からささやく声がした。

「興味がありますか」

見ると、色の白い面長な顔がボーッと暗闇に浮かんだ。深見だった。死んだような切れ長の瞳、薄い唇がうっすらと赤く濡《ぬ》れている、その面差しは、暗闇の中で、悪魔のようにも見えた。書斎に勝手に入った奈緒子をとがめることはせず、深見は、静かに話し始めた。

「快楽殺人というのは、殺人それ自体が目的なのです。そして、一度、殺人の興奮を覚えると、どうしてもやめられない。恐ろしい行為だとわかっていても、捕まるまでやめることができない。彼女たちを殺害した犯人も、もしかしたら、誰かが捕まえてくれるのを待っているのかもしれませんね」

深見は微笑みを浮かべている。奈緒子は、深見の目に、本当の狂気が宿っているような気がして、ゾクッと身震いした。

「深見さん、本当は、あなたが……」

奈緒子はやはり深見が殺人犯なのではないかと、身の危険を感じた。深見は、奈緒子の眼前まで顔をゆっくりと近づけ、奈緒子の目をのぞき込むように言った。

「捕まって白日の下で裁かれる。たとえ、日本の法律でも、被害者がこれだけの数になると犯人は必ず極刑です」

奈緒子は恐怖のあまり、身動きがとれなくなっていた。そこへ、矢部と石原の声が聞こえてきた。深見はその声に気づいて、サッと書斎から出ていった。奈緒子は、腰が抜けそうになって、その場にへたり込んだ。

「あれ、オマエ、何やってんねん」

矢部が奈緒子に気が付いて書斎に入ってきた。矢部と石原は、ひとりでトイレに行くのが怖くて、連れションに出ていたのだった。

「それより、岡本さんの件、なにか連絡ないんですか?」

奈緒子は気を取り直して矢部に聞いた。

「多分、事故ってことになるやろて。自殺言うても部屋に遺書もなかったし。ポケットの中身もバラ銭となんやホテルのマッチみたいなもんだけやったって言うから」

「ホテルのマッチ?」

奈緒子はその言葉に引っかかりを覚えた。

「あぁ、どの部屋にもおいてあるホテルの名前入りの」

奈緒子の脳裏に電流が走り、奈緒子はその閃きを確信にするために、電話をかけに、ホールへ走り出した。


岡本の泊まっていたホテルに電話をかけた奈緒子は、すべてのからくりを悟った。石原が階段から意味もなく転がり落ちて、「わし、殉職かいのう」とぼやいて矢部に「事故死じゃろう」とつっこまれたりしているうちに、階下が騒がしいと、上田と小早川もホールに集まってきた。

奈緒子は自信満々に一同に言った。

「わかりました！　やっぱり岡本は殺されたんです！　事故でも自殺でもなく、トリックで」

奈緒子がキッパリ言ったと同時くらいに、二階からズ――――ンッと大きく奇妙な音が聞こえてきた。

「深見センセの部屋や！」

岡本が殺されたトリックの件は後回しで、奈緒子たちは深見の部屋に急ぎ駆け上がった。

深見の部屋には鍵はかかっておらず、ドアを開けると、正面の革張りの椅子に腰掛けた深見は、顎《あご》を上に向けて、気を失っているようだった。目は開いてはいるが、それはあまりの衝撃に見開かれたまま固まってしまったようだ。深見の手には、恭子の髪飾りが握り締められていた。

「ゾーンだ。深見さんもゾーンにやられたんだ！」

小早川が恐怖の声をあげた。さすがの奈緒子も言葉が出ない。矢部は、深見に歩み寄り、刑事らしく手首の脈をとった。

「死んでます」

「ゾ――――ンッ」

小早川が恐怖に堪えられなくなり、大声で叫びながら、部屋を飛び出していった。

奈緒子たちが、小早川を追って玄関まで来ると、彼は上田の愛車に乗って走り去るところだった。

「おのれ、俺の次郎号を！」

上田は大切な愛車を乗っ取られ、逆上している。なにしろ、上田の車はパブリカの一九六六年型モデルという、知る人ぞ知る貴重なクラシックカーなのだ。上田は矢部を急かせて、矢部のバンを走らせた。

明け方の通りを、二台の車が猛スピードで疾走している。小早川はもはや自分の鬘が取れても直す余裕もなくなっていた。

「俺の車を！」

上田の怒りは収まらない。

「あいつ、仲間やと思っとったのに」

奈緒子には、小早川を仲間と言う矢部の真意がわからない。

「違う！」

上田が怒鳴る。

「わしらなんで追っかけてるんじゃ？」

石原は首をかしげる。

「向こうが逃げるからじゃ！」

矢部は、同じ鬘仲間に裏切られた悔しさで車を走らせる。気兼ねなしにスピードを出すため、パトランプをとりつけようとすると、奈緒子が制した。

「サイレン、鳴らさないでください」

「なんでやっ？」

「なんでもじゃっ！」

奈緒子の剣幕に押されて、サイレンなしで矢部は小早川を追った。


夜が明けてきた。小早川を追って、やってきたのは山の中。森がしらじらと明るくなってきていた。どこか遠くでシャッシャッという音が聞こえる。シャベルで土を掘り返しているようだ。木立を抜けたところに、小早川がいた。傍らにはこんもりと土が掘り返されている。小早川は、鬘が落ちていることにも気が付かずに、懸命に地面を掘り続けている。

「許してくれ、許してくれ」

小早川はなにやらブツブツ言いながら掘っている。顔から汗が滝のように流れている。やがて、土の中から白骨が見えてきた。その頭部には、メタルフレームのメガネがかかっていた。

「恭子……」

小早川は白骨に向かって呼びかけた。

「そこまでだ、小早川っ！」

奈緒子が声を張り上げた。小早川は、その声ではじめて近くに奈緒子たちがいることに気が付いた。

「おまえが連続快楽殺人鬼なのは、すべてお見通しだ！　ひっとらえい！」

奈緒子は時代劇ばりなキメ台詞を朗々と吐き、続けて矢部と石原が小早川に駆け寄り押さえ込んだ。小早川の手に手錠がかけられた。矢部は、落ちていた鬘を小早川の頭に載せてやりながら、ふと寂しそうにつぶやいた。

「あんた、仲間やと思ったのに」

上田は、「車泥棒めっ！」とまだ怒りが収まらず、小早川を睨みつけている。

しばらくして、矢部の連絡を聞いてパトカーがやってきた。矢部は、小早川を警官に引き渡した。去っていくパトカーを見守りながら、矢部がつぶやいた。

「一千万のスポンサーが犯人だったとはな」

それを聞いて、奈緒子はハッと我に返った。

「そうか！　しまった！　解決するんじゃなかった！」

あせる奈緒子を制して、諦めさせるように上田が言った。

「おしまいだな、小早川も」

奈緒子も頷《うなず》き、やや声を落として言った。

「ええ、おしまいですよ。これで満足ですか？　深見さん」

深見？　奈緒子の言葉に、驚いて辺りを見回すと、木立の陰から深見が静かに現れた。

その深見は、あのこけおどし的な赤いシャツやマントも着ていず地味なジャケットとパンツをはき、濡れた唇のあやしい風貌でもなく、ノーメークのさっぱりした顔をしていた。しかし、まず驚くべきは彼の服装よりも、彼が生きていたことにあった。矢部が金切り声をあげる。

「なんで？　確かに脈なかったのにっ!?」

奈緒子は平然と答えた。

「ゴムボールのトリックですよ。脇の下にゴムボールをギュッと挟んで一時的に手首の脈を止めて死んだようにみせかける」

それを聞いて、上田、矢部、石原は思わず自分の脇で試してみる。

「やっとあなたの目的がわかりました。あなたは、恭子さんを殺した小早川本人に恭子さんを掘り返させ、連続殺人鬼として逮捕させる。そのたったひとつの目的のためにこんな大がかりなトリックを仕組んだんですね」

奈緒子の言葉に、上田、矢部、石原はビックリし、深見は静かに微笑んで言った。

「あなたたちは、実に良く協力してくれました」

不思議そうな矢部たちに、奈緒子が説明する。

「この人の目的ははじめから連続快楽殺人鬼・小早川ひとりだったんです。サイ・トレイリングでゾーンの存在を信じこませて、小早川を自白させる。そのために、岡本と組んで私たちを事件に巻き込んだんです。上田さんに目をつけたのは多分、テレビに自分のコーナーを持ってたからです。深見さん、あなたは、最初はサイ・トレイリングをやらないと言っておきながら、テレビに出た途端、人面タクシーで失踪した女性全員をサイ・トレイリングすると宣言した。しかも一千万の報酬を要求して。あれは、小早川さんを誘い出すための罠《わな》だったんです」

上田が聞いた。

「なぜ、小早川は、自分で殺して埋めた恭子さんを、一千万出してまで他人に見つけて貰わなきゃならなかったんだ」

「岡本さんが言ってたじゃないですか。『去年、馬鹿な投機に手を出して財産の大半をなくしたのは誰でしたっけ？』って。自分の財産の大半を失った小早川は、どうしてもお金が欲しかった。小早川グループの一人娘である恭子さんの遺産と保険金が」

「なるほどね。小早川は恭子さんのただ一人の肉親だ。恭子さんの死亡さえ確認されれば、どちらも簡単に手に入る！　失踪者が死亡と認められるためには、七年か？」

　上田は、うろ覚えの情報を確認する。

「小早川には、あと四年待つ余裕はなかった。一刻も早く恭子さんの遺体が必要だった。しかし、自分で遺体を見つけるわけにはいかない。深見さんは、そのことを、あらかじめ計算済みだったんです」

　奈緒子が深見を見ると、深見はただ微笑んでいる。

　今度は矢部が聞いた。

「じゃ、こいつは最初の最初から小早川が殺人犯やとわかってたんか？」

「ええ。深見さんは、はっきりと私たちの注意を、小早川に向けようとしていたじゃないですか」

「え？」

「矢部さん、人面タクシーを見たときのこと覚えてますよね」

「忘れたいけど……」

　矢部はちょっとイヤそうに頷《うなず》く。

「あの人面タクシーの緻密《ちみつ》なトリックに比べて、その晩の深見さんのアリバイは信じられないくらい杜撰《ずさん》なものだった。あのとき、深見さんは初めから自分のアリバイを崩させるつもりだったんです」

奈緒子の推理を上田が復唱する。

「わざと恭子さん失踪当時の小早川とそっくりのアリバイを作って、それを我々に崩させる。小早川のアリバイも成立しないと証明するために……。って言ってることが理解できない」

「深見さん、あなたは小早川のアリバイを知った時から、犯人は小早川だとわかっていたんじゃありませんか？　そしてその時から、あなたは復讐を考えていた」

「復讐だって？」

上田にはさらに理解できない。

「違いますか？」

奈緒子の声に、深見は静かに語りはじめた。

「三年前、恭子が失踪したとき、まだ日本にいた私はすぐに婚約者の岡本に接触した。岡本は、当初から小早川を疑っていた。岡本が言っていた恭子の飼い犬殺しの一件は本当の話でね。私は、岡本から小早川のアリバイを聞いて、小早川が殺したのだと直感した。その時から、私は、小早川を確実に法的に抹殺することだけを考えてきた」

上田にはそんな深見の気持ちが理解できない。

「あ、でも、どうしてあなたが恭子さんの復讐を？」

奈緒子が自分の推理を続ける。

「恭子さんには確かお父さんがいませんでしたよね。深見さん、本当はあなたが……」

奈緒子のあまりに意外な言葉に、上田、矢部は衝撃を受けた。深見は、奈緒子の言葉を聞いてから、懐に忍ばせた懐中時計を取り出した。蓋《ふた》を開けると、文字盤の向かい側には写真が入っている。若き日の深見と、まだ幼い恭子だった。深見はただひとりの娘と優しく微笑んで写っていた。深見は愛《いと》おしそうにその写真をみつめながら言った。

「たとえ私にとってたった一人の娘でも、法廷に出れば被害者一名という数字に過ぎない。非道な快楽殺人でも、殺したのが一人であれば、小早川は数年でこの社会に戻ってくる。そんなことは断じて許せない。小早川を確実に法的に抹殺するのは、もっと多くの人間を殺さねばならない」

深見の言葉に、矢部が反応する。

「殺させるって？」

奈緒子が深見に尋ねる。

「『快楽殺人者は一度、殺人の興奮を覚えると、捕まるまでやめられない』、そう言いましたよね？　あなたは、小早川にもっと殺させるために、彼を野放しにしてアメリカに行った……」

深見は冷たく答える。

「野放しにしたのは、警察も同じではありませんか？」

「でも、あなたは、岡本さんを使って小早川を監視させていた。岡本さんは、あなたに命じられて、小早川の第二、第三、第四の犯行を全て監視していたんです。そして、彼女たちの埋められた場所を正確にあなたに報告していた。だから、あなたは三人の被害者がどこに埋められているのか初めからわかっていた。サイ・トレイリングは必ず成功するようになっていたんです」

上田には理解できない。

「あの泣き虫の岡本さんが、どうしてそんな恐ろしい事ができたんだ？」

深見は、冷たく笑って言った。

「あの男は初めから金目当てだった。小早川が連続殺人犯として逮捕されれば、恭子の遺産も保険金も相続する人間がいなくなって宙に浮く。そこへ私が父親だと名乗り出て全てを相続する。DNA鑑定をすれば、確実に証明されるだろう。遺産を二人で山分けしよう。岡本にそう持ちかけたら彼は一も二もなく引き受けた」

「でも、あなたの計画には、最初から岡本さんを殺すことも組み込まれていた。小早川にゾーンの存在を決定的に信じ込ませるために」

そう言った奈緒子に、深見が逆に質問を投げる。

「どうやって私は岡本を殺したんです、部屋の外から？」

「あなたは心理的なトリックを使ったんです。ホテルのマッチが手がかりでした。死んだ岡本さんのポケットには、ホテルのマッチが入っていたんです。それなのに、岡本さんの部屋には、手つかずのマッチが残っていた。マッチがふたつ。ということは、岡本さんはふたつの部屋に出入りしていたんじゃないかって思って。それで私、ホテルへ電話して、岡本さんの部屋が予約された時のことを聞いてみたんです。そしたら、電話で何者かが823号と323号の二室を予約したと言うんです。323号というのは、岡本さんが落ちた823号の真下の部屋です。勿論《もちろん》、予約の電話を入れたのは、深見さん、あなたです」

奈緒子は次々と深見の隠された真実を暴いていく。力の入った奈緒子とは対照的に深見は、自分の犯罪が明白になっていくのにもかかわらず、虚ろな瞳をしたままだ。

「昨日の午後、あなたは岡本さんを323号室に呼んだ。警察で事情聴取を受けた直後で、岡本さんはかなり動揺していた。マッチは、そのときにタバコを吸ってなにげなくスーツのポケットに入れたのでしょう。それに深見さんは気づかなかったんです。自分が疑われているとあせる岡本さんを、あなたはもうすぐ小早川が逮捕されるだろうと言って、なんとかなだめた。そして、岡本さんに『万が一、警察が来たら、決してドアを開けずに、窓から外へ逃げるんだ』とでも言ったのでしょう。そして、あなたは岡本さんの飲み物に薬を入れて眠らせた。そのまま岡本さんを、823号に運び込んだ。323号と寸分違わない823号の風景を見て、安心したあなたは、岡本さんをベッドに寝かせて部屋を出た。残念ながら、323号で岡本さんが使ってポケットに入れたものと同じマッチが、823号のサイドテーブルに置いてあることに問題を感じずに。323号とまったく同じ状態にするためには、823号からマッチを取り除かなくてはならなかったんです。岡本さんは、何も知らずに眠り続け、やがて激しくドアが叩かれる音で目を覚ました。警察じゃ！　の声に慌てた岡本さんは、飲まされた薬のせいで朦朧《もうろう》とした意識で、『窓から逃げろ』という深見さんの言葉を思い出した。そして、323号だと思いこんだまま窓を開けて飛び出してしまった。323号にはあったテラスは、823号にはなかった。岡本さんは何がなんだかわからないうちに転落死した」

奈緒子の冴《さ》えた推理を上田や矢部は、愕然《がくぜん》として聞いている。

「人面タクシーと岡本さんの死で、小早川は完全にゾーンを信じ込んだ。そして、追いつめられた小早川にとどめを撃つために、あなた自らがゾーンに殺されてみせた。あなたの計画どおり、小早川さんは恭子さんを自分の手で掘り返し、その現場を私たちが目撃することになった」

　矢部はちょっと感心して奈緒子に言う。

「おまえ、なんか金田一少年みたいやな」

　深見もむしろ満足そうに奈緒子に微笑んでいる。

「完璧です。私の復讐計画は、あなた方四人がいなければ決して成功しなかった。私のトリックを暴こうと追いかけてくる者がいなければね。特におじょ――さん、あなたは優秀なサイ・トレイラーでしたよ。私がトリックに残した意識の痕跡を追いかけ、ついに私の元まで届いた。あなたは実に優秀な追跡者でしたよ」

　深見はまるで教師が優秀な生徒を誉めるように、奈緒子に優しく言った。そして、自ら矢部を促した。

「矢部さん、そろそろ行きましょうか」

　矢部は深見を伴って、バンに乗り込んだ。その姿を、奈緒子と上田はさまざまな気持ちが交錯したまま見つめた。

「上田さん。結局私たちは深見に踊らされていただけなのかもしれませんね」

　上田も軽く自嘲《じちよう》気味に笑って言った。

「最後の最後までな」

「最後の最後まで？」

　奈緒子にはその言葉の意味がよくわからない。

「深見は、すべての謎を解かせた上で、自分を逮捕させることまで計画に入れてたんじゃないか？　深見は、ミスを犯すような人間じゃない。もしかしたら、岡本のポケットにマッチを入れておいたのは、深見自身。そう思ってな……」

上田は、自分と同じ研究者の魂を感じた深見の幕の引き方に、なんとも言えないせつなさを覚えていた。

「待ってたんだよ、深見は。ずっとYOUが追いつくの」

上田の言葉に奈緒子は答えず、ただ、「ゾ――――ンッ」と深見のマネをしてみた。それは、哀しい雄叫びのようでもあり……。

「違う！　ゾ――――ンッ」

上田がやや高いトーンで言い直した。

ゾ――――ンッ。

その声は、石灰色に曇る冬山の木立の中へ、寂しく溶けて消えた。

天罰を下す子供

episode 4

1

その日、日本科学技術大学教授・上田の研究室に、ひとりの女性が訪れた。髪はポニーテール。ピンクのセーターのキュートな女性の名前は塚本恵美《つかもとえみ》。冬だというのに冷やそーめんをすっていた上田は、入り口から顔をのぞかせた恵美の輝く美しさに息を呑《の》み、持っていたそばちょこのつゆをズボンへぶちまけてしまった。

「大丈夫ですか？」

と恵美が心配げに駆け寄って背中をさすってくれた。その優しさにも心打たれたが、やはり間近で見るとますます美しい。

上田はズボンを脱ぎタオルを腰に巻きながら、せいいっぱい格好をつけてたずねた。

「ところで君は誰？」

恵美は上田にニッコリと微笑んだ。その笑顔は、まるで華が咲いたように上田には見えた。

「御告者を御存じですか？」

応接ソファに上田と向かいあうように座った恵美は、上田に聞いた。

「オツゲモノ？」

上田はちょっと気どって、グラスに日本酒をつぎ、ちびりちびりとやりながら、話を聞いている。

「御告者は、祈禱《きとう》をして天に願って天罰を下す人のことです。御告者の天罰は必ず下る。大丈夫と思っていても、かならずどこかで本当になるらしいんです」

「そんなものはデマに決まってる」

「私もそう思いました。だから、私……私……」

恵美の大きな瞳《ひとみ》から大粒の涙がこぼれ落ちた。

「頼んだの？」

上田はまさかと思って聞くと、恵美は頷《うなず》いた。

「私の従兄弟《いとこ》に天罰を下してくれって」

「そんなにひどい奴なのか、君の従兄弟って」

上田には、この美しい恵美に非があるとはまったく思えなかったのだ。

「いいえ。うちは両親がいなくて、それで従兄弟は兄のようにいろいろ面倒を見てくれたんです。私の大学の学費も払ってくれました。叔父《おじ》さんがいくつか会社を経営してて、経済的に余裕があるから」

「だったらどうして？」

「ちょっとしたことで喧嘩《けんか》しちゃったんです。私が大学を辞めたいって言ったから」

そして、恵美は突然驚くべきことを口にした。

「私、トビになりたいんです。だから大学に行くより、現場で足場組んでるほうがいいじゃないですか。雨降ると休みだし。それに従兄弟だって無駄なお金を出さずに済むし。でも、反対されて、大学卒業したら系列会社に就職しろって言うから喧嘩しちゃって」

トビ……。上田には恵美のおそろしく突飛な発想がよく呑み込めなかった。世代の差なのだろうか。

「従兄弟も君のことを心配して言ってくれたんじゃないかな」

「はい。でもその時は、どうして自分のやりたいことをわかってくれないのかって頭に来ちゃって。友達から御告者のことを聞いたから、ほんの軽い気持ちで天罰を頼んだら……、本当に死んでしまったんです。マンションの屋上の手すりが壊れていて、そこから足を滑らせて下の植え込みに真っ逆様に」

恵美は事故のことを思い出し、堪えられなくなった様子で席を立つと、上田の胸に泣き崩れた。

「天罰で死ぬなんて思わなかった。私、なんて馬鹿なことしたんだろう」

上田はか弱い女性の肩を抱き、ドキドキしながら名前を呼んだ。

「え、え、恵美君、君のせいじゃない。偶然だよ、ただの事故だ」

「でも、タイミング良すぎます。他にも死んだ人がいるっていう噂もあるし」

「もしそうだとしたら、その御告者たちがなにかやってるってことだ」

「だったら、御告者に、ちゃんと罪を償わせたいんです。教授、力を貸してください」

間近に迫った恵美の小さな顔に、思わず目をつむり、唇を寄せそうになる上田から、恵美はパッと身をひるがえし、バッグから上田の著書『どんと来い、超常現象』一巻と二巻を取り出し言った。

「『どんどん来い、超常現象』を読んで……」

「『どんと来い』です」

「これを読んで、相談できるのは教授しかいないって思ったんです。教授なら御告者の正体を絶対に暴いてくれますよね！　教授、御告者に私に天罰を下すように頼んでください！　そして私に何が起きるか見ていてください。もし誰かが襲ってきたら、そいつを捕まえて、御告者の秘密を暴いてください！」

恵美は決意の表情と潤んだ瞳で上田をみつめている。上田は、その申し出に度肝を抜かれ、ただもうオロオロするばかりだった。

その日、奈緒子は終日自宅にこもっていた。狭い部屋の上方には、つっぱり棒があり、洗濯物が大量に干してある。奈緒子は鏡を見て、笑顔の練習をしている。今度バイトで『笑顔がこぼれる会』へ行くので、こぼれる笑顔を作ろうとニッと口を横に引っ張って笑ってみるが、どうも不自然だ。奈緒子がこんな無理をしているのにも理由があった。こぼれる笑顔が幸せを作るというのがモットーの最近ブームのセミナーの潜入取材の仕事をすることになったのだ。本業の手品の仕事が芳しくなく、家賃が滞りがちな奈緒子に、大家のハルが勧めたバイトだ。〝一週間いなくなってもだれも困らない人〟という条件が、奈緒子にピッタリだと言うのには異を唱えたかったが、日給二万円以上というふれこみにはかなり心ひかれる。

笑顔作りに没頭して、ふと背後に気配を感じて振り向くと、上田がニヤニヤしている。

「笑顔がかわいくないと、女としては致命的だな」

勝手に部屋に入ってきた挙句、いきなり不躾《ぶしつけ》な事を言う上田に奈緒子は、自分の恥ずかしい部分を見られた照れも手伝って、大声をあげる。

「なにしてるんだ、オマエ！」

すると上田は、おもむろに二つの封筒を奈緒子の前に取り出した。

「ハッピーバースデーツーユー」

目をギラリンコと輝かせ、ニヤッと笑う上田に、奈緒子は憮然《ぶぜん》とする。

「私は蟹《かに》座だ」

「そのうち来るだろう。今日は、プレゼントを持ってきた。どっちを選ぶ？」

「プレゼント？」

黄色い二つの封筒が、奈緒子の前に突き出された。

「そうだ。片方には麻布十番の高級焼き肉屋のしゃぶしゃぶ付き骨付きカルビディナー券が入ってる」

「麻布十番の高級焼き肉屋のしゃぶしゃぶ付き骨付きカルビディナー券」

奈緒子の心はグラリと揺れた。

「そう、欠食児童のような君にぴったりのプレゼントだろ」

「もう片方は？」

「開けてのお楽しみ。いらないのなら持って帰るけど」

俄然《がぜん》欲が出た奈緒子は言う。

「誰がいらないって言いました」

奈緒子は、二つの封筒をじーっと見比べて、思い切って片方をとった。

「フフフ、君には天罰が下る」

上田は、不敵な笑いを浮かべる。

「くれるって言ったのはそっちですよ」

奈緒子は、いやな気分になる。

「そうじゃなくて、君は私の思うとおりに動いている」

上田の大きな瞳が嬉々《きき》として輝いている。

「くれるものはもらう主義だから」

「そうじゃなくて、君に天罰を下すために私がそれを選ばせたんだ。その証拠にこれを聞きたまえ」

上田はやおら取り出したテープレコーダーのスイッチを入れた。するとカセットから「山田、君ははずれを選ぶ。はずれを選ぶのだ！」というわざとらしく重々しい声が聞こえる。声は上田のものだ。

「はずれ？」

声の予言に驚いて封筒を開けると、そこには、

『はずればーか♨』

と書かれた紙が入っていた。

上田は得意気に「ほらな」と奈緒子を見る。

「どうせ両方ともはずれのくせに」

奈緒子はぬか喜びをした自分にも腹が立っている。しかし、上田が開けたもう一方の封筒には、ディナー券が入っていた。

「どうだ。おいしい料理を目の前にして、食べられないのは悔しいだろう。これは日頃からなにかにつけて強欲な君への天罰だ」

上田の勝ち誇ったような物言いを無視したが、何か予感を感じた奈緒子は、上田からテープレコーダーをひったくる。

「何をする!?」

あせる上田を後目《しりめ》に、奈緒子がリバースの再生ボタンを押すと、

「山田、君にディナー券をめぐんでやる、めぐんでやる」

という上田の声が聞こえてきた。思ったとおりだ。奈緒子は、呆《あき》れ顔で言う。

「テープの裏表に違うことを録音してただけじゃないですか。その場に応じて、当たり、外れを再生するだけじゃないですか。何が天罰だ。そんなものあるわけないんだから」

「そう思うなら、俺に協力しろ」

上田は悪びれない顔で言った。

「意味不明なことを言うな。また何かやっかいなことを私に押しつけようとしてるな?」

「いつ私が君にそんなことを押しつけた?」

奈緒子はにらみつけた。上田は動じる様子もなく、

「まぁ、聞け。これは人助けなんだ」

上田は研究室を訪ねてきた恵美の話を、奈緒子にした。

「自分でなんとかしてください」

「焼き肉をせっかく恵んでやろうと思ったのになぁ〜」

上田が牛の絵が描かれた焼き肉屋のチラシを「もぉ〜もぉ〜」と言いながら、奈緒子の目の前にひらひらさせる。奈緒子は哀しい習性で、思わずチラシをひったくろうとして、はっと我にかえり、

「それが人にものを頼むときの態度？」

「しゃぶしゃぶ焼き肉をめぐんでやります」

上田がおかしな丁寧語で言い直す。

「仕事が入ってるから無理」

そのために苦労して笑顔の練習をしていたのだ。奈緒子は、『笑顔がこぼれる会』に潜入取材をする事情を上田に話した。潜入してインチキを暴くレポートを書けばギャラがもらえるし、盗み撮りで写真を付けたらギャラは二倍になる。万が一、セミナーがインチキでなければ、こぼれる笑顔でお金持ちになれるかもしれない。一石二鳥だ。

「社会的意義のある仕事です」

奈緒子は自慢げに言った。ハルに無理矢理勧められたときの、気の進まない態度とは大きな違いだ。

「何が社会的意義だ。ようするにいかがわしい体験レポートじゃないか。雑誌記事くらいでい

い気になって恥ずかしいと思わないのか。そうだ。雑誌記事と言えば、はからずもここにこんな物がある」

上田は鞄の中から雑誌を取り出す。既にめくられているページには、上田のコラム『どんと来い、超常現象』が掲載されていた。

「編集長のどうしても私に連載を書いてほしいというたっての願いでね。忙しい合間を縫ってちょこちょこと書いてるんだが、はからずも今じゃ四百万人の読者から絶賛の嵐が吹き荒れまくって参ってる」

奈緒子は、上田の記事に目を通す。

「なんだこれ、自分の自慢をしてるだけじゃないですか」

「はからずもそう読めてしまう部分もある」

どこまでも自分本位な上田に奈緒子はつきあいきれず、一言だけ……。

「帰れ」

翌日、奈緒子に同行を断られた上田は、ひとり恵美から聞いた御告者の住む屋敷を訪れた。そこは、都心から少し離れた郊外で、気温も二、三度低いようだ。一面に畑が広がり、背の高い建物と言えば、高圧電線の鉄塔くらいだった。住宅地の中にひときわ貫禄のある屋敷があった。家の前には樹齢何百年と思われる巨木が一本立っている。表札に『針生』と書いてある。

上田は大きな門の前で、中に入るべきか決心がつきかねていた。そこへひとりの老婆が通りかかったので、思い切って話しかけた。

「あの、ちょっとお話を伺いたいんですが。よろしいですか？」

老婆は、愛想のない表情で上田を見た。七十歳くらいの、白髪の老婆だ。背は低いが、少し太っている。

「このお屋敷のこと御存じですか？」

「このへんの者なら誰でも知ってるさ」

「有名なんだ」

「古い家系だからね。もともとはトリアゲババアと呼ばれていた助産婦の家系さ」

そう言って老婆は、ちょっと険しい顔を上田に向けた。

「坊や、あなどっちゃいけないよ。昔はね、人の一生の運は、へその緒を切る人間によって、与えられると思われてた。昔の助産婦は、人の運命を左右するほどの不思議な力を持っていたんだ」

聞いたことのない話に上田は面食らう。

「おばあちゃん、適当なこと言ってない？」

「日本だけじゃない。中世ヨーロッパでも特別な存在だったそうだよ。ここの一家にはその力が御告者として受け継がれているんだよ。特に、今の光太《こうた》はその力がとても強い」

「本当なんですかね、天罰って」

上田の質問に老婆は、より険しい顔になって、「御告者を疑ってはいけない」と重々しい声で言った。そして、

「おいで。昨日電話してきた人だろ。さっさと入んな」

老婆は上田を促すと、門の脇の通用門をくぐり、屋敷の中に入っていった。彼女こそ針生屋敷の当主であり、御告者・光太の祖母、針生かずだった。

屋敷は広い庭に囲まれて、堂々たるものだった。古い建物なので、中はひんやりとしている。昔の丁寧な建築で、鴨居やふすまに手のこんだ細工がしてあった。背の高い上田は鴨居に頭がぶつかりそうになる。かずは、上田を連れて、二階にあがり、ある部屋に上田を案内した。

「ここで待っておいで」

そう言って、かずは消えた。一人残された上田は、困惑していた。部屋の奥には立派な祭壇がある。周囲は、火焔《かえん》太鼓にろうそく、鳥の剝製《はくせい》など、奇妙なもので飾られている。

そこへ、黄色い祈禱《きとう》の儀式の衣裳《いしょう》を着た女がやってくる。三十代後半くらいか。大柄で派手な顔立ちの女性だ。彼女はかずの娘にして、光太の母・貴子《たかこ》だ。

「まもなく御告者がいらっしゃる。そこですべての思いをさらけ出しなさい。さすれば、御告者があなたの思いに応《こた》えてくれるでしょう。御告者はそんなあなたの恨みをお聞きになってくれる。そして癒《いや》しを与えてくれるのです」

貴子はおごそかな口調で言った。

「あの……」

「料金ですか？　望みどおりの天罰が下ったときには、それなりの報酬をいただきます。よろしいですか？」

「なるほど、成功報酬というわけですね」

上田は妙に納得している。

「では、天罰を与えてほしい相手の身に着けているものを持ってきましたか？」

上田は頷《うなず》いて言う。

「天罰を下して欲しい相手はですね……」

それを貴子がさえぎって、言った。

「名前はあとで聞きます。御告者はその人間の持ち物だけで天罰を下すことができるのです」

「じゃあ、なんであとで名前を聞くんです？　言ってることが矛盾している。あやしいなぁ」

「本来なら聞く必要はないのですが、ただ、聞いておかないと、あとで本当に天罰が下ったのに、知らん顔をされると困りますからね」

「なるほど」

「まぁ、日本科学技術大学の上田教授はそんなことなさらないと思いますけど」

貴子の言葉に、「もちろん！」と威張りそうになって、上田はあせった。

「え、なんでそれを⁉」

上田は素性を隠してこの屋敷を訪ねたはずだったのだが。それについて聞く前に、かずが光太を連れて入ってきた。

「御告者がいらっしゃいました」

さきほど地味な格好をしていたかずが、紫色の祈禱装束に身を包み、別人のようになって現れた。何か貫禄を感じる。

かずが連れてきた、御告者だという少年はまだ小学生くらいだ。おかっぱ頭に丸いメガネ、魔法使いのような黒い服を着ている。

少年は上田を見てニッコリ笑った。この子供が天罰を与える御告者だとは信じられない。

「ガキ?」

「無礼者! 御告者を信じなさい!」

貴子が一喝する。すると光太が口を開いた。

「天罰が下るよ」

それでも上田には、信じられない。

「どうしても信じられないようね。では御告者の力を少し知っていただきましょう」

貴子が重々しく言った。

「僕には天にお願いできる力があるんだよ」

光太の妙に落ち着いて何かを見透かしたような瞳に、上田は少し怖くなった。

「上田教授。この部屋の中の物を何かひとつ選んでください」

貴子が言った。

「僕は後ろを向いているから、選んでよ。あとでそれを当てるから」

光太は離れたところに立ってゆっくりと後ろを向いた。

上田は、部屋の中にあるいろいろなものをいじり、音を立て、ごまかしながら、やがて、ふくろうの剝製を選んで指を指す。貴子がそれを確認して、光太に言う。

「お選びになりました」

光太はゆっくりと振り返り、部屋の中を見回していく。これか、これでもない、ひとつひとつ落としていく。そして、祭壇の右端にあるふくろうの剝製を見て、「これ」と言った。

「図星でしょう。僕にはわかるんだ」

上田は光太の力をそれでも信じられない。貴子がなんらかの合図を送ったに違いない。けれど、ずっと気をつけて見ていたが、それらしき気配は感じることができなかった。

「わかったら、始めましょう」

かずの合図で祈禱ははじまった。祭壇の前で光太が全身全霊で何かお経のようなものを念じはじめた。貴子とかずもその横でトランス状態で妙な踊りを踊っている。この家族は本気だ。上田はすっかり恐怖に震えていた。光太が祈禱している台の上には、女性の下着らしきものが一枚置いてある。あの下着の持ち主に天罰が本当に下るかもしれないと思うと、上田はここへ来たことを後悔した。

祈禱が終わると、光太が振り返ってニッコリ笑った。

「おわり」

「その方には必ず天罰が下ります。その方は死に、それから、その方のまわりの人間にも不吉な出来事が起こります。あなたもその方に近づかないようにお気をつけください。よろしいですか」

貴子に促され、上田はそのまま祈禱部屋を出ようとして、やはり何か気になることがあるようすで振り返った。

「あのう、つかぬことをお伺いしますが、キャンセルしたくなった場合は……？」

貴子は眉《まゆ》をひそめて言う。

「それは無理です。天罰の報告があった以上、取り消すことは出来ないのです」

「ＹＯＵにも天罰が下るよ」

光太が貴子の脇から上目遣いで上田を指さして、意地悪そうに微笑んだ。


上田はすっきりしない気分を抱えて針生屋敷を出て、都心の研究室に戻ってきた。恵美がちょこんと上田のデスクチェアーに座って待っていた。

「教授、どうでした？」

上田は水を一杯飲んで、言った。

「大丈夫だとも。君のことは私が守る。君はこれから私の側を片時も離れてはいけないよ」

「あの、片時も離れるなってことは、今日から教授のところに泊まるってことですか？」

二人は片の言葉を強調するように言った。上田は、恵美に自分が思いもかけなかった何気ない言葉《ことば》尻《じり》を取られてあせった。上田の動揺におかまいなしに、恵美はノリノリな調子で言った。

「Ｏｈ！　ｙｅｓ！」


恵美の前では強気だった上田だが、一人では不安のようで、またも奈緒子のアパートへ助けを求めにやってきた。例によって勝手に部屋に上がり込んで待っていると、奈緒子がブラブラ帰ってきた。食費に困っている奈緒子はパン屋でサンドイッチを作るときに不要になったパンの耳を大量にもらってきたのだ。

「腹減った。焼き肉食いてぇ……」

奈緒子はだらしなくつぶやきながらキッチンを抜けて奥の部屋に入ってきた。のれんをくぐると、突然目の前でフラッシュがバシッとたかれた。

「何してるんだ!?」

見れば、上田がカメラを持って笑っている。

「小さくて良いカメラだろ」

上田は謝ろうともせず、最新型の超軽量カメラを自慢している。

「帰ってください。明日からの潜入レポートの準備があるんです！」

迷惑そうな奈緒子の言葉を制して上田は自分の言いたいことを告げた。

「御告者はなかなか手強いぞ。あいつら偽名で電話した俺の正体を当てやがった。普通のサラリーマンの高橋と名乗ったのに」

「普通のサラリーマンって」

それじゃ怪しまれるに決まってると奈緒子は思った。

「上田さん、大学から電話したんでしょ。着信番号を調べれば一発でわかるんですよ」

奈緒子はサラリと言った。すると上田はしらばっくれて言った。

「偶然だな。俺の推理と同じだ。だが、置物を当てたのはわからないだろう」

上田は針生屋敷での光太の力について、奈緒子に話した。

「なにか合図を送っていたんでしょ」

奈緒子はサラリと言う。

「と、思うだろ。だが、あの母親は何も言わないし、何もしなかったぞ」

「どうせ見落としたんでしょ」

「そんなことはない。はからずもYOUに頼みがある」

唐突に上田は言って、玄関方向を指さした。いつの間にか、恵美が立っていた。

「はかってんの、バレバレですけどね」

奈緒子はまたイヤな予感を覚えた。

上田は、奈緒子に恵美の護衛を頼んだ。

「本当なら君になんか頼みたくないんだが、どうしても今晩の教授会は出席しなきゃいけないんだ」

せっかく、恵美と一緒に夜を明かせるところなのだが、上田にとっては教授会のほうが優先順位が上だった。上田は、恵美に申し訳なさそうに言った。

「頼りない女だけど、いないよりはましだから」

一方、奈緒子にはかなり不遜《ふそん》な態度だ。

「私が戻るまで、ちゃんと彼女を守るんだぞ」

上田は自分のマンションに奈緒子と恵美を連れて行こうとしている。上田のそでをちょこっとつまむようにして、寄り添っている恵美を見て、奈緒子はなんだかおもしろくない。「帰ろうかなぁ」と、ぼそっとつぶやいてみる。すると、横目に上田が恵美に一万円札を渡しているのが見えた。

「夕飯はこれで」

目の色を変えた奈緒子は、脱兎《だつと》のごとく上田のもとに行き、その一万円をひったくった。

「さ！　行きましょ、飯！」

奈緒子はいそいそと上田の家に向かって歩き出す。すると、前方から一台の自転車が疾走してきた。

「恵美くん、危ない！」

上田は、自転車にぶつかりそうもない恵美をかばった。本当に危ない奈緒子は、猛スピードで歩道を走っている自転車に脇スレスレを通られ、避け損ねたために転んでしまった。大きな声を出したのに、上田は奈緒子の元には駆けつけてくれない。むしろ恵美のことばかり気にしている。その上田のにやけた顔が奈緒子には気持ち悪かった。


駅から徒歩十八分ほどで、上田のマンションについた。上田は二人を中に入れて、その足で教授会に向かった。出がけに奈緒子に、

「いいか、誰が来ても開けるな。いいな」

と強く言う。

「早く行けば」

奈緒子は口をとんがらせて言う。

「じゃ、恵美、行って来るから」

まるで新婚夫婦みたいな口の利き方だ。奈緒子は鳥肌が立つのを覚えた。上田がドアを閉め、奈緒子が内側から鍵《かぎ》をかけようとすると、ドアのチャイムが鳴った。

外から声がする。何か忘れ物か？　そう思って、ドアを開ける。

「俺だ、上田だ」

「ばかもん。誰が来ても開けるなと言っただろ」

馬鹿馬鹿しい！　奈緒子は無言でドアをピシャリと閉めた。

上田の部屋は、以前あがったときと変わらず、白で統一された広いリビングに健康器具やゲームなどが置いてある。恵美は、落ち着かなそうにソファに座っている。奈緒子は、ここぞとばかりに、上田の家に常備されている宅配メニューを吟味しはじめた。なにしろ一万円もあるのだから。

「鰻《うなぎ》、寿司《すし》。うん、これにしましょう！　いいでしょ。このトクウエってやつで。トクウエ、トクウエ！」

奈緒子は特上という字が読めなかったが、それがメニューの中で最も美味《おい》しいものだとはわかっていた。ヒトのお金で寿司。奈緒子は上田の無礼さを忘れ、今やゴキゲンだった。

寿司が届けられると、奈緒子は、恵美といっしょに食べることにした。

「恵美さん、何が好き？」

奈緒子は、恵美が好きだと言ったウニとイクラとアワビをまず、自分で平らげてしまった。

恵美にはその行動の真意がわからない。奈緒子はまったく悪びれずに言う。

「私は上田からあなたのことを守るように言われています。これは毒味です。敵はあなたの好物に何か仕掛ける可能性が高い。次に好きなのは？」

「トロ」

奈緒子は恵美の言葉を聞いて、またすし桶《おけ》の中からトロを取りだして、ペロッと食べてしまった。恵美はもう呆れるしかない。

「あぁ食った食った。毒は入ってなかったみたいですね」

奈緒子は、恵美を無視して寿司を平らげ、満足そうにお茶をすすりながら、恵美を見た。

「あの、私何も食べてないんですけど」

恵美は恨みがましい目で奈緒子を見ている。

「残ってますよ、ガリ」

奈緒子はニッコリ笑いながら、非道《ひど》い言葉を吐いた。

数時間後、上田が戻ってきたが、ドアにはチェーンがかかっている。ドアを叩《たた》いても、チャイムを鳴らしても、奈緒子は開けに出てくる様子がない。それどころか奈緒子は、家具でバリケードを築き、上田を中に決して入れまいとしていたのだ。上田は次第にトイレにいきたくなってきて、ほとほと困ってきた。しかし、奈緒子の怒りを鎮めるのには、その後、かなりの時間がかかるのだった。

翌日、奈緒子のバイトがはじまるのだ。カメラとテープレコーダーをバッグに忍ばせ、意気揚々と会場に向かう。

商店街をぬけると、『笑顔がこぼれる会館』という看板が立っていた。この会は、自社ビルを持つまでに発展している。

「潜入レポート開始！」

奈緒子はちょっと力んだ顔になって、受付に歩み出る。すると、荷物チェックが行われているではないか。やばい。奈緒子はあせったが、持ち前の手品の要領でカメラとテープレコーダーを隠し、チェックを難なく通り過ぎた。

「ようこそ、笑顔がこぼれる会へ」

係りの人が、こぼれる笑顔で訪れる人を迎えている。

会場に入ると、会員たちが輪になって座っている。皆一様にこぼれるような笑顔だ。奈緒子も、練習した笑顔を必死で作るが、なかなかこぼれるように笑えない。無理して笑っていると、リーダーの大道寺《だいどうじ》がやってきた。さすがに笑顔のこぼれ具合も絶品だ。胡散《うさん》臭いとも言える。大道寺は小柄で頭髪も薄い地味な男だったが、高価そうなスーツとネクタイ、大きな金の指輪をいくつも身につけていた。そして、羽のついたマントを背負っていた。まるでくじゃくのようだ。

「さぁ、皆さん、笑って笑ってご一緒に。お金大好き！」

大道寺が指で円をつくるポーズで、訓辞を読み上げる。会員たちは一緒になって、「お金大好き！」と続く。

大道寺がエヘ、エヘ、ウヒャヒャヒャ、と不自然に笑っている奈緒子に気が付いた。

「おや、苦しんでいる人がいますね、今は無理矢理でいいのです。無理矢理でも笑うことが大切なのですよ。笑顔はお金を呼び込みます」

大道寺がニッコリ笑って言った。奈緒子の作り笑いが止まり、不審そうに大道寺をみつめた。

その様子に気づいた大道寺が、

「疑ってますね。あなたがたはWhyこのセミナーに参加されたのですか？」

グルリ会員を見回して、一人一人に聞いていく。皆、それぞれに「お金持ちになりたいから」「儲《もう》けたい」などと言う。その一本気な調子が不気味だ。奈緒子の番が回ってきた。

「あなたは？」

「三食御飯を食べたい」

思わず、本当の願望が口をついた。

「だったら、笑いましょう。かのシェイクスピアもこう言ってます。『こぶしで殴りつけるよりも笑顔で脅せ』。いいですか、私の言うとおりやっていれば、笑顔に不思議なパワーがついてきます。それがお金を呼び込むのです！　その証拠がIt's me！」

そう言って、まるで舞台俳優のように、大きな仕草で上着をめくると、裏側にはびっしりと札束が貼り付けてある。ネクタイの裏にも、だ。思わず、会員たちからため息が漏れる。大道寺は会員たちに視線を移し、

「さぁ、みなさん、お金大好き？」

「お金大好き！」

大道寺は、恵比寿様のようにニコニコ笑っている。しかし、奈緒子には奇妙な光景以外の何ものでもなかった。

「なんだそりゃ」

セミナーは合宿制となっており、いくつかのレクチャーを受けたのち、奈緒子は大部屋で他の会員たちと枕を並べて休んだ。会員たちは寝言でも「お金大好き」と言っている。静まりかえった会場。今こそ、潜入レポートを本格的に開始するときだ、と奈緒子はやおら起きあがり、大部屋を出た。

非常階段にある、観葉植物の植え込みの中にこっそりカメラとテープレコーダーを隠しておいたのだが、なぜか見つからない。おかしいなとごそごそ探していると、大道寺がやってきた。

「何かお探しかな？」

張り付いたような笑顔で言う。

「もしかしてこれかな？」

大道寺がカメラとテープレコーダーを持っていた。

「マリモッマリモッ!! エゾマリモッ!!」

やばい、と思った奈緒子は突如奇声をあげた。

「え？　あれ？　ここどこ？　私、何してるんだろう？」

変な演技をする。

「たしか、山田奈緒子さんだったよね？」

大道寺は奈緒子のおかしな様子に少し戸惑っている。

「すみません。またやっちゃいました。私、知らず知らずに散歩しちゃう癖があるんです。本当です。よく迷子になるんです。病弱だし。失礼します」

大道寺にしゃべる隙を与えず、一方的にしゃべりまくった奈緒子は、くるりと向きを変えて、そのままみんなの寝ている大部屋に引っ込んだ。

奈緒子がとんだ潜入レポートをしているとは知らず、その翌日、上田は研究室でなにやら、恵美と調べ物をしていた。何種類ものスポーツ新聞を買い込み、机の上に広げている。

「あっ、あったよ、これだよ、これ」

上田が新聞三面の下部に掲載されている三行広告を指さした。

『天罰を信じますか。天罰代行』

「そう。どうやら、御告者のところへお客を斡旋《あっせん》している業者らしい。誰かに怨《うら》みを持っているやつと、御告者を結びつけているんだよ。電話で何度かやりとりして、信用されたらコンタクトを向こうからとってるらしい。ようするにこいつに連絡して会う人間は誰かを殺したがってるって事だな」

上田と恵美は、針生屋敷で張り込みをしていたところ、この〝天罰代行〟業者をたずねてくる客がいるのを知ったのだ。

「こういうのって捕まるんじゃないんですか?」

「いや、復讐するとも、直接手を下すとも書いてないからねぇ。天罰だけじゃ無理だろ。そうだ! わかったぞ。こいつらが御告者と組んで直接手を下しているんだ」

「じゃぁ、この倉岡《くらおか》って人とコンタクトを取ってみれば？」

広告の連絡先は倉岡となっていた。恵美の提案に上田はビクッとした。

上田は矢部に相談することにした。矢部に電話を入れ、倉岡という人物について調べてもらうように頼んだ。その数日後、上田は、倉岡と連絡をとり、会う約束をとりつけた。

たくさんの人通りのある繁華街の一角で、上田はグリコのマークの格好をしていた。まだまだ寒いのに、ランニングを着ているので、小刻みに身体が震えている。道行く人がジロジロと上田を見る。しかし、これが相手の指定なのだ。

「寒い、なんでこんな格好しなくちゃいけないんだ」

上田は思わず口に出して疑問を唱える。すると、後ろから声がした。

「本気かどうか確かめるためですよ」

後ろでニヤリと笑う男が倉岡だった。小柄な男だ。サングラスをはずすと、一重の細い目をしている。見栄晴に似ている。だいぶ前から上田の後ろで見ていたらしい。人の悪い男だ。倉岡は、上田をなぜかカラオケボックスに連れていった。そこでは倉岡は「もしも明日が」を歌い、そのあとで、

「本題に入りましょう」

と切り出した。敵の目をくらますために歌を歌ったということらしいが、明らかに趣味のように上田には思えた。

「私たちはあなたに代わって第三者に天罰を与えることができるんです」

「具体的には？」

「なんでも」

「殺人も？」

「殺人なんかしませんよ。天罰が下ってその人が死んでしまうだけです。私たちは直接手を下さない」

倉岡は意味深に言った。

「じゃあ、誰が？」

上田は真顔で聞く。

「もしあなたが本当に誰かに天罰を下したいのなら、ある人間を紹介します。あとはその人間にまかせるだけです。でもそいつも直接手は下さない。天罰を与えるのは天だからね」

「その天とあなたはパートナーなんですね」

「いいえ。あくまでも私はコーディネーター料をいただくだけなんですよ。むこうではむこうの料金を払ってください」

上田は躊躇《ちゅうちょ》して言った。

「カードはどうですか？　クオカードは？　だめか、アハハ」

倉岡は呆れて笑いながら、上田に耳打ちする。

「もし、天罰を与える相手が身内なら、保険に入ればいいんですよ。いい保険屋紹介しますよ。お相手は、身内ですか？」

やばい男に会ってしまった。ごまかしで『マジンガーZ』の主題歌を歌い出したり、「今、外に人が……」と倉岡の注意をそらそうとする。しかし、倉岡はスキがない。やがて、倉岡は黒い手帳を取りだした。上田はそれを見て目を光らせる。「それ、欲しいなぁ」と上田は倉岡にからむ。しかし、倉岡は相手にするわけもない。

仕方なく上田は、トランプを出して、言った。

「ここに十三枚のカードがあります。この一枚に……」

倉岡は上田に依頼の意志がないことを悟り、憮然《ぶぜん》として帰ろうとする。そこへ、上田は突如、「きえ――っ」と奇声をあげ、通信講座で鍛えた強烈な空手チョップをお見舞いした。為す術もなく倉岡は、カラオケボックスのソファに倒れ込んでしまった。上田は、倉岡のポケットからさきほど見た手帳を取り、急いでカラオケボックスを後にした。

外に出ると、呼び込みのパンダの着ぐるみに身を隠した恵美が待っていた。

「これ、あいつの手帳、これがあれば、今までの客とかいろいろわかるはずだ」

上田は高揚した顔で言った。上田は、あまりに全速力で走ったので息を切らしている。

「チョベリグ！」

恵美は年齢に似合わず古いことを言う。「今までに紹介した人の名前が書いてありますね」

「これがあれば、御告者に一泡ふかせることができるかもしれないぞ」

その足で上田は、さっそく針生屋敷に向かった。以前入った祈禱《きとう》の間に、かず、貴子、光太の三人を集めた上田は、高圧的に言い放った。

「知らないとは言わせませんよ。天罰代行の倉岡を」

かずは、厳しい顔をして首を横にふる。

「知らん」

上田はなおも責めるように言う。

「嘘だ！ この手帳に彼がここに紹介した人間が書かれてあります」

「知らんもんは知らん」

かずも頑固である。

「その男、許せないわ。私たちを利用して金儲けしているのよ」

貴子は怒りに全身を震わせ、言った。

「天罰を下すしかないわ」

上田はそんなかずと貴子に臆《おく》することなく言った。

「芝居はよしなさいよ」

貴子の顔が極限まで真っ赤になった。

「無礼者！」

血管が切れそうなほど興奮している。あまりの剣幕に上田がビクッとする。かずが貴子を制し、落ち着いた調子で語り始めた。

「おかしな坊やだね。天罰を頼んでおきながら、私たちを嘘つき呼ばわりして。もし、私たちを試すために誰かに天罰を下すことを頼んだのなら、後悔することになるよ」

かずはひとつひとつ言葉を選び、重々しい調子で言う。光太は、上田とかずと貴子のやりとりに加わらず、さきほどから祭壇に向かってブツブツと祈りをあげていたが、かずの言葉が終わると、振り返り、上田に向かって、冷たい微笑みを浮かべた。

「天罰が下るよ。その手帳の男の人、死んじゃうよ」

光太は幼い声で、恐ろしいことを口にした。

「だって、その人、悪い人なんでしょ」

「そう、悪い人間には天罰が下るべきなのよ」

貴子が光太を増長させるように言った。

「あーあ。なんだか疲れちゃった」

光太が突然あくびをする。その仕草は無邪気なものだ。

「お昼寝する?」

「うん」

見ると、祭壇から向って右側が、白いカーテンで仕切られており、開けると青い部屋になっている。そこには、ベッドがある。非常に重厚そうなベッドだ。光太はそのベッドにひょいと寝転がった。貴子がベッドの前にあるカーテンを引いたので、ベッドの間にいる二人は声だけしか聞こえなくなった。

「あそこ行ってもいい?」

「もちろんよ。さぁ。ゆっくりしてきなさい」

「うん」

「さぁ、ゆっくりお休みなさい」

ひとしきり母子は優しげな会話を交わしたのち、貴子だけが出てきた。見ると、貴子のうしろの部屋は光太がベッドごといなくなっている。さきほどまであったあんなに重そうなベッドがなくなり、青い部屋はがらんと空っぽだ。上田は腰が抜けそうに驚いた。

「あの子とベッドはあちらの世界にゆきました」

貴子はあやしく微笑む。貴子の顔が、鬼女のように見えてきた。恐怖で頭がクラクラしてきた上田は、意識が遠のくのを感じていた。

驚きのあまり、気絶してしまった上田はかずの部屋で目を覚まし、慌てて針生屋敷から飛び出した。針生屋敷とは逆の方向の、都心から離れている下町の奈緒子のアパートに向かう。奈緒子に助けを求めようと思ったのだが、あいにく奈緒子はいなかった。さいわい大家の池田ハルから、奈緒子が参加しているセミナー合宿の場所を聞き出せたので、その足で『笑顔がこぼれる会館』に向かう。その行動の速さといったら、さすが先祖が天狗《てんぐ》だけはあるようだ。上田はケーキを土産に持参して、奈緒子の前に明るく現れた。

奈緒子に連れられカフェテリアに入る。ヨーロピアン調のおしゃれなつくりだ。

突然やってきた上に、なぜかケーキまで持ってきた上田に、奈緒子は驚いているようだが、たちまちケーキに飛びつき、ひとつふたつと平らげる。上田は、その無邪気というか野性丸出しな奈緒子の姿をしきりに写真撮影した。

「どうしてここが？」

ケーキをほおばりながら、奈緒子が聞いた。口の周りがチョコレートだらけだ。

「大家に聞いた」

「あやしまれるでしょ。潜入レポートなんだから」

「だから変装してるじゃないか」

上田はボーイのような変装をしていた。

「余計あやしい」

「それより、どう思う？　消えたんだぞ。本当に目の前から」

奈緒子は、ケーキを食べる手を休めず、上田から聞いた状況をかみしめるように頭に浮かべてから、聞いた。

「その部屋、横と後ろが同じ模様の壁だったんじゃないですか？」

「そうだった」

「鏡を使ったのかも。左右の壁が二重になってて、裏が鏡なんです。ベッドを隠すように三角に畳むと……」

奈緒子の推理を聞いて、上田は俄然《がぜん》張り切って言った。

「わかったぞ！　ベッドの前を鏡で覆えばいいんだ。その鏡に後ろの壁と同じ模様の横の壁が映っているんだ。あのお子さまはその鏡の後ろで寝ていただけだったんだ！」

部屋の左右に立つ、二重になった壁の内側をベッドのほうへ畳む。すると、その壁の裏には鏡がついていて、残ったもう一枚の壁の柄を映し出すことになる。もう一枚の壁の柄は、最初の壁の表の柄とまったく同じなので、空っぽの部屋のように見えるという仕掛けだ。

上田は、満足そうな表情だ。

「くだらんトリックだ。私にかかればひとたまりもない」

「水たまり？」

最初にヒトが言った言葉をさも自分が考えたように言う卑怯《ひきょう》な上田に、奈緒子は呆れ顔。

まぁ、こんなことはいつものことだ。奈緒子が上田に言った。

「教えてほしいならもっと素直になれ」

すると上田はいきなり素直に「すまん」と頭を下げた。

「どうした？」

「何が？」

「素直で気持ち悪い」

「君がそうしろって言ったんじゃないか」

奈緒子は上田の態度を不審に思っているようだ。

「今日は何か変です。このケーキだって」

「人から優しくされたことがない人間はこれだからな」

上田の言葉には、半ば真実の部分もあったのだろう、奈緒子は言葉に詰まり、ケーキにかぶりつく。

「うまいか？　高かったんだぞ」

上田が優しく、でも恩着せがましく言う。

「うん。ついでにカメラも置いてゆけ」

奈緒子がつけあがる。

「いやだ！」

上田がぴしゃりと言った。

「そんなこと言っていいのかな」

奈緒子は、ニヤリと微笑んでトランプを取りだした。一枚のカードに何か文字を書き、そのカードを含む全十枚のカードを、数字のほうを表にして9の字に並べる。9の字の円の部分に八枚、尻尾《しっぽ》の部分に二枚使用している。奈緒子は、この9の字に並んだカードを指して言った。

「このカードの中に一枚だけ天罰が書いてあります。今から私がその天罰をあなたに下します。まず、3から10。この数字の中からひとつを選んでください」

上田は「5、いや」、悩みながら「6」を選んだ。奈緒子は尻尾部分、端のカードを指して

「ここから六枚、時計と反対まわりに進んでください。そして、止まったところから、今度は時計まわりに六枚、円の部分を回って、止まったカードをめくってください」

上田は言われる通りにやってみて、端から6進んで、6戻ると端だった。端のカードをめくると、『天罰　大事なものがなくなります』と書かれていた。大方、全部に書いてあるのだろうと思って残りの九枚をめくってみたが、他のカードの裏には何も書かれていなかった。

「なんでだ!?」

奈緒子から解答を得ようと顔をあげると、そこには奈緒子の姿はなくなっていた。そして、傍らに置いてあったはずのカメラまでが消えていた。上田が考え込んでいる間に、奈緒子が持って出たのだ。

あとでよくよく考えてみると、このゲームはどの数字を選んでも、天罰——要するに9の数

字の尻尾の端の部分にたどりつくのだった。なぜなら最初に進んだ数と同じ数、また反対側に進むのだから、最初のカードに戻ってくるに決まっている。時計と反対方向、時計と同じ方向、などという言葉で混乱させられ、真実が見えなくなるだけなのだ。

たらふくケーキを食い、カメラもせしめた奈緒子は、上機嫌でカフェテリアを出て、セミナー会場に向かった。足取りが軽い。会場は体育館ほど広く、演壇には『幸せの選択』と書かれた幕がかかっていた。両脇には火が焚《た》かれている。演壇に立って、たくさん集まっている会員たちに話をしているのは大道寺だ。この宗教じみた現場を奈緒子は、上田からせしめたカメラに収めようと思っていた。

「これは、幸せの選択です。これからの人生を笑顔で過ごすか、泣いて過ごすかの選択なのです。大好きなお金を大切にしてお金にも幸せになってもらう。そうすればそのお金が他のお金を呼び寄せるのです。金額が多ければ多いほどその力は強くなる。そのために会に半年そのお金を預けてください。半年で私のパワーを注入します」

ドデカイことを言う大道寺に対して、奈緒子は思わずボソッとつぶやいてしまった。

「それを持って逃げたりして」

すると、聞こえるはずはない声の大きさだったのに、大道寺がピクリと反応し、会場を見渡して言った。

「残念なことに、みなさんの中にこの会のことを疑っている人がいる。心からの笑顔でお金大好きと言えないかわいそうな人が。私の言うことを信じていれば、いかなるときも幸せの選択ができるようになるのです。そしてその人にも笑顔がこぼれる。たとえば、ここに四つの封筒があります。この中に一つだけ一万円を入れます」

大道寺は、お札を入れて封をし、四つの封筒をシャッフルする。

「小宮山さん」

大道寺は会員の中から、小宮山という人物を指名し、立たせた。ペーズリー柄のマオカラージャケットを着た、肌の浅黒い精悍《せいかん》そうな男だ。

「小宮山さんはすでに一千万を会に預ける幸せの選択をなさいました」

会員たちからざわめきが起こる。

「小宮山さん、四つのうち、二つの封筒を選んでとってください」

小宮山は演壇に上がり、大道寺が差し出した四つの封筒から、二つをとる。大道寺は、残った二つの封筒を傍らで静かに燃えている火の中にくべた。封筒はみるみるうちに灰となって消えた。

「小宮山さんの手にある二つのうち、一つを私にください」

小宮山は、一つ選んで大道寺に渡す。大道寺はそれもまた火にくべる。

「では、小宮山さんの持っている封筒の中を見てください」

言われるままに小宮山が封筒を開けると、中から一万円札が出てきた。会員たちはどよめく。

大道寺はニコニコと笑って、

「ほら、小宮山さんは幸せの選択ができるようになったんです」

会員たちが羨望《せんぼう》の目で小宮山をみつめる。奈緒子は、思わず声を出した。

「小宮山さんは選んでいない」

会員たちが一斉に声の聞こえたほうを見る。

「山田さん？」

大道寺は怪訝《けげん》な顔だ。奈緒子は立ち上がり、毅然《きぜん》として言った。

「選んだように見せているだけで、実際はあなたが選んでいるのです。マジシャンチョイスと呼ばれるテクニックにすぎません。大道寺さんにはどの封筒に一万円札が入っているかわかっています。だからもし小宮山さんが最後の二つからさっきと反対の一万円の封筒を大道寺さんに返していたら、大道寺さんはそれをあなたが選んだ封筒だと言ってたはずです」

小宮山は驚いた目で言う。

「私の持っている二つに一万円がなかったら？」

「残った二つを手に取って、あなたにまた一つ選ばせて、同じことをやるんです」

小宮山はちょっと感心した様子だ。

「騙《だま》されてはいけません」

奈緒子は自信満々に会員たちに向かって言った。しかし、大道寺は顔色ひとつ変えずに反論をはじめた。

「皆さんこそ騙されてはいけない。私は何もしていない。その証拠をお見せしましょう」

再び大道寺は四つの封筒の一つに一万円を入れた。今度は奈緒子を自分の側に呼び寄せて、奈緒子に封筒を渡す。

「混ぜて置いてください」

奈緒子が入念にシャッフルして、机上に置く。

「では、選びます。これでもない、これでもない」

そう言って、三つの封筒を順に火にくべる。最後に残った一つを開けると、一万円が入っていた。

「私は幸せの選択ができるのです」

大道寺はこぼれるような笑顔だ。

「もう一回！」

納得できずに、奈緒子は食い下がる。次も大道寺が選んだ封筒に一万円は入っていた。

「もう一回！」

奈緒子はあきらめきれない。結局もう三回やったが、常に一万円の封筒を大道寺は選んでいた。

「そんな馬鹿な！」

「それがこの会のパワーなんです。では最後に証拠としてもう一度、小宮山さん、選んでください」

小宮山が選んだ封筒にもまた一万円が入っていた。

「ほらね」

大道寺ニッコリ。

「お金大好き」

小宮山もニッコリ。それに続いて、会員たちからも「お金大好き」の大合唱。みなは立ち上がり、大道寺を囲み、「お金大好き」と言い続けていた。会員たちの輪から外れた奈緒子は、どうにも納得できない気持ちで、そっと会場から抜け出した。

会場を抜け出した奈緒子は、まっすぐ大道寺の部屋へ向かった。大きな応接セットがあり、正面奥にドッシリとした書斎机がある。あたりをうかがい、そっと忍び込み、あちこちのぞいて封筒を探す。机の上の、文箱を開けると、封筒がたくさん用意されていた。まず写真を撮って、それから入念に中身を調べてみる。すると、その封筒はすべて二重封筒になっていた。

「うそ！　信じられない！」

つまり、四つすべての二重封筒の中にあらかじめ一万円が隠されていたのだ。どれを選んでも、一万円は入っている。残りの三万円はトリックの犠牲になっていたのだ。そんな贅沢《ぜいたく》なことをするなんて、奈緒子には信じられなかった。お金に対する価値観の違いが、その大胆な仕掛けを見破る目を曇らせていたなんて、そんな自分が悔しくてならない。奈緒子はさらに何か大道寺の秘密を探り出そうと室内を物色し続ける。すると、部屋の奥に、もう一枚ドアがある。そっと開けてみると、ドアの向こうにもうひとつの部屋があった。そこは、ピンク、赤、黄色、金色など華美な色で彩られた部屋だった。よく見れば、鞭《むち》や手錠、羽でつくったマスク、ロープ、滑車、三角木馬などが並び、まるでサーカスかＳＭの部屋である。

「すごっ！」

見たこともない道具の数々に奈緒子は興味津々。部屋中をかけずり回って、触ってみる。ふと、手錠を何気なく、自分の手首にかけてみた奈緒子だったが、カチャッといい音がして、鍵がかかってしまった。あせってガチャガチャしてみるが鍵は外れない。手錠と格闘しているところに、大道寺が部下を引き連れてやってきた。

「What are you doing here?」

表情がいつもと違い、怖い。奈緒子もキッと大道寺を見据えて言った。

「見せてもらいました。やっぱり幸せの選択のトリックは封筒にあったんですね！　この封筒は二重封筒です。最初から全部の封筒に一万円を入れておいて、どれを選んでも大丈夫なようにしておいたんです。こんなトリック、最初からわかってたのに……」

「見破れなかったくせに」

大道寺はあざ笑うように言う。

「当たり前だ。この世に一万円の入った封筒を惜しげもなく燃やす人間がいるなんて誰が思う？　ああ、誰もいないさ。信じたくない。あのときだけで……」

「アバウト二十一万円」

大道寺はケロッとした顔で言う。奈緒子は卒倒しそうになった。

「もったいない」

大道寺は、改めて奈緒子に聞く。

「あんた何者だ？」

「オマエのやっていることはマルッとお見通しだ！」

開き直って、奈緒子が叫ぶ。

「その状態で言われてもなぁ」

大道寺が笑う。そう、奈緒子の手には手錠がかけられていたのだ。

「これ外してくれたら黙ってるから」

奈緒子は肩をすくめ、お茶目な表情で、大道寺に助けを請うてみたが大道寺は無視、大道寺の合図で部下たちが奈緒子をとらえた。

奈緒子は部下たちに×とかかれたガムテープを口にはられ、手錠に縄が回され、滑車で上に吊られてしまった。腕があがった状態で、ブランとつま先立ちみたいな状態になった。それをニヤニヤみつめて、大道寺は部屋から出ていった。

「それじゃ、またあとで」

その姿をにらみつけるだけが、今の奈緒子にはせいいっぱいだった。

夜になった。奈緒子は、唯一動かせる足を使って、脱出を試みていた。足を伸ばして、転がっているものの中から踏み台になるようなものを引き寄せる。足下に、その金色のおけのようなものを置いて、足を載せる。足場が安定したので、今度は腕のほうにかかる。手錠に通された縄を手品の縄抜けの要領でスルッと外す。奈緒子は床にどさりと落ちた。手錠はしたままだが、ガムテープをはがすことはできた。ふー、大きく安堵《あんど》の息をはく。

「あのやろう、ぶっ殺してやる！」

手錠をしたまま、怒りの形相で、奈緒子は秘密部屋を飛び出した。隣の大道寺の部屋は薄暗く、何かにつまずいた。やけに大きなものが床にころがっているものだと、転がったまま、顔を横にやり、ぶつかったものを見ると、それはなんと人間だ。大道寺だった。仰向けに倒れた大道寺の左胸にナイフが刺さって、大量に出血している。大道寺は奈緒子が手をくだすまでもなく、既に何者かにぶっ殺されていた。

「嘘……」

その時、ドンドンと扉を叩く音がした。奈緒子は身構えた。

「会長！　大道寺会長！」

扉の向こうには数人の部下たちが集まってきているらしい。何度呼んでも中にいるはずの会長の返事がないので、部下たちが心配して扉を蹴破《けやぶ》って入ってきた。

そこには、ナイフで刺されて血まみれの会長の死体と奈緒子。この状況では明らかに誰もが、奈緒子に疑いをかけるだろう。奈緒子はあっさりと部下たちに捕まってしまった。

2

ほどなく、サイレンを唸《うな》らせてパトカーがやってきた。パトカーの中から出てきたのは矢部と石原だ。矢部はマッシュルームカットのようなまぁるい髪型をしている。もみあげがクルリと上を向いている。カーキのミニマムなコートに柄シャツ、光る緑系のネクタイが本人はおしゃれのつもりのようだが、悪趣味に映る。このネクタイは何を隠そう、先頃起きた転落事故で犠牲者がしていたネクタイと同じものをわざわざ探して購入したものだ。死んだ人のネクタイと同じものをするなんて、矢部の感覚はずいぶんと変わっている。矢部と石原が殺人現場である大道寺の部屋に入ると、奈緒子が大道寺の部下たちに囲まれて立っていた。

「なんでおまえがおんねん⁉」

矢部が聞く。石原もビックリした顔で、「セミナーに参加しとったんかの？」と聞く。

「どうせ金目当てなんだろう」

矢部は、吐き捨てるような言い方をする。石原が、書類を読み上げる。

「被害者は大道寺安雄《やすお》。『笑顔がこぼれる会』の会長ですね。大道寺はセミナーを隠れ蓑《みの》に裏で洗脳まがいのことをして、財産を巻き上げていたようです。この分じゃ、大道寺を怨んでいる人間も多いですね」

「みたいだな。連れてけ」

矢部は、あっさり言った。

「え？」

「オマエが犯人だ」

矢部と石原はそろって奈緒子を指さし、ユニゾンで言った。

「ワッパつけとるやないけ。ええ心がけや」

「いろいろ嗅《か》ぎ回っていたのは、間違いないみたいですね」

「これは違う。私じゃない！」

奈緒子の必死の弁解は、矢部にも石原にも通じない。

「潜入レポートだったの！　私は連中の嘘を見破ったから捕まって縄で吊されてたんです！」

泣きそうな顔で奈緒子は訴え続けている。

「遅いぞ、矢部」

「嘘つけ、連中が部屋に入ったとき、オマエ、そのカッコで死体の横に突っ立ってたそうじゃないか」

石原が責める。

「違う、縄から抜け出したんです」

「そんなことできるもんか」

矢部もまったく信じる気はない。

「できます！」

奈緒子は真っ直ぐに矢部を見つめて言った。奈緒子があまりにも自信ありげに言うので、矢部は実際に試してみることにした。もう一度、奈緒子の手錠に縄がまわされる。片端は手錠につなぎ、もう片端は石原が持つ。

「悔しかったら、抜けてみい！」

奈緒子はゆっくり縄を手首の手錠に通し、さらに拳《こぶし》を通す。すると、縄は見事にするりと抜けた。トポロジーの応用だ。

奈緒子はニッコリ笑って言った。

「ほら、できるでしょ」

それでも、無情にも奈緒子を逮捕するという。

「これで間違いないな。吊るされてたら刺すこともできないだろうが、手錠してるだけだったらいくらでも刺せる」

矢部が強い口調で言う。

「しかも部屋は中から鍵のかかった密室でしたからね」
石原も嬉《うれ》しそうだ。
「フフ、ドアホ！」
矢部は常日頃の奈緒子に対するうっぷんが一気に解消したように、満面の笑顔だった。

その頃、上田は自宅にいた。もちろん恵美もいっしょだ。現在、本当に、恵美を自宅に匿《かくま》っているのだ。上田にとっては、それは天国と地獄のような日々である。恵美に慕われているのは嬉しい。奈緒子にだまされた9のトランプ手品を解明し、それを披露したり、愉快に過ごしている。けれど、問題は夜だ。意外と禁欲的というか、三十五歳を過ぎても未だ童貞である上田には、女性の扱いが本当のところわからないのだ。だから毎晩、すーすーと屈託なく寝息を立てている恵美を横目に、己を律し、ひとり四百回以上もの腕立て伏せに励むしかなかった。

さて、そんな微妙な関係の上田と恵美のマンションに、矢部から電話がかかってきた。奈緒子が逮捕されたという。すぐに上田は警察に向かう準備をした。恵美を一人にしておけないので、連れて行く。

外に出ると、恵美が不安そうに周りを気にしている。誰かに見られているみたいだと言うのだ。上田は自分がついているからと励ますが、階上から落ちてきた洗濯物にも、大げさに驚く始末。そんな上田の様子が、恵美を、なんとなく不安な気分にさせているようだ。

「私が頼んでいるんです。いいでしょ」

「先生、無理言わないでくださいよ」

「いつも無理を聞いて事件を解決しているのは誰だと思っているんですか」

「それはまぁ、そうですが」

警察に着いた上田は、矢部にとらやの袋をそっと手渡し、奈緒子に面会させてもらうようにした。その様子を見て、「やっぱり教授ってすごいんですね」と瞳《ひとみ》を輝かせる恵美に、上田は鼻高々な気分だ。その恵美を見て、矢部すら目尻《めじり》をさげる。恵美は、矢部にも親しげに話しかける。

「ステキな髪型ですね。高かったでしょ」

「これはもともと皮から生えてるものだから」

「またまたぁ〜」

かわいくキツイことを言う恵美に、矢部はたじたじとなった。

殺風景な取調室に、奈緒子がブスッとした顔で座っている。

「この女、なかなか強情で、口を開こうとせんのですわ」

矢部が忌々しげに言う。

「口を開かせるのなんて簡単ですよ」

上田はそう言って、奈緒子の前に分厚いサンドイッチを置いた。すると奈緒子は、何も言わずに大きく口を開き、むしゃむしゃと食べ始めた。

「ほら、開いた」

上田の得意げな顔に、矢部は唖然《あぜん》。口を開くってそういうことではないんやけど？　と言いたかったが、権威志向の矢部にとって上田は逆らえない存在なのだ。

恵美に「元気出してくださいね」と言われた奈緒子は、上田を指して言った。

「こいつといてもろくなことはないですよ」

「そんなことありません。次郎はとっても優しくて強いんです」

のろけにも聞こえる言葉をはく恵美が、奈緒子の癇《かん》に障る。

「奈緒子さん、きっとここから出られますよ。いいですか、ここに十枚のトランプがあります。そのうちの一枚には『出られる』、残りすべてに『出られない』って書いてあります」

恵美は奈緒子と机をはさみ、向いに座り、突然トランプを出し、そう言いながら十枚のトランプを9の字に並べた。八枚は9の円の部分、残り二枚が尻尾の部分だ。

「3から10までの好きな数字を選んでください」

恵美は一生懸命説明している。これは私のネタではないか、奈緒子は呆《あき》れて上田を見ると、上田はすかさず、奈緒子の前に残りのサンドイッチを差し出す。渋々、奈緒子は「7」を選ぶ。

恵美は説明を続ける。

「じゃあ、七つ進んで、もう一回七つ進んで。はい、これをめくると……」

9の尻尾の先をめくると、それは『出られない』のカードだった。

「あれ？」

本当なら尻尾の部分に『出られる』のカードがあるはずだったのに、恵美が間違えたのだ。取調室にきまずい空気が流れた。矢部が、嬉しそうに目をぎょろぎょろさせて、小躍りしながら、奈緒子に顔を近づけて言った。

「いいんだ、いいんだよぉ。絶対に出さないようにするからねぇ」

奈緒子はキッと上田を睨むが、上田は知らん顔をして、鞄の中からカメラをとりだした。

「こんな状況、めったにないからな。記念撮影しよう」

そう言って、奈緒子を撮影しようとする。そのカメラは、奈緒子が上田からせしめたものだ。奈緒子の所持品として押収されていたものを、上田が無理矢理取り返したのだ。

「フィルムちゃんととっといてくださいよ！　ギャラ二倍になるんだから！」

奈緒子は捕まってもなお、バイトのギャラに執着している。上田はヘラヘラと笑いながら、

「そういうことはここから出られたら心配しろ。はい、三千六百五十六÷千八百二十八は？」

「二！」

恵美がにっこり笑いながらVサインをし、取調室で奈緒子を囲んでの記念撮影が行われた。

ひとしきりはしゃいだ後、上田は警察を出たが、路上駐車してあった車がない。なんと、レッカー移動されてしまったのだ。警察の前の道路から警察までレッカー移動することもないだろう、それもこれも警察の駐車場がいっぱいだったからだと、上田は腹を立てた。警察の交通課に行くと、おそろしく高い罰金を払わされ、やっと帰れると思ったら、今度は次郎号のエンジンがかからず、あえなく修理工場行きとなった。

「なんで？」

何か良くないことだらけである。しかも、良くないことはそれだけではなかった。その後、

電車と徒歩で帰るはめになった上田は、まずゴミ箱につまずき、木にぶつかり、子供にあざ笑われ、穴に落ち、せっかく買ったおでんが竹ぐしから落ちてしまい、棘《とげ》を刺し……。さんざんな一日だ。

研究室に戻り、上田は気を鎮めようと、ドカッと応接ソファにもたれた。

「私のせいかもしれない。私の時、御告者は周りの人にも不幸な出来事が起こるって言ってました。だから……」

恵美が怯《おび》えて肩を震わせている。それを聞いて、上田は針生屋敷で貴子が言っていたことを思い出した。

「その方には必ず天罰が下ります。その方は死に、それから、その方のまわりの人間にも不吉な出来事が起こります。あなたもその方に近づかないようにお気をつけください。よろしいですか」

貴子はそう言った。まさか、自分の身の回りにも不吉な出来事が起こり始めているのか。

「いいや。絶対にそんなことはない。これは単についてないだけだよ」

上田は頭を横に振り、浮かんだ悪い考えを振り切ろうとする。心を落ち着けようと椅子に座ると、椅子が壊れた。上田は床にひっくり返る。またも不吉な出来事か。

「Don't mind. ついてないだけだ」

そこへ、机の上に積んであった本がドサッと落ちてきて、上田は顔をしたたか打った。

「ついてないだけだ」

上田は何度もその言葉を唱えた。けれど、上田がマンションに戻るときは、完全武装で、細心の注意を払っていた。

家に戻り、気を取り直して上田は連載原稿の執筆にとりかかった。すると、何かガチャンという音が聞こえた。仕事部屋から出てくると、恵美が玄関のほうを指して呆然《ぼうぜん》と立っている。指した指も震えている。上田は、玄関に様子を見にいった。すると閉めたはずの玄関の鍵が開いている。

念のため、覗《のぞ》き穴から外を見ても誰もいる様子はない。死角に入っているのかもしれないと、思い切ってドアも開けてみるが、やはり誰もいなかった。上田は、今度はちゃんとチェーンもかけて、自分の部屋に戻った。誰かが家に入って来てはいないか、上田が各部屋を調べていると、恵美が玄関先の置物に封筒がのせられているのをみつけた。上田が封筒を開けると、中にはメモが入っている。

『逃げても無駄です。天罰は明日中に下ります。これは誰にも防ぐことはできません』

誰が置いていったのか。どうやって家に入ってきたのか。上田は、考えた。メモを丹念に見ると、メモに筆圧でついた跡があるのに気がついた。上田は、メモについた筆跡の一部の上部を鉛筆で薄く塗ってみる。すると、字が浮かび上がってきた。

『天罰代行依頼。3月5日・上田、グリコ』

「これは！」

上田は慌てて、保管しておいた倉岡の手帳を持ってきて、ページをめくる。手帳には、浮かび上がった文字と同じ字が書かれてあった。次のページを破いた跡もあった。念のため、封筒に入っていたメモとその破れた跡を合わせるとキチンとつながった。

「倉岡の手帳だ！　犯人は倉岡だったんだ！」

翌日になるのを待って、上田は研究室に矢部を呼びだした。石原も同行してきている。

「絶対に倉岡です。手帳を見てください。証拠があるんですよ」

上田は必死で語るが、矢部は、恵美にご執心のようすでしきりに彼女の話をする。

「恵美ちゃん、僕に惚《ほ》れてますえ。僕には、わかる。彼女と僕は心の深いところで惹《ひ》かれ合っている。容姿、頭髪ではない。なんだったら、今度海にデートに行ってもいい」

ひとしきりふざけたのち、矢部はキリッと上田に向き直った。そして上田の持っている手帳を取り上げ言った。

「真面目な話、これをどこで手に入れたんですか？」

「あ、いや、それは」

倉岡から、盗んできたと言いにくくて、上田は言いよどむ。矢部は、この手帳に盗難届が出ていると言った。

「倉岡という人物から、ある人物に殴られて奪われたと」

「それはまずいなぁ」

石原がニャッと笑って上田を見る。

「まずいのはこんなものを書いてよこした倉岡のほうでしょう!」

上田は弁明するが、

「本人が書いたっていう決定的な証拠にはなりませんよ。盗まれている間に先生たちがでっち上げたって言い逃れするかもしれないし」

矢部が、目をぎょろつかせて上田を見る。

「私がそんなことするはずない」

「それにそのタクワンを紹介したって、それは占い師を紹介したもんでしょ」

「オツゲモノ(御告者)です」

「それにそのオツケモノ(お漬け物)が祈禱《きとう》したからって、天罰を下すっていうのはねぇ、無理だ」

矢部は、自分の言葉が間違っていることにも気づかないまま、きつく首を横に振る。

「天罰なんかないっ、この倉岡が直接手を下してるに決まってます」

「しかし証拠がないけんのう」

「いいや、絶対に倉岡があやしい。だからこのリストの人たちがどうなったか調べてほしいんです」

リストに書かれた人たちが、等しく天罰らしき事故にあっていたら、何か仕掛けがあるにちがいないのだ。上田は手帳の上に金の分銅を載せ、矢部に渡した。矢部は、その分銅をかじり、ニヤリと片目をつむって笑った。矢部は、ひとまず手帳を石原に渡し、調べるように言った。

そのとき、電話が鳴った。倉岡が死んだという署からの連絡だった。

矢部と上田は、倉岡が死んだ現場に向かった。マンションの脇の自転車置場で倉岡は、頭を打って息絶えていた。植木鉢も割れている。階段から落ちたらしい。

「死亡推定時刻は一時間ほど前です。これは事故か、それとも他殺か」

矢部が悩む。

「犯人じゃなかったのか……。これは間違いなく他殺です。私の天才的な頭脳を恐れて、針生屋敷の誰かが手を下したに違いない」

上田は確信していた。そこへ石原がやってきた。針生屋敷まで調査に行ってきたのだ。

「あの婆さんたちにはアリバイがありました。近所の人があの三人と会っていたそうです」

それは確かに一時間前に間違いないという。上田は納得できない。

「ちなみに、調べてわかったんですが、あの三人には大崎が死んだ時のアリバイもあるんです」

石原の報告に、上田は考え込む。

「手を下したのがあの一家じゃないとすると、いったい誰がこいつを殺したんだ？」

矢部は事故だろうと言う。

「と、言うことは天罰？」

石原の一言が、上田に重々しくのしかかった。

上田は矢部と一緒に、警察に勾留《こうりゅう》されている奈緒子を訪ねた。差し入れのお弁当に、奈緒子は目を輝かせてガッガッとむさぼり食っている。上田はついまた奈緒子の、そんなあさましい姿を写真に撮った。カメラを構えた瞬間、奈緒子はピースサインで写る。食べ終わった奈緒子に、上田は本題を告げた。

「それで？」

「だから、YOUの意見も一応聞いてやろうと思ってね」

「つまり、わからなくなったんですね」

「そうじゃない。私は今、考えを整理中なだけだ」

「整理しなくても、ちょっと考えればすぐにわかるじゃないですか」

「なんだって？　オマエ、適当なこと言うなよ」

「上田さん、心の中で好きな数字を思い浮かべてください。その数字を私に見えないように、紙に書いて畳んで机に置いてください」

上田は言われるままに、持っていたレポート用紙をやぶり、数字を書き、畳んで机の上に置いた。念のためその上にカメラを載せておさえる。

「では次に、心の中で自分の誕生日の月と日を足してください。もし二桁なら十の位と一の位を足してください。その数に9を掛けてください」

上田は言うとおりにする。

「ではもう一度、十の位と一の位を足して、それにさっきの数字を思い浮かべて紙に書いた数を足すといくつになります？」

「119」

上田の数字を聞いて、奈緒子は言った。

「わかりました。上田さんが思い浮かべた数は110ですね」

当たっていたので、上田はビックリする。矢部が畳んだ紙を開いてみると、確かに110と書いてある。上田は、憮然として、

「当たったからって、それがどうした？」

奈緒子は静かに言った。

「上田さんは余計なことに惑わされているんです。本当に大切なことはひとつなんです」

上田は、奈緒子の言葉に驚く。

「私が惑わされている？」

「そうです。いいですか、かけ算の9の段は1の位と10の位を足すと全て9になるんです。3×9＝27で9、7×9＝63で9とかね。だから最後は必ず思い浮かべた数に9を足すことになるんです」

「119－9は110、なるほど」

矢部も納得している。

「つまり、誕生日の数字を足すのはどうでもいいんです。大切なのは9を掛けること。誕生日の数を足すのは、真実を見えなくするための罠《わな》なんです。上田さんは今、その罠に惑わされています。真実はけっこう単純なところにあるもんなんです」

奈緒子の言葉は、上田に何かを気づかせようとしていた。珍しく真摯《しんし》な物言いの奈緒子の言

葉を、上田は黙って聞いていた。

そこへ電話が鳴った。恵美からだった。恵美が、上田の部屋に誰かいると怯えて電話をしてきたのだ。

猛スピードで、家に帰ってきた上田の目に、倒れている恵美の姿が飛び込んで来た。近くに、砕けた花瓶が散乱している。恵美は、花瓶で殴られたのだ。抱きかかえると、恵美はまだ息がある。命に別状はないようだ。上田は、各部屋を見て回ったが、誰も隠れていなかった。いったい誰が恵美を？　もっともあやしかった倉岡は既に死んでいる。とすると、考えられるのは、やはり光太の天罰なのか。上田の脳裏に、光太の意地悪そうな笑顔が浮かんだ。

恵美の手当をし、ベッドに寝かせてから、上田は食料を買いに、スーパーへ行った。ついでに、奈緒子を撮った写真を現像に出していたので引き上げてくる。家に戻って、買ってきたバナナを食べながら何気なく写真を見ていると、ある一枚の写真に目が吸い寄せられた。上田はそれを持って、ただちに奈緒子のいる警察署に戻った。ひとり家に残す恵美のことも気にかかるが、写真には重要な事実が写し出されていたのだ。

取調室では奈緒子がまた差し入れられたチョコレートケーキを食べている。矢部と石原は将棋をさしている。こんなのどかな警察があっていいのか。ここで、上田が取りだす一枚の写真が、このののどかな静寂を破ることになるのだが。上田は、奈緒子に、写真を見せて聞いた。

「この写真、いつ撮ったんだ？」

「大道寺の死体をみつけて、慌てていたところに、部下たちが踏み込んできたときに撮ったやつですね」

「そんな時によく写真なんか撮ったな」

「何か撮影しておかなきゃ、バイト代が出ないと困ります」

「君のその貧乏くさい意地汚さが、思わぬものを写し出していたよ」

思わぬもの、それは、部下たちに混じって針生かずが写っていた写真だった。

「まさかあのおばあちゃんがインチキセミナーの会員だったとはな。あぁ驚いた」

そう言って、上田は矢部に倉岡の持っていた手帳のリストを見せてくれと頼んだ。渡された手帳をよくよく見ると、大道寺の名前が天罰のリストに入っていた。

「ということは、大道寺を殺したのはこのおばあちゃんかもしれません」

奈緒子の推理に、上田は信じられないと思う。けれど奈緒子は執拗《しつよう》に言う。かずは、会員の中にも大道寺の部下の中にもいなかったのだ。なのに、なぜ現場にいたのか。奈緒子のこだわりはそこだった。

「大道寺はいろんなやつから怨まれていたんです。誰かが御告者に天罰を下すように頼んだ。それをこのおばあちゃんが実行していたんですよ。おばあちゃんは大道寺を殺して、そのまま部屋に隠れていた。そして、人がやって来たどさくさに紛れて部屋から出ていった……」

かずは、慌てて部屋に入ってきたたくさんの部下が、死体を見て動揺しているどさくさに紛れて、こっそり部屋を出たのだ。それをたまたま奈緒子のカメラが捉えていた。

「やっぱり、私が言ったとおりだ」

上田は急に、真面目な口調で頷く。

「オマエが何言った？」

奈緒子はビックリ。

「さすが先生、おみそれしました」

矢部が上田に合わせる。

「オマエもなに聞いていた!?」

ホントにこいつらはひどい、奈緒子は愕然《がくぜん》とした。

「ということは、倉岡も口封じで殺された可能性もある。だけど婆さん達にはアリバイがあるしな……」

上田が真面目に考え込む。

「これだけはどうしようもないですね。この婆さんが犯人だという証拠になるものは何もない」

矢部も同様に考え込む仕草をする。二人の様子をみて、奈緒子が叫ぶ。

「私が犯人だという証拠もないでしょ。いいかげんここから出してください！」

「ほな、おまえ帰れや」

矢部が意外とあっさり言う。それなのに、なぜか奈緒子はためらいをみせた。

「けっこう、ここ居心地良いし、御飯だけ食べて帰ります」

こうして奈緒子は釈放された。

上田が家に戻ると、恵美が青い顔をして寝ていた。上田は恵美を病院に連れていくことにした。警察、病院と大忙しである。

病院で、医者は上田に深刻な話をした。恵美は毒物を飲んでいるというのだ。

「解毒剤を飲ませましたから、命に別状はありませんが。普通なら口に入るはずのないものです」

医者に何か心当たりはないかと問われても、上田にはまるで思い当たらない。

不可解な気持ちのまま、上田は恵美を連れて病院を出た。

「大丈夫か」

「すみません」

弱々しい恵美のために、上田はあたたかい飲み物を買いに道路沿いにある自動販売機へ向かった。

「危ない！」

恵美に引っ張られて、後ろに重心がいったとき、上田の前に、自販機の横にあった大きな看板が倒れ込んできた。恵美に引っ張られなかったら、下敷きになり、大けがをするところだ。

なぜ、次々に自分と恵美の前に不吉な出来事が起こるのか。上田には、わからなかった。いや、わかりたくなかった。

家に戻って、恵美を寝かすと、上田は家にある食べ物を調べ始めた。冷蔵庫の中のものを出して、ひとつひとつチェックする。

「これも、これも一緒に食べたし」

恵美がベッドから声をかける。

「昨日、食べたピザは？」

「あれは私も食べたよ」

「でも私のはシーフードだったけど、教授はミートでしたよね」

「あぁ、だけど、君の残したシーフードをあとでつまみ食いしたんだ。エヘヘへ。もし毒が入ってたなら、私もやられているはずだ」

食べ物じゃないのか？　という考えが二人の間に浮かんだ。上田は、気がついて、トイレに駆け込んだ。

「トイレットペーパーに毒が塗ってあって、粘膜から？　いや、これも二人とも使ってるし、どの部分を使うかなんてわからないはずだ」

トイレットペーパーをカラカラと引き出しチェックしている上田の姿は滑稽《こっけい》にも見えるが、心底真剣なのである。トイレには、いつの頃のものなのか、上田が野球をしている写真が大きく引き伸ばして飾ってあった。

夜になって、二人は枕を並べて休んだ。毒物のことが頭を離れず、眠れない。同様に、恵美も眠れないようだ。

「恵美クン。もうやめよう」

「え？」

「これ以上は危険だよ。天罰を中止してもらうんだ。そのためには二倍、いや二倍半の金を払ってもいい」

上田の声は真剣そのものだ。

「そんなこと言わないでください」

恵美は上田を制する。

「しかし」

「私は仇《あだ》を討ちたいんです。従兄弟《いとこ》は叔父《おじ》さんの会社を継いで実業家になるはずだったんです。その将来を奪われたんですよ。私のことを心配してくれて学費まで出してくれてたのに、私はその気持ちをわかろうともしないで……私だったらどうなってもかまいません。お願いします」

気持ちを高ぶらせた恵美は起きあがって上田に言った。上田も起きあがって恵美をみつめた。恵美の目は強い決意をたたえていた。

翌日、上田は釈放されてアパートに戻った奈緒子を訪ねた。奈緒子の力が上田には必要だった。トイレットペーパーまで調べたという話をすると、奈緒子は呆れ顔だ。

「やはり、天罰じゃ……」

上田は珍しく不安を表に出していた。いつもの何があっても、「どんと来い、超常現象！」

といった自信の素振りが微塵《みじん》もない。

「上田さん！　まだそんなこと言ってるんですか」

「いや、天罰なんかないと思ってるよ」

「当たり前です。本当に天罰が下せるなら、わざわざおばあさんがセミナー会場に出かける必要なんてないでしょう」

奈緒子があまりにもっともなことを言う。

「そうなんだよ。御告者たちが何かをやってるはずなんだ」

「それも間違いないですね」

奈緒子が力強く言う。

「なんとかしてボロを出させる方法はないものか」

上田の問いに、奈緒子の漆黒の瞳がキラリと光る。

「簡単な方法があるじゃないですか」

奈緒子の笑顔が上田には頼もしく映った。


奈緒子にある方法を伝授された上田は、針生屋敷へと向かった。冬の雨が足元から体を冷やす屋敷に向かう途中で、光太の通う小学校に立ち寄ると、通学路をトボトボと光太がひとりぼっちで下校してくるのが見えた。同じ年頃の子供たちは、連れだって楽しそうに歩いている。光太の存在は異質なものだった。光太のさした傘にしとしとと落ちる雨粒が、どこか淋しく光る。上田は光太に近寄り話しかけた。

「みんなと帰らないのかい？」

光太は、上目遣いの目で上田を一瞥《いちべつ》して言った。

「僕はみんなと違うからね。僕には不思議な力があるんだ」

自分に言い聞かせているような口調だ。

「お兄さんにもあるんだよ」

上田はニヤリと笑って言った。

「嘘だ」

光太は信じない。

「じゃあ一から十の中から好きな数を選んで、心の中でそれに9をかけて、その十の位と一の位を足して、そこに友達の数を足してごらん」

「9」と光太は言った。

ということは友達の数は0だということになる。

「だからなんなの？」

光太は怒った顔をして言った。

「うざい」

光太は、きつい口調で、上田を睨んだ。

「うざいよ。僕を怒らせると天罰が下るよ。学校の連中だってみんな僕を怖がってるんだから」

上田は、光太をたしなめる。

「いいかい、君にはそんな力はないんだよ」

「嘘つき」

光太はさらに上田を睨む。

「じゃあ、試してみるかい？」

上田は、光太にニヤリと笑ってみせた。

そうして、上田は針生屋敷の祈禱部屋で、光太の力を試すことになった。光太は、祈禱の衣《い》裳《しょう》に着替えている。上田は、腹巻きを持ってきていて、光太に差し出した。光太は黙って受け取り、祭壇に載せ、祈禱をはじめた。ひとしきり呪文《じゅもん》を唱え、祈禱が終わると、上田のほうをクルリと向いて笑った。

「天罰が下るよ。今日中に消えてしまうよ」

上田はゴクリと唾《つば》を飲み聞き返す。

「この腹巻きの持ち主が消えてしまうんだな？」

光太はコクリと頷いた。

そこへ、かずと貴子が、祈禱部屋の気配を察知して、やってきた。かずは、慌てている。

「勝手に祈禱しちゃダメじゃないか。むやみに力を使わないっておばあちゃんと約束しただろ？」

光太は、とぼけて「忘れた」と言う。

「光太！」

困惑するかずを、貴子がなだめる。

「いいじゃありませんか。この子には力があるんだから、仕方ありませんよ」

子供の力が嬉しい貴子に、かずは複雑な表情をしている。

光太は気にせず、腹巻きを指さして宣言した。

「この持ち主は天罰で今日中にこの世から消える。消えてなくなるよ」

光太の指さした腹巻きを見たかずは思わず声をあげた。

その腹巻きは、かずのものだったのだ。二度目に、この屋敷を訪れた上田は、ベッドごと消えた光太を見て、気絶してしまった。対外的には、寝不足だったのでつい寝てしまったのだと、うそぶいているが、紛れもなく気絶していたのだ。そのとき、かずが自分の部屋で上田を介抱してくれた。目を覚ました上田は、寒さに耐えられなくて、傍らに置いてあったかずの腹巻きを拝借して、自宅まで持ち帰っていたのだ。

「この泥棒！」

貴子がなじる。しかし上田は悪びれない。

「借りただけです。今、返しましたよ」

そして、光太を見て勝ち誇ったように言った。

「少年、良く聞きたまえ。これは私のものではない。君のお婆さんの腹巻きだ！　君はお婆さんに天罰を下してしまったわけだ。さぁ、どうする？」

光太は、衝撃を受ける。

かずは、困惑する光太を抱きしめて言う。

「大丈夫、大丈夫よ。お前は何も悪くないんだ」

上田は三人を見回して言った。

「さぁ、天罰なんてない。インチキなんだと認めたまえ」

しかし、貴子は認めようとしない。

「なんてことしてくれたの、この子には本当に力があるのよ」

上田をきつく睨みつけている。

「帰りなさい！」

「そうはいきません。ちゃんと天罰が下るかどうか見せてもらいます」

「見るがいいわ。そして自分のやったことを後悔するといい」

貴子は興奮で身体を震わせている。上田は、冷静に返した。

「その言葉、そのままあなたにお返しする。これまで自分たちがやってきたことを思い出すがいい」

光太は、かずに尋ねる。

「僕、不思議な力、あるんだよね」

けれど、かずは、何も答えない。

上田は、貴子に光太を部屋から連れだしてくれるよう言った。貴子が光太を連れて部屋を出た。祈禱部屋にはかずと上田だけだ。上田は、奈緒子が撮った写真をかずに見せて聞いた。

「大道寺さんを殺したのはあなたですね。あなたが天罰の名を借りて実行していたんでしょ」

かずはそれには答えず、部屋を出ようとする。

「坊や、しばらく一人にさせとくれ。心配しなくても、逃げやしない」

そう言って、かずは自分の部屋に入って行った。

だいぶ時間が経った。上田はずっと部屋の入り口でみはっていたが、かずは出てくる気配がない。心配になった上田は、貴子に部屋の中を見せてくれと頼んだ。かずの部屋に入ると、かずはいない。窓には格子が入っているので、やはり出るとしたら、入り口しかない。入り口はずっと上田が見張っていた。おかしい。見渡すと、かずの部屋には、箱や机がたくさんある。中にはかずが隠れられそうな大きさの箱もあるが、それは空っぽだった。部屋中ざっと見たが、やはりかずの姿はなかった。

「見なさい、天罰で消えてしまったのよ！」

貴子が上田を責める。

「そんな馬鹿な」

困った上田は、奈緒子に電話をした。夜中なので、どれだけコールしても奈緒子は出ない。いないわけはない、絶対、電話の横で寝ているはずだと確信して、しつこく鳴らし続ける。今すぐ奈緒子の力が必要なのだ。

「もしもし？」

ようやく、奈緒子が出た。寝ぼけた声だ。百回は鳴っている電話の音で目を覚ました大家のハルが奈緒子をたたき起こしたらしい。

翌早朝、奈緒子はさっそく針生屋敷にやってきた。

「助けてほしいなら助けてほしいって正直に言えばいいじゃないですか。何が新しい密室トリックを見せてやる、ですか」

奈緒子はむくれている。深夜に電話してきた上田は、奈緒子に美味《おい》しい餌を振りまいて呼び寄せたのだ。もっとも、それでのこのこやってくる奈緒子も奈緒子だが。

「君に解けるかな？」

上田は、挑戦的に言う。奈緒子はため息をついて、上田に言い含めるように言った。

「あのね。密室で消えたものなんて、基本的には部屋の中に隠されてるものなんです」

「でもどこにもないぞ」と反論する上田に、奈緒子は、右端におかれた、空に見える箱を指さした。

「空っぽじゃないか」

「空に見えても、あれは斜めに鏡が貼ってあるんです。見えているのは床の部分。あの中にお婆さんはいるはずです」

上田にはそんなマジック用の箱があることが信じられない。

「昔はそうやって人を脅かして、不思議な力を信じさせたんでしょ」

奈緒子がぶっきらぼうに答える。こんな簡単なマジックのために朝も早くから遠くまで来させられたことが腹立たしい。

上田が空に見える箱に近づいてみると、表面に鏡が貼ってあった。箱の上部のふたを開けると、中にかずがうずくまっていた。

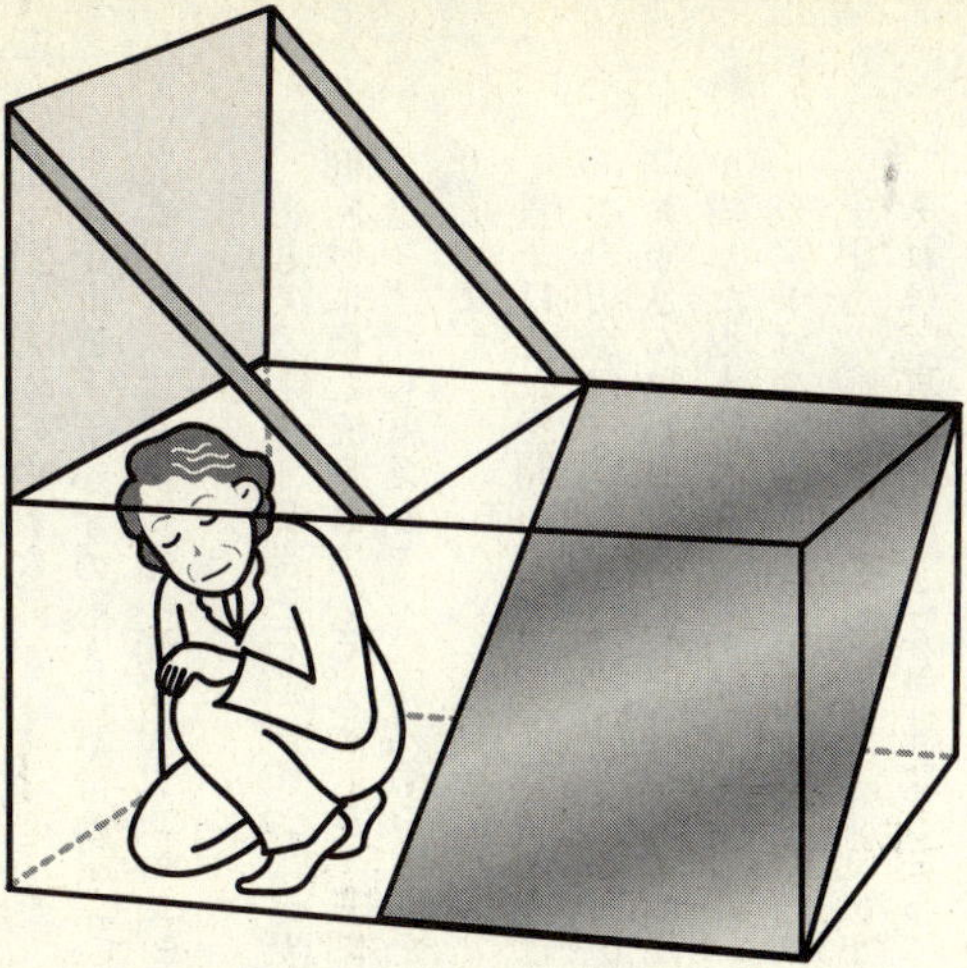

貴子も光太もビックリしている。

「見つかってしまったんではしょうがないね。光太、貴子さん、これから私の言うことをよくお聞き。光太の天罰を現実のものにしてきたのは私なんだ」

かずは、事実を語り始めた。

「最初はほんのちょっとしたことをやっただけ。あの子が言ったことをちょっと実行してやった。だけど、それがよくなかった。お客に喜ばれて恐れられ、それが光太を変えてしまったんだ。光太は自分に力があると信じてしまったんだ。そのせいで、天罰はどんどんエスカレートした……すべては私のせいだ。光太が天罰を下す御告をするたびに、私はその天罰が実現するように裏で細工をしてきた。大道寺を刺したのも私です。何人もの人にとんでもないことをしてしまった」

かずは貴子のほうを見て言った。貴子は信じられないという顔をしている。

「貴子さん、こんなことは長く続かないよ。これがせめてもの私の罪滅ぼしだ」

かずは、懐に忍ばせていた小瓶の中身を飲みほした。毒が入っていたらしく、かずは口から血を流しながら倒れた。

上田も貴子もかずのもとに駆け寄るが、「光太のこと、頼んだよ」とだけ言い残して、息絶えた。光太は呆然とその光景を見ていた。


しばらくして、矢部と石原がやってきた。恵美もいっしょだ。かずの部屋にかずの遺体は、仰向けに横たえられている。それ見て矢部は考え深げだ。しかし、石原が疑問を呈した。

「兄ィ。でも恵美ちゃんの従兄弟の大崎と倉岡が死んだときは、この婆さんにはアリバイがありますよ」

貴子はそれを聞いて、やっぱり光太には不思議な力があるのだと、言い張った。けれど、あっさりと奈緒子が否定する。

「お婆さんは、自殺しただけ。その子には不思議な力なんてないんです。大崎さんと倉岡さんを殺した犯人は別にいます」

奈緒子はきっぱりと言いきった。一同に緊張が走る。

「上田さん、前に私が言ったこと覚えてますよね」

それは、真実はけっこう単純なところにある、というものだった。

「考えてください。誰が手帳のメモを破って部屋に置くことができたのか、誰が花瓶で恵美さんを殴ることができたのか、誰が毒を飲ませることができたのか……とっても単純じゃないですか」

奈緒子は上田をまっすぐに見つめて言う。しかし、上田は黙って目をそらす。

「どうして単純なことから目を背けるんです。それをすることができた人は一人しかいません」

奈緒子は、恵美を指さして言った。

「犯人はあなたです」

恵美は驚いた顔で反論する。

「なにを言うんですか？　どうして私が従兄弟を殺さなきゃいけないの？」

奈緒子は至って冷静だ。奈緒子は勾留されている間に恵美の従兄弟、大崎君男の事件を調べていたのだ。すべてを見通した目をしている。

「理由はあります。死んだ大崎君男さんには病気で死にかけている資産家の父親がいるんですよね？」

矢部が認める。

「もしこの父親が死んだら、すべては息子の君男さんが相続するはずだったわけです。だけど、君男さんがお父さんより早く死んだ場合、その財産は……誰のものになるんですか？」

それを受けて、石原が言った。

「恵美ちゃんか!?」

「血のつながった親戚《しんせき》は恵美ちゃんだけやしな」

矢部が頷く。

「あなたは、君男さんのお父さんの財産が欲しかった。そのためにはお父さんよりも一分でも早く君男さんに死んでもらう必要があった。あなたは天罰のせいにして、君男さんを殺そうと思ったんです」

恵美は、屋上に大崎を呼びだし、背中を押し、壊れていた手すりから突き落としたのだ。

「確かに、財産を相続するのは私です。だからってそれが証拠になりますか？　第一、私はこの人達に天罰の報告をされて、危ない目にあってるじゃないですか。何とか言ってください、教授！」

恵美は、すがるような目で上田を見る。

ずっと黙っていた上田は、ついに口を開いた。

「実は隠していたことがある。私が天罰を下してほしいと頼んだのは君じゃなく、この山田なんだ」

思いがけない事実に、奈緒子も恵美も唖然。

上田が、祈禱に供えたのは奈緒子のブラジャーだった。〝やまだなおこ〟と名前が書いてある。上田は、恵美を辛そうに見て言った。

「どうしても君に天罰を下してほしいとは頼めなかった」

上田の話を聞いて、奈緒子はかんかんだ。

「それで様子を見にチョクチョク顔出しては写真を撮ってたんですね！　あの差し入れは後ろめたさの裏返しだったんだな!?」

上田は奈緒子の怒りにはおかまいなしで続ける。

「そして、こいつには何も起こらなかった。いやそれどころか、こいつは三食、冷暖房完備で、幸せの絶頂だったんだ」

奈緒子が嬉しそうに何かを食べている写真を広げる。

「つまり、光太君には不思議な力なんかないって事だ。この写真がその証拠です」

奈緒子は侮辱された思いで、顔を真っ赤にしている。

「何考えてるんですかっ」

上田はさらにとぼけて言う。

「YOUが安全なように、矢部さんに頼んで無理矢理留置場に置いてもらったんだ」

「あれもおまえのさしがねかっ」

「そういうことだったのか。オレ、単純にイジワルしてるんだと思ってた」

矢部がやっと合点がいったという顔をする。

「バカ刑事っ」

上田の頼みを聞いてしまう矢部にも奈緒子は腹が立つ。

「まぁなにごともなかったんだから、いいじゃないか。おわびにカメとハムスターの世話と、洗濯ものを全部洗い直しておいた。ほら返すよ」

上田はヘラヘラ笑いながら、ブラを奈緒子に渡す。奈緒子はひったくって、

は、顔から火がでるほど恥ずかしかった。


「この下着泥棒!!」

奈緒子は、上田の手からブラをひったくり、慌てて小さく丸めてバッグにしまった。奈緒子は、顔から火がでるほど恥ずかしかった。


気を取り直し、上田が恵美に言う。

「危ない目にあったのは、全部君の自作自演だね」

その後を奈緒子が続ける。

「倉岡さんを殺したのもあなた。上田さんの疑いを倉岡さんに向けさせ、その後、天罰に見せかけて倉岡さんを階段から突き落として殺した。あなたは、まぬけでお人好しな上田を利用して、皆に天罰を信じさせようとした」

恵美の表情がちょっと変わる。か弱く健気《けなげ》な雰囲気が消え、不敵な笑みを浮かべている。

「なんだ、最初からバレてたのか」

上田がそんな恵美を見て、つらそうに言った。

「私があやしいと思いはじめたのは、看板が落ちてきたときだ。君は看板が落ちる前から僕をあの場所からどかそうとしていただろう。君はとっさに僕を助けようとしてくれたんだね」

上田は、恵美にも良心があることを信じたかった。けれど、恵美は無情な言葉をはいた。

「当たり前じゃない。利用している相手に死なれちゃ困るでしょ」

恵美は上田をバカにしたように見た。それが上田が見た最後の恵美の顔だった。恵美は、矢部たちに連行されていった。上田の目にうっすらと涙が浮かんだ。

この光景を呆然と見ていたのは、光太と貴子だった。貴子は後ろから、しっかり光太の肩を抱いていた。

「これでわかったでしょ。天罰なんて起こせないんですよ」

奈緒子が二人に近寄って言った。それでも貴子は、諦めない。

「あの子はあなたが部屋で選んだものを当てたじゃないですか！　あれは私は何もしていない。あれこそ光太の不思議な力です！」

「もしかしたら、あなたは自分では何もしていないと思っているけれど、光太君はあなたの微妙な表情の変化を読みとっていたんじゃないでしょうか。光太君はあなたのことがとても好きなようですね。だから他人にはわからない小さな心の動きも光太君にはわかるんです」

上田はできるだけ優しく貴子に言った。貴子は小さくて脆《もろ》い光太の心を傷つけまいと、必死に光太を励ます。

「光太、信じちゃダメよ。あなたには不思議な力があるの。本当よ！」

けれど、繊細な光太の心は母が嘘をついていることを感じとってしまった。

「嘘だ……お母様は嘘をついている。僕には力なんてないってお母様も思っているんだ。力なんてないんだ」

寄る辺のない光太は、身体中から力が抜けてしまっていた。哀しみというより絶望だ。貴子が優しく光太を包み込むように抱きしめたが、ふと光太の異変に気づき、ビクッとする。そして、奈緒子のほうを刺すような視線で見た。その顔は般若のようだった。貴子の腕の中からケラケラケラという笑い声が漏れてくる。光太はフラフラと貴子の抱擁を振り切って立ち上がり、奈緒子を指さした。

「天罰が下るよ、みんな死んじゃうよ」

その目の焦点は合っていない。自分の存在を否定された光太は、その衝撃に堪えることができず、一気に心が壊れてしまったのだ。母の愛だけでは、光太の精神の揺れを支えるには足りなかった。

光太はピョンピョン跳びはね「天罰が下るよ」「死ぬよ」と繰り返し叫び続けた。大人の浅はかな行動が、子供の心をこなごなにしてしまったのだ。奈緒子も上田も為す術もなく立ちつくしていた。

妖術使いの森

episode 5

1

早春の午後、池田荘の入り口にもうららかな陽光が注いでいる。そこでは大家の池田ハルとジャーミー君が呑気《のんき》にプロレスごっこをしていた。まるで春を喜ぶ猫のようでもある。そこへ奈緒子が歩いてくる。緩慢な足取りだ。

「おっ、山田、どこほっつき歩いてるの。あのね……」

ハルの口調から、奈緒子には見当が付いた。

また来てる、上田が。

部屋の玄関を開けると、やっぱり、上田だ。電気もつけず背を向けているが、その広い背中は上田そのものである。

「あーあ、死んじゃおうかなぁ」

奈緒子はテンション低く、コートも着たまま畳にゴロリと寝ころんだ。

「そこのラーメン屋で三十分以内に十杯食べたらタダっていうのやってるんですよ。三食そこで済ませたら、もう気持ち悪いのなんのって」

奈緒子の愚痴に対して、上田が答えたことはまったく脈絡がない。

「君は重力を断ち切る板というのがあることを知っているか？　その板の上に何か物を載せると、重力が断ち切られてそれが空中に浮かび上がってしまうんだ。身も心も軽くなる」

三食ラーメン生活の奈緒子へのアドバイスなのか。意味がわからず、ボンヤリしている奈緒子に、上田は一枚の薄い板を見せた。板の上にはいつつけたのか、火のついたろうそくが立っている。しかも、それは板から数センチ浮いているのだ。が、よく見ると、ろうそくの底辺には針金が付いていて、浮いているように見えただけのことだった。

「わざわざ作ったのか？」

「一瞬、驚いただろ。本題はこれからだ」

上田は、斜《はす》に構えた格好で、奈緒子を見た。薄暗いボロアパートの一室、ろうそくの炎があやしく奈緒子と上田を照らす。

二人に、難事件がまた降りかかろうとしていた。

「来《き》さ村という村役場の人が訪ねてきたんだ」

上田が今日の午後、研究室に来た男の話をはじめた。

「来さ村は、来るに村。居酒屋・村さ来みたいな字面の村だ。訪ねて来たのは、建設部長をやっている橋本《はしもと》という男だった。名刺のマークも居酒屋みたいなんだ。その来さ村を高速道路が通る計画が持ち上がったが、それには村の森を通らないといけない。けれど、森にはいわくがあり、非常に不安だという。そのいわくというのが、一度その森に入った者は二度と出て来られないというものなんだ。明治維新の頃、南方からやってきたひとりの妖術《ようじゅつ》使いが不思議な技で村人たちを惑わし、村に代々伝わる高価な壺《つぼ》・壺八をはじめ、たくさんの金品を巻き上げていた。怒った村人たちは、妖術使いを森に追いつめ殺害したという。だが、妖術使いは特殊な技を使って生き返り、今でも白木の森に住んでいるらしいんだ。この、嘘みたいな話は本当で、その証拠に、妖術使いが使ったという不思議な技も村の記録に残っているそうだ」

来さ村だけでなく、壺八《つぼはち》、白木の森。どこかで聞いたことのある名前だなと奈緒子は思った。

上田は橋本の持参した巻物を鞄《かばん》から出してちゃぶ台の上に広げた。それは相当古いものらしく、紙が劣化しはじめている。巻物には、妖術使いの技が絵入りで記されていた。実際に妖術を見せられた村人が描き残したものらしい。

重力を断ち切る板
心を読む岩
死人を生き返らせる棺桶《かんおけ》

墨で書かれた絵をしげしげと見ていた奈緒子は、そこに描かれた妖術使いの姿に、ふと何かを感じた。

「うっぷだらか（うそ）」

奇妙な言葉が口をついて出る。

「おい、聞いてるのか？」

上田に言われて、奈緒子はハッと我に返った。

「一緒に行ってくれって話ならお断りです。帰ってください！　調子悪いんです！」

奈緒子は上田に、部屋の窓から出るよう、目で促す。

　いつにもましてヒステリックな奈緒子の態度に上田は仕方なく、茶色のショルダーバッグを肩に下げ、窓から飛んだ。ジョワッと。二階なのに。

「ほら、ジョワッて！」

　上田が帰った部屋の中で、奈緒子は今一度、妖術使いの絵をみつめていた。そうするうちに薄ボンヤリと、いつか見た風景が浮かんできた。

　幼い奈緒子の前に絵に描かれた妖術使いと同じ男が立っている。実のところ、その姿は、大きく見開かれた目とむき出しの歯の描かれた面に、足まで伸びた髪、そして、簑《みの》のような衣裳《いしょう》をまとっていた。男はゆっくり横にスイングする踊りを踊っている。

「怖がることはないんだよ。私はね、君のお母さんの生まれた島から来たんだよ。ごらん」

　そう言って男は、傍らに積まれた米俵に手をかざすと、米俵は、二つ、三つと風船のようにフワフワと宙に浮かんだ。幼い奈緒子は驚いている。

　そこに、遠くから母・里見が奈緒子を呼んでいる声が聞こえる。それに気づいた妖術使いが、奈緒子に手を伸ばし「おいでおいで」をしている。その男の顔が急に怖くなった奈緒子は、手を振りはらい無心に走り出した。

　そこで、ぷっつりと記憶はとぎれた。なんだ、この記憶は。奈緒子は胸騒ぎを覚えた。

　翌日、奈緒子は上田について、来さ村に行くことにした。

「YOU。俺といたいならいたいと最初から言えばいいのに、フフフ、照れやがって、フハハへ」

愛車・次郎号のハンドルを軽快に切り、上田はほくそ笑みながら横目で奈緒子を見た。

「すいません」

不気味なことに今日の奈緒子はしおらしく、上田は拍子抜けした。会話がはずまないままの二人を乗せて、車は来さ村へ向かった。


来さ村は、千葉の奥にあった。関東圏ではあるのだが、山と森ばかりで、道路の整備も進んでいない。携帯のアンテナが三本、一本……と次第に、減ってくる。

村の入り口にたどりついた二人は、まずは橋本のいる役場を訪ねた。気温も都心よりは、数度低いようだ。東京では春も近かったが、ここはまだ冬真っ盛りだ。身を切り裂くような冷たい風が吹き、二人の心はどこか重くなった。奈緒子は、トナカイともみの木の柄のついた、お気に入りの赤いニットのマフラーを深く巻き直す。

上田が役場の入り口の前で車をとめた。車から降りると、上田に毛皮のコートを纏《まと》った女性が駆け寄ってきた。服装や化粧が派手で、水商売風の匂いがする。アジア系の顔立ちだ。

「社長サン、来サ村ニ、ヨーコソイラッシャイ」

女は、ニッコリ笑って上田の腕を取り、奥へ奥へと案内する。

「なんすか?」

上田も奈緒子も、この不思議な歓迎に戸惑うばかりだった。

役場の裏に回ると、広々とした運動場があり、まばらに六、七人の人が立っていた。その中に橋本もいた。橋本は朝礼台の上に立っていた。うしろに『第四次調査隊』と乱雑な字で書かれたのぼりが立っている。

「みなさん、本日はお忙しい中、白木の森第四次調査隊に御参加いただきましてありがとうございます。なぜ第四次かと言いますと、一回目から三回目は誰も無事に帰ってこなかったからでして」

その言葉に、一同は静まりかえる。橋本は、そんな彼らを盛り上げるように続ける。

「ご安心ください。今回のメンバーは今までとは比べものにならないくらい強力です。まず、秘境探検家としてもテレビや雑誌で有名な俳優のアラン井上《いのうえ》探検隊！」

紹介された男は立ち上がって、挨拶《あいさつ》する。

「ナイス・トゥ・ミー・チュー。こんにちは。日本語は英語以上に得意ですので、みなさん、安心して話しかけてください」

アランと名乗るその男は、三十代半ばくらいであろうか、確かに茶髪で鼻も高いが、どう見ても日本人だ。彼の側には二人の隊員がピッタリとくっついている。彼らは、同じＭＡ―Ｉ風のジャンパーを着ていた。

橋本は順に紹介していく。

「民俗学の権威で、日本各地をフィールドワークなさっている柳田黒夫先生《やなぎだこくお》」

毛糸の帽子から白髪がのぞく柳田は、壮年といった感じで、顔に刻まれた皺《しわ》が知性を物語っている。彼は、眉間《みけん》に皺を寄せながら、「日本人は椰子《やし》の実だ!!」と叫んだ。奈緒子にはさっぱり意味がわからない。

「やる気建設の日向栄一《ひゅうがえいいち》さん」

「日向です。私は喜んであの森に高速道路を通して村の発展に寄与したい。みなさんのお力で、森が呪われていないことをぜひ証明してください。やる気です。喜んで!!」

三十代前半くらいの日向は発達した顎《あご》を持ち、ネットリしたしゃべり方をする。明るく話すが、メガネの奥のつぶらな眼が笑っていない。

きばっている日向に一人の女性が水をさした。

「要するに道路で一儲《ひともう》けしたいだけなんじゃないの?」

いきなり日向と険悪な関係になったのは、ルポライターの小松純子《こまつじゅんこ》という人物だった。

「今回の探検のことは後で本にまとめて出版する予定です。みなさんのこともいろいろ聞かせてもらいますので、よろしくお願いします」

知性的でややツンケンした態度だったが、小柄でキュートな女性だった。三十代だろうか。石野真子に似ていた。

最後に、橋本は上田を紹介した。

「今まで数々の不可思議な事件を解決してこられた日本科学技術大学教授『どんと来い』の上田次郎先生」

「ど〜んと、来い!」

上田は、歯をむき出して微笑んで、得意の決まり文句で景気づけた。

橋本はそのデカイアクションの上田の隣に、コソッと立っている奈緒子に気づき、尋ねた。

「そっちの方は？」

上田は平然と言った。

「付き人の山田です」

橋本は手帳に「山田さん・付き人」と丁寧にメモする。そして、もう一人、自分の横に立つ、さきほど上田たちをここに引っ張ってきた女性を紹介した。

「こちらのセニョリータは誰かと申しますと、私のワイフでして。なにしろ過疎でして……いろいろと……」

照れたように言う。出稼ぎに来た外国人女性と結婚したのだろう。ワイフ・マリアは勇ましく言った。

「エート、野郎ドモ、食糧ハ、カップラーメンヲ三日分用意シテアルッ」

続いて橋本が元気良く叫んだ。

「じゃあ、いざっ出発!!」

皆は勇んで動き出した。奈緒子にはこの一連の行動が何のことだかまだわからない。

白木の森の入り口という場所に着いた。ピューピューと吹く冷たい風の音が、不安をいっそうかき立てる。入り口には武装したマタギの格好をした、屈強そうな男たちが立っている。彼らの間から、村長の大橋大三郎《おおはしだいざぶろう》が現れた。白髪で、体も大きく、なかなか威勢の良い風貌《ふうぼう》だ。和服の上にコートをはおり肩をいからせている姿は、村長というよりヤクザの組長に見える。

橋本に向かい、眉間に深い皺を寄せ、嗄《しわが》れた声で言った。

「本当に行く気かね。あれほど私がマズーイ！と言ったというのに君という人間は」

「しかし、この森をなんとかしない限り、この村の発展はありません」

橋本は厳しい表情で言う。

「そこまで言うなら止めはしない。死のうとどうなろうとあんたたちの勝手だ。しかし入ったからには簡単に出てきてもらっては困る。妖術使いには人の心を自由に操る力があると言われている。戦後すぐの頃、この森からかろうじて生きて戻って来た調査隊が恐ろしくマズーイ事件を起こした。森から出てきた男たちは、狂ったように村人たちに襲いかかったのだ。森を出たければ妖術使いを捕まえて来い。さもなくば……」

そう言って、村長はマタギたちに命じた。

「かまえっ!!」

マタギたちが、ギラギラした眼で奈緒子たち探検隊に銃を向ける。

ピンと張りつめたその場に、笑い声が聞こえた。見れば、柳田がくククと笑っている。

「要するに、この森で起こった不思議な現象を全部ちゃんと説明してみせればいいんだろ」

柳田は自信ありげな表情をしている。そして、上田を見て挑発するように言った。

「ねえ、先生。あんただってここですごすごと逃げ出す気はないのでしょう」

「無論です」

上田は強がってみせる。

「ならば問題はないというわけだ。行こう」

柳田の煽動《せんどう》で、一行は森の中に入らざるを得なくなってしまった。

白木の森の入り口は、一見何の変哲もない山の入り口だった。しかし、一歩足を踏み入れると、背の高い木々が何かを守るように繁っている。地面は落葉がこんもりと積もり、足をすくう。一行は一列になり、細い山道を登っていった。アラン探検隊の三人が、アランの英語の号令で斥候をつとめる。その後ろをマリア、柳田、小松、橋本、日向、奈緒子、上田の順で歩く。

柳田は、持参したテープレコーダーにいちいち声を吹き込んでいる。

「我々はついに森に入った。この中の何人が生きてこの森を出られるのか、同行している者たちは誰ひとり自分たちを待ち受ける運命に気づいていない」

「あなた、何言ってるんですか。あぁ、むずむずする」

小松には森の空気が合わないようだ。柳田とも相性が悪いようで、いちいち柳田に食ってかかっている。

少し歩いたところに生えている大きな木の前で橋本が止まった。

「みなさん、このあたりの木は南方より渡来したもので、その樹液は古くから育毛の効果があると珍重されております。万が一、生きてこの森から出られることになったあかつきには、お土産にどうぞ」

生きて出られないかもしれないというシリアスな状況に、お土産の心配という呑気さ、橋本の感覚は少しずれている。

山道を分け入って進むと、前方に大きな岩が見えてきた。ヒトの背の高さほどある。見るからに人の顔をしている。顔の真ん中にいやに大きくしっかりした鼻がある。ゴッツイ男の顔だ。

イースター島の人面岩みたいなものだろうか。

「なんだこりゃ?」

まっさきに日向が岩に近づく。上田は、持ってきた巻物を取りだして見ると、妖術使いが巨大な岩を浮かび上がらせている絵が描いてあり、その岩と眼前の岩が似ている。上田はみんなに絵を見せた。

「よく見るとこの妖術使い、椎名《しいな》桔平《きっぺい》に似ていますね」

奈緒子が言うと、日向は、「どこが。どっちかって言うと渡辺哲《わたなべてつ》だろう」と言う。しかし、奈緒子は譲らない。

「似てますよ、絶対」

奈緒子が何を思って椎名桔平に似ていると言い張るのか、一行には一向に理解できなかった。

奈緒子は、ふと妖術使いを真似て岩を持ち上げてみようと試みた。グッと力を入れてみるが、びくともしない。上田とアランとその探検隊員も加わるが、岩はガンとして動かない。

「人間の力じゃ無理だ。この絵の妖術使いはね、重力遮断板を下に置いて岩を持ち上げたんです」

柳田は、その重力遮断板がこの森のどこかにあるはずだと言った。

さらに登り進むと、山小屋があるのが見えてきた。大きな煙突のあるロッジ風の建物だ。中に入ってみようとする一行を橋本が制した。

「下がって! もしかしたらここは妖術使いの隠れ家かもしれませんよ」

「バカなこと言うな」

日向は取り合わない。

カップめんの入ったダンボールを背負ったマリアが、物おじせず山小屋へ近づき扉を叩《たた》く。

「ゴメンクサイ、ゴメンクサイ、役場ノ者デスケド。イナイナライナイト言ッテクダサイ」

返事はない。が、マリアは小屋の中に何か気配を感じたようすだった。


小屋には鍵《かぎ》がかかっていなかった。中に入ると、案外キレイで、奥のリビングにはテレビもある。比較的最近、誰かが使っていたらしく、テーブルの上にたくさんの資料が散乱している。

上田がその一冊を手に取り、埃《ほこり》を払って開いてみた。

「《へんな島、フデ島》、南方の資料だ」

するとマリアが怯《おび》えながら、壁を指さしている。見れば、壁に血の飛び散った跡がついている。いったい、この小屋で何があったというのだろう。

「上田先生。見てください」

そこへ、既にひとり部屋の中を物色していた柳田が上田を呼んだ。傍らにあった石盤に何か文字が書かれているのを発見したのだ。

「かなり古い物だ。かつて南方の島々で用いられた文字だよ」

柳田は民俗学者らしく、非常に興味を持ってその文字をルーペで丹念に見ている。柳田は、推理をみんなに語ってきかせた。

「ここにあるものは、おそらく私の助手だった岸本《きしもと》という男が残したものです。橋本さん、あなた御存じでしょう」

橋本は頷《うなず》いた。

「はい、半年前、確かに岸本さんという学者さんがこの森に入って行かれました。妖術使いの正体を暴いてみせると言って。その人は、それっきり行方がわからなくなっているのです」

食糧も何もなしでは、今も生き延びていると思えない。上田が柳田に詰め寄った。

「柳田さん、あなたは知っているんですか、その妖術使いの正体を？」

上田に聞かれて柳田は話しはじめた。

「かつて南方の島に生きていた特殊な能力を持った者たちの子孫です。古代、人類は誰もが多かれ少なかれ科学では説明のできない不可思議な力を持っていたのです。それが明治維新以後、文明の力によって弾圧されていった。だが、南方の島の一部には、いまだその力を持ち続けている者たちがいる」

一同は、息を潜めて聞いていたが、ひとり小松が笑い出した。

「柳田黒夫、どこかで聞いた名前だと思っていたら、ようやく思い出しました。インチキ民俗学者として学界を追放になったあの柳田先生ですね」

小松の言葉に、柳田はムキになって反論する。

「インチキなどではない！　力を持った者たちは確かに今でも存在する」

「そうか、ここでみんなを脅して、無理矢理自分の学説を認めさせようとしてるんですね。面白いですわ。ルポライターとして、こんな興味深い現場に出会えるなんて。先生、ひとつお願いしていいですか？　あなたはどうしてもう一度堂々と学界で自分の説を主張なさろうとしないのですか」

小松は厳しく柳田に迫るが、柳田は何も答えない。

「あんたの質問に答える気はない」

「本当は自信がないんじゃないですか？」

小松と柳田の対立に皆は苛立《いらだ》ち始める。見かねてマリアが言った。

「ミンナ、仲良ク」

小松と柳田はひとまず黙った。一行は、小屋を出て、さらに奥へと向かうことにした。

やがて見えてきたのは、崖《がけ》の一部にポッカリと開いた穴だった。穴のまわりの土壁に、赤い文字が書いてある。上田は巻物を取りだし、この岩が『心を読む岩』だと見当をつけた。

「これも椎名桔平そっくりだ！」

奈緒子にはこの人面岩も椎名桔平にみえた。

「どこがだ！　似てないだろっ。どうかしちゃったのか？」

来るとき見せた素直さといい、今日の奈緒子は少し変だ。上田は奈緒子のことが少し心配になってきた。

柳田が土壁に書かれた文字を読みあげた。

『嘘をついている者が手を入れるとその手が焼かれる』

アランが勇敢にも穴に手を入れてみた。

「私はアラン・ジャン・ポール・井上です」

言うが早いか、手がボッと燃えた。火がついたのだ。アランは、さらにつけ加える。

「私はフランス人だ」

もっと火がついた。

「私はイクラが嫌いだ」

今度は微妙な小さい火。最後にアランがやけくそのように言った。

「本名は井上権三、日本人だ」

今度は何もおこらなかった。

一行は騒然となるが、奈緒子には信じがたい。

「誰かがこっそりと操作してるってことは?」

奈緒子の疑いを受けて、柳田が自分が実験してみると言い出した。近くにあったドラム缶を台代わりにして、ポケットから出したコインをぶちまける。民俗学者らしく、柳田が持っていたのは、古い日本の硬貨だった。

「まず上田先生以外の全員が目隠しする。上田先生は誰にも見られないように台の上のコインを適当に何枚かひっくり返す。終わったら、その中のどれか一枚を手で隠してください。そして、そのコインが裏か表かを言って穴に手を。いえ、手の代わりにこの枝でいいでしょう。入れてください。上田先生の言葉が嘘か本当かを知っているのは上田先生だけのはずですから、穴は誰にも操作できないはずです」

一同は言われるままに目隠しをした。上田が台の上のコインを適当にひっくり返す。その度にコインはチャリンチャリンと大きな音を立てる。終わったら、上田はコインの一枚を手で隠した。上田の合図で皆が目隠しを取る。小松に言われて、上田が穴に枝を入れる。

「コインは裏である」

するとと、枝に火がついた。

「失礼しました、表です」

慌てて上田が言い直すと、今度は穴の中は静かだ。上田がコインを覆っていた手をどけると、確かにそのコインは表を向いていた。皆は眼をみはった。柳田が一人高笑いしている。奈緒子は、じっと穴をみつめていた。

一行はさらに森の奥へ向かった。今度は祠《ほこら》が現れた。人の高さほどある石の扉がついている。上田は巻物に眼を通し、それが『死人を生き返らせる棺桶』だと知った。

「開けてみるべきなんでしょうか」

不安そうな橋本。

「中に誰かいるなんてことは」

アランもおそるおそる柳田に聞く。さきほどの、穴の件でかなりおじけづいたようだ。

「可能性はある。妖術使いはこれを使って何度も生き返った」

柳田の言葉に上田がもの申す。

「しかし、死者が生き返るということはつまりエントロピーが増大することで」

「では私が開けてみる」

柳田が箱に近づこうとしたが、それを小松が止めた。

「先生はダメです。何か細工をするかもしれない」

「いいか。この棺桶は危険なんだ。もし中に妖術使いがいたら」

「でしたら、開ける前にひとつ約束して欲しいことがあるんです。もし、これが空だったら、先生、一度ここで死んでください。私たちが責任を持って先生の死体をこれに入れておきますから。生き返るなら平気でしょう」

小松の言葉に柳田は少したじろぐ。マリアが「オモシロイ」と呑気《のんき》にはやし立てる。一同もじっと柳田を見たが、柳田はぷいと横を向くと、「あんたにはつきあっておれん」と祠から出て、一人、森の奥へ行こうとする。

「逃げるんですか。ちゃんとここにいてください」

小松が追いかける。

「トイレに行くだけだ」

柳田は、ほっ立て小屋風のトイレに入り鍵をかける。小松は執拗《しつよう》にそのドアを叩き、柳田を責めたてている。

「学界を追放になったときも、部屋に閉じこもっていたんですよね！　開けてくださいッ！」

上田、奈緒子、橋本、アラン、日向は、まだ棺桶が気になっている。すると、奈緒子が意を決した声で、「私、開けてみます」と言った。しかし、日向が奈緒子をどかす。

「俺がやる。みんな下がってろ」

日向は思いきって戸を開けた。すると中から人間の形をしたものがぬうっと飛び出した。

日向は恐怖に言葉が出ない。しかし、白い布を全身に巻いたそれは、日向たちを見向きもせず、森の中に走り去って行った。

呆然《ぼうぜん》と見送る一同。

「ホーンテッド・マンション？」

奈緒子がひきつった顔で言う。

「し、死人が生き返った！」

アランは腰を抜かしそうなほど驚いている。探検隊員も同じポーズで驚く。

そのとき、後方から耳をつんざく悲鳴が聞こえてきた。小松の声だ。まさか、あのホーンテッド・マンションが小松を襲ったのか？　一同は、声のもとへ駆けつけた。

小松は怯えた顔をしている。

「今、変な人が向こうのほうへ」

やはり、そうだった。トイレから柳田も飛び出してきた。

「何故、勝手に開けた!?　妖術使いが生き返ったんだ。みんな殺されるぞ」

気を取り直し、ホーンテッド・マンションが襲ってこないか用心しながら、一同はさらに森の奥へ進む。どんどん暗くなっていく。

「ケガ、ノビ〜ル　ノビ〜ル、ケガ〜」

突如、木々の隙間から奇妙な歌が聞こえてきた。アリアのような壮厳な歌も聞こえるが。

「毛がのびる？」

さっきのホーンテッド・マンションが歌っているのか。それともまだ他に人がいるのか。橋本が言った。

「言い伝えがあるんです。夜になると、森のどこかから妖術使いの歌が聞こえると」

あの声は妖術使いの声なのか。それにしても、ケガノビルとは、どういう意味なのだろう。

日もとっぷり暮れてしまい、これ以上進むのは危険だと判断した一行は、一旦《いったん》さきほどみつけた小屋に戻ることにした。

歩きながら一行は、それぞれの風貌《ふうぼう》に奇妙な点をみつけた。毛が異様に生えてきているのだ。アラン一行は鼻毛、日向は耳毛、上田はもみあげ、奈緒子と柳田は眉毛《まゆげ》、小松に至っては、腕におびただしい剛毛が生えている。狼男かなにかのようだ。森の祟《たた》りなのか？

恐怖はそれだけではなかった。小屋にたどり着くと、煙突の上から垂れ幕がかかっていた。そこには、ハデな筆文字でデカデカと恐しいコトが書かれていた。

『私は蘇《よみがえ》った。私を死に追いやった者たちに裁きをくだすために』

マリアが小さな叫び声をあげる。誰もの心が凍りついた。

他に休む場所もない。今夜はこの小屋に泊まるしかないのだ。一行は陰鬱《いんうつ》なようすで、夕食のカップラーメンをすすった。その後、各々、寝場所を確保して、自分の時間を過ごすこととした。いつ妖術使いが襲ってくるのかわからないという緊張の中、各自、横になったり、体操をしたり、本を読んだり、じっとうずくまったりしている。

コートを脱いだ奈緒子は、じっとうずくまっている柳田の前に立った。

「先生、ちょっといいですか？　先生の言ってた南の島ってもしかしたら」

奈緒子には思い当たることがあったのだ。柳田は遠い眼をして言った。

「正確なことは私にもわからん。地図にも載ってない小さな島だ。ただ百二十年前、一部の者たちが島を追われ、黒潮に乗って日本各地に散らばったことだけは確かだ」

柳田に島の話を聞いた奈緒子は、やはり心にひっかかるものを感じていた。


朝になった。アランの叫び声で、一同は眼を覚ました。外に出て歯磨きをしていたアランが、巨顔岩が小屋の前にあるのを見つけたのだ。しかも誰かが下敷きになっている。

みんなが巨顔岩のもとに集まると、下敷きになっていたのは日向だった。ひどい形相だ。耳毛が三十センチも伸びている。既に息絶えている。みんなで岩を持ち上げようとしたが岩はびくともしない。

「生き返った妖術使いのしわざだ」

柳田が深刻な顔で言う。

「この渡辺哲岩はどうやって運んだんだ？　ゆうべまではここに何もなかったんだぞ？」

「椎名桔平だ」

渡辺哲というアランに奈緒子が主張する。すると、橋本までが「でんでんにも似ていますね」と言い出す始末だ。

「重力遮断板を使ったんだ。他に考えられるかね。どう思います。上田先生」

柳田が上田に聞くが、上田は口ごもる。

「では上田先生。ちゃんと物理学的に説明していただけませんか。この岩は誰がどうやって移動させたんですか」

柳田が上田にせまる。上田は、ふと思いつきを言った。

「これは簡単なトリックです。実はこの岩の中身は空洞で本当はとても軽いんです。持ち上がらないのは、中に水が入ってるからで、犯人は水を抜いて岩をここまで運んで、後からまた水を入れたんです」

一瞬、一同はなんとなく納得したが、マリアが疑問を呈した。

「アノウ社長サン、抜イタ水ハドウヤッテ運ンダンカ？　水ヲ抜イテ岩ヲ運ンダトシテ、抜イタ水モ後デココマデ運ンダヨネ。ソッチノホウガ大変ジャナイカ？」

マリアの素朴な疑問に上田は言葉に詰まる。眼が泳いでいる。奈緒子が慌ててフォローした。

「実は今のは上田先生がみなさんを試しただけです。椎名桔平岩は確かに空洞なんですが、重いんじゃなくて電磁岩かなんかで地面にくっついているだけなんですよ。電源を切れば、岩は簡単に動く。そうですね、先生」

上田は、慌てて頷《うなず》いた。

奈緒子が電磁スイッチを探す。柳田が小屋にあった磁石をもってきた。U字型をしていて、SとNと各端に書かれた、お馴染《なじ》みの形の磁石だ。

「面白いご意見ですな。もしこの岩が電磁石でくっついているのであれば、この岩は金属でできているはずだ」

柳田はU字型磁石を近くにあったスコップにくっつけてみせた後、巨顔岩にその磁石を近付けた。けれど、磁石と岩はまったく引き合わなかった。

スコップを手にした柳田を先頭に、森の出口に向かう。ほどなく奈緒子が木の上にぶら下った印に気が付き、声をあげる。

「あれ？　ここさっき通った所ですよ」

先ほどから何度行っても、この印のところに戻ってきてしまうのだ。一同に不安がよぎる。

「私たちここから出られないってこと？」

小松が思わず言う。

そこへマリアがまたとぼけた口調で言った。

「アノウ、チョットイイカ。日向ヲ殺シタ犯人ダケド、誰ニ殺サレタノカ、死ンダ日向サンニ聞イテミタラドウカ？」

「何言ってんだ、あんた。死んだ人間にどうやって聞くんだ⁉」

それでなくともイライラしているのに、空気を読まないマリアにアランが腹を立てる。

しかし、マリアは悪びれずに言った。

「死人ヲ生キ返ラセル棺桶《かんおけ》。ソレデ日向ヲ生キ返ラセレバ」

森から出るのを諦めた一同は祠に向かい、日向の死体を棺桶に納め、静かに蓋《ふた》をした。柳田が腕時計を見て言う。

「二時間後に開けてみよう。彼は生き返っているはずだ」

その頃、村役場に一人の、品のいい着物姿の婦人が訪れていた。奈緒子の母・里見だった。里見の書く文字が霊験あらたかであるという評判を聞きつけた村長に請われて、村役場の看板を書きに来たのだった。村長は、応接間に里見を招き入れ、平身低頭な態度で接する。応接間には、たくさんの絵画や彫刻が並んでいる。だが数を誇っているようで、村長に美のセンスがないことが見てとれる。

「このたびは、このような所まで足をお運びいただきまことにありがとうございます。先生のような方に村役場の看板を書いていただけるとは思いもよりませんでした。さっそくこれに、ささささと」

村長の腰巾着、来さ村村役場総務課長・小橋《こばし》が用意した木の板を、差し出す。すると、里見はしばらく何も言わず、やがて口を開いた。

「あなたたちは何か勘違いなさっておられるようですね。確かに文字には幸運を引き寄せる不思議な力があります。でもそれも、使う人の心がけ次第なのです」

静かに語る里見の瞳にはどこか神秘的な光が宿っていた。しかし、村長と小橋は意味がわからないと見え、ぽかんとしている。里見は、諦めた顔ですっと立ち上がり言った。

「おわかりにならなければそれで結構です」

メタルフレームのメガネをかけた神経質そうな小橋が、はたと気が付いて言った。

「もしや、謝礼のことでは。いかほど差しあげればよいのやら、私ども田舎ものにはとんと見当がつきませんが」

里見は怒った顔をする。

「私は別にお金のためにやっているのではありません」

その怖い表情に村長が小橋の頭を押さえて、ともにひれ伏す。

里見は、懐から料金表を取りだし、二人に見せた。

「何もおっしゃらない場合はエグゼクティブコースになりますが」

料金表の数字をみてそのあまりの高額さに小橋が震え上がる。そこには『デラックスコース　金百萬円／エグゼクティブコース　金拾萬円／一般　金伍萬円』と書いてある。ただし、すべて一文字につきだ。

里見は、無視して筆をとり、書き始めようとするが、金額に慌てた小橋が止めようとする。

里見は、ふと筆を止めた。壁にかかっている水墨画が気になったようだ。

「鳥居南北ですね」

「おわかりですか」

「もちろん。でも本物じゃないでしょう」

「はい、確かに」

村長は、里見の鑑定眼に恐縮する。

「筆使いが微妙に違います」

「先生、もしやこれを見て言ってるのでは？」

小橋はおそるおそる、言った。絵の下に『鳥居南北（複製品）』と書いてある。

里見はギロリと小橋を睨《にら》みつけた。そのとき、女子職員が入ってきた。

「村長、東京から刑事さんがお見えになって、今すぐお会いしたいと！　警視庁のすごく偉い人らしくて……」

村に来たのは、矢部と石原だった。壺八《つぼはち》という壺が、闇で取り引きされているという情報を調べるためにやってきたのだ。

来さ村に、役者はすべてそろった。


二時間が経過した。柳田はさっそく蓋を開けようとするが、橋本は怯えている。

「生き返ってなんかいるはずありませんよ。ねぇ、上田先生」

小松はあいかわらず反抗的な態度だ。

「む、むろんです」

臆病《おくびょう》な上田はカタカタと震えているが、みんなにそれをさとられまいと必死に抑えている。

「では先生どうぞ」

小松が上田に蓋を開けるよう促した。

「え？」

意外な展開に上田は焦る。柳田がまた何か仕掛けをしたらいけないという小松の判断だった。

みんなに見守られながら、上田が震える手で蓋を開けると、棺桶の中は空っぽになっていた。

「どこへ行ったんだ、日向さん」

「どうして？」

全員でのぞきこみ、驚きの声をあげる。ひとり、柳田だけが、落ち着いた顔をしている。

「もう生き返って出ていったみたいですな。日向さんも水くさい」

そんな、ばかな。誰もが柳田の言葉を信じられない。

そのとき、突然橋本が、恐怖にかられたように、祠の前から駆け出した。


「あぁ、あぁぁぁぁ――」

やがて、橋本のただならぬ叫びが聞こえてきた。奈緒子たちは、声の聞こえた方向へ探しにいくと、橋本が狂ったように、棒を振り回している。見れば、地面に倒れた誰かを殴りつけているのだ。殴られているのは、日向、それも死体だった。

「オマエ！」

マリアが橋本に必死ですがりつくが、橋本の動きは止まらない。

「落ち着いて、橋本さん。これはただの死体ですよ」

奈緒子がちょっと離れたところから声をかける。

「嘘だ！　嘘だ！　毛が伸びてる！」

日向は耳毛の他に、頭髪も伸びていた。上田が近寄り、大きな体で橋本を押さえつけると、やっと橋本の動きは止まった。

「よく見てください。日向さんは生き返ってなんかいませんよ。誰かが死体を盗んでここに置いたんです」

「ちょっと待ってください。橋本さん、どうして今、日向さんを殺そうとしたんですか？」

奈緒子がふと思いついて、聞いた。

「日向さんが生き返ったと思ったわけでしょ。だったらなぜまた殺そうとしたんですか？」

一同が冷静になる。

日向を殺したのは橋本か。みんなの疑いの視線にさらされ、橋本は動揺する。

「違います！　違います！　日向さんを殺したのは、つまり、一回目に石の下敷きにして殺したのはっていう意味ですが」

そこまで言って、ためらう橋本に、小松が強い口調で聞く。

「誰なの？　あなた知ってるの？」

橋本は、ようやく言った。

「岸本さんです。……岸本さんは半年前、一度ここで亡くなりました。でもさっきまた生き返ったんです。実は半年前、岸本さんにくっついて私と日向さんもここに来たんです。岸本さんは妖術使いの正体を暴くことが目的で、私たちはあの壺をみつけようと思ったんです」

橋本は、意外な話をはじめた。

「森に入った途端、私たちはおかしな感覚につきまとわれはじめました。ずっと誰かにつけられているような。体のどこかの毛が伸びていくような。それでも構わず進んで行った私たちは、ほんの偶然から、あの伝説の壺、壺八を見つけてしまったのです。思えばそれが不幸のはじまりでした。見つけた壺をどうするかをめぐって、岸本さんと日向さんが争いを始めたのです。岸本は、知り合いの美術商に壺をさばいてもらい、分け前を三等分しようと言いました。岸本は、学術的にも価値があるものだから、ちゃんとした研究機関に預けるべきだと言いました。

そして、とうとう日向さんは、岸本さんを殴って、殺してしまったんです。日向さんは、私に口止めをしました。森の呪いで消えたことにしようと言って。念のため、岸本さんの死体は祠の箱の中に隠しました。そこだったら、怖くて誰も開けないだろうと思ったし、まさか、本当に生き返るなんて思わなかったものですから。私たちはそれから、逃げるようにして森の出口に向かいました。そこで、出会ったんです、妖術使いに。私たちは、慌てて、妖術使いとは逆方向に逃げました。すると、そこは森の出口で、私たちは外に出ることができたんです。壺はちょっとの間、役場のロッカーに隠しておき、折りを見て、日向さんがブローカーの所に持っていきました。でも、それで終わったわけではなかったのです。ある日、役場に私宛の手紙が来ました。そこには『お前のやったことは全て知っている』と書かれていました。確かにそれから私はずっと誰かに見張られているような、そんな感覚につきまとわれていました。柳田先生のほうから、再度この森を調べてみたいという話がもちあがったとき、私と日向さんはあせりました。岸本さんの死体がもし見つかったら。だが、私たちだけで再び死体を取りにいく勇気はなかった。だから、みなさんに混じってこの森に来て、まっさきに死体を隠してしまおうと思ったんです。棺桶を開けたとき、生き返ったのは間違いなく岸本さんです。岸本さんは、この森のどこかに隠れて私たちに復讐《ふくしゅう》しようとしているんです」

橋本はガックリと膝《ひざ》をつき、恐ろしそうに、体を縮こまらせた。小屋の壁に残っていた血痕《けっこん》は岸本のものだったのだ。

そのときだ、森の向こうから、「待てい、待てい」という声がして、現れたのは、矢部と石原だった。二人は、役場で会った里見に、知り合いであるという佐々木課長の名前を楯《たて》に脅され、森の中に調査に来たのだった。

「我々は警視庁だ！　村に伝わる伝説の壺、壺八をこの森から持ち出し、闇のブローカーに流した人間がこの中にいる。おとなしく名乗り出ろ！」

石原が警察手帳を突き出す。

矢部は一同の前に躍りでた。

「おまえたちとぼけても無駄だ！」

飛び出るような眼で、みんなを睨《にら》む。

が、すっかり神妙になった橋本は躊躇《ちゅうちょ》なく矢部の前に進み出て頭をさげた。

「本当に申し訳ありませんでした」

「何しに来たんだ、おまえたち？」

奈緒子がしらけた顔で言う。矢部はコートの胸ポケットから、一枚の写真の壺を橋本の鼻先に突きつけた。壺の表面には八の字が書かれている。

「オマエが流したのはこの壺だな？」

橋本は写真を見て、戸惑う。

「これ、私たちがみつけた物とちょっと違います。あれはここがもう少しこう……」

写真の壺は八の字がハネていた。どうやら、壺の偽物が市中に出回っているらしい。自分の間違いを棚にあげて、矢部はとにかく橋本を連行することにした。

橋本は肩を落として、妻マリアを見るが、マリアはツンとした表情で、「私モウ、アナタトハ関係ナイ」と言った。奈緒子は、冷たい夫婦の関係に驚いた。

矢部と石原は、偉そうな態度で橋本を連れ、森の一角に向かったが、既に元来た方向と間違えていた。

「そっちに行ったら、外には出られないのに……」

奈緒子は、同情の眼で矢部たちの後ろ姿をみつめた。


その後、奈緒子と上田は祠にやってきた。何か仕掛けがないか探すためだ。

「仮に、仮にですよ。日向さんが生き返ったとして、どこから出ていったんでしょうか？　だって死体を入れてから私たちずっとこの前にいたんですよ」

「それもそうだ」

「この棺桶、絶対何か仕掛けがありますよ」

棺桶を隅々まで懐中電灯を照らし丹念に調べると、つきあたりの壁がぼこっと抜けて、倒れた。見れば、奥に真っ直ぐ通路があるではないか。奈緒子と上田は、その通路の中に入ってみることにした。通路は以前、柳田が入ったトイレに続いていた。

「やっぱり。誰かがこの穴を通って死体を運び出したんですよ」

そう言って、後ろを振り向くと、あとからついてきていたはずの上田の姿がない。

「途中でつっかえちゃったのか？　上田〜？」

声をかけるが返事がない。すると、上田が「やっぱりここが出口か」と外から現れた。

「何があるかわからない穴に、なぜ二人も入っていく必要がある」

上田はうそぶくが、こわいので最初から通路に入ってこなかったのだ。

そこへ、やはり道に迷った矢部たちが現れた。矢部たちも、森の外に出られなくなってしまっていた。そして、石原の体にも、既に森のおかしな兆候が現れていた。

「あれ？　おまえ黒いところ増えてない？」

まず矢部が石原の異変に気づいた。

そう、この森には不思議な力があり、滞在する人々の体毛が異様に早く伸びるらしい。橋本が言っていた育毛効果のある樹液のせいだろうか。

ひとまず、みんなは小屋に戻った。上田が、屋根裏に縛られている橋本の様子を見に行くと、橋本の縄はほどけていた。

「ほどけちゃって……。それより、あの壺の偽物が出回っていると聞いて、私わかったんです」

橋本が小声で言う。

「妖術使いっていうのは……」

そこまで言いかけて、誰かが近くにいる気配を感じ、橋本は縛られているマネをする。そして、こっそり告げた。

「今晩、七時、祠で待っています」

小屋の中では、みなそれぞれに時間を潰《つぶ》している。矢部と石原は、夫が捕まったショックで落ちこんでいるマリアを慰めている。アランは、隊員のみんなと組体操。柳田と小松は相変わらず口喧嘩《くちげんか》している。

「あの二人、喧嘩するなら他にいってやってほしいですよね」

二人の様子に慣れない石原はうんざりした顔だ。

「アノ人、悪イ人ダッタナンテ。私モウ妻ジャアリマセン」

マリアはすっかりしょげている。

矢部はそんなマリアをいやらしい目で見ながら、慰める。

「元気を出して。私がついてます」


夜になった。一日中、森の中をグルグルと歩き回ったので、みんなは疲れてぐっすり眠っている。上田と奈緒子は並んで寝ている。「眼医者はどこですか？」と奈緒子はどんな夢をみているのか、相変わらず寝言を言っている。上田は腕時計を見て、こっそりと小屋を抜け出した。橋本との待ち合わせの時間なのだ。


上田が出かけてしばらく経って、奈緒子が目を覚ました。横にいるはずの上田がいない。奈緒子は立ち上がり、上田を捜しに出かけた。

なんとなく予感がして、奈緒子は祠のほうに向かう。

祠の近くまで来ると、眼前に絵に描かれた妖術使いが立っていた。やけに毛むくじゃらだが、お面をとった顔はやはり椎名桔平に似ている。彼は静かに微笑んで言った。

「ひさしぶりだね。忘れたわけじゃないだろう」

この間思い出した記憶の中にいた男だ。幼い奈緒子に俵を浮かせて見せてくれた男。

「お前の想像するとおりだよ。我々は百二十年前、お前のお母さんの故郷、黒門島を追われた者たちの生き残りだ。西洋文明を受け入れた黒門島がどうなったかはお前も知っているだろう。島はまもなく滅びる。生き残るのは我々だよ」

椎名桔平、いや妖術使いは、「島」を「スマ」と発音した。そして、奈緒子に手招きをした。

「おいで……おいで……」

「椎名……桔平……」

妖術使いをじいっとみつめる奈緒子の瞳《ひとみ》から、一筋の涙がこぼれた。

2

ハッと我に返った奈緒子は足下の枝を拾い、妖術使いに殴りかかった。

ヒットしたと思ったが、枝には手応えがなく、眼前の妖術使いの姿は漆黒の森の中にかき消えていた。

奈緒子は、今彼がいた場所をまたぎ、フラフラと森の奥に入って行った。数メートル歩を進めると、祠の脇に毛だらけの物体が転がっている。近寄ってみるとそれは、息絶えた橋本だった。体中におびただしい毛が生えている。キョロキョロと用心深く辺りを見回した奈緒子は、倒れている上田をみつけた。上田ももみあげが異様に伸びていた。

橋本にはあわてて近寄った奈緒子だが、上田のことはやや離れた位置をキープしたまま、「死んでる」とつぶやく。

奈緒子の声を聞いて、上田は「おうっ！」と腹の底から声を出し、ガバッと起きあがった。

「何してるんですか？」

「俺がここに来たら橋本さんが倒れていた。そして、すぐそこに、妖術使いが。その後は、よく覚えていない」

「また気絶しちゃったのか」

奈緒子は、やれやれと、ため息をつく。

「君も妖術使いを見たのか？」

「ええ。椎名桔平の顔をして……」

奈緒子はしつこい。

そこへ、上田の「おうっ！」という声を、小屋の中から聞きつけてみんなが集まってきた。人それぞれにどこか毛が伸びている。しかし矢部にだけは伸びてくる兆しがない。みんなのふさふさした毛並みを矢部がうらやましそうに見ている。そんな場合ではないのだが。

マリアはもう夫婦ではないと言いながらも、やはり情があるのだろう。橋本にかけより、体を揺すった。アランが、上田を疑いの目で見る。

「あんた、まさかこの人を」

「違う！　私がここに来たときもうこの人は」

「じゃ、誰がやったって、言うんだ？」

上田は言葉に詰まってしまう。柳田が眼を光らせて上田に聞く。

「見たんですね。先生。妖術使いを」

「妖術使いじゃない。奴は仮面をかぶっていた」


「いいえ。仮面じゃありません。私が見たのは椎名桔平」

「ナニ、アホなこと言ってんのやっ！」

矢部が業を煮やし、怒鳴る。柳田はフッと笑った。

「それこそ二人が見たのは妖術使いである証拠だ。彼は相手の目に映る自分の顔を自由に変えられる」

「だったら、なぜ私の前で仮面なんかかぶる必要があるんですか。それだったら釈由美子や井川遥の顔をつけてきてくれてたらイイじゃないですか!?　釈由美子の顔つけてきてほしいなぁ。もう一回やってくれないかなぁ」

上田が早口でまくしたてる。が、周りのポカンとした顔に気づいて、あわててトーンを落として言った。「誰にだって妖術使いのふりはできる」

「おい、あんた。まさか俺たちの中にこんなことをした犯人がいるっていうのか」

アランが、ドキリとした顔で言ったのだった。

妖術使いの謎解きの続きは、小屋に戻って行われることになった。

小屋の中で、全員がおし黙って立っている。矢部が全員の名前を書いた紙を広げて、壁に貼った。柳田の「柳」の字が「栁」と書いてあったのが修正されている。

「まず最後に橋本さんを見た人は？」

小松が手をあげた。

「私だと思います。十時半頃、二階に上がったときは、橋本さん確かにここにいました」

あげた小松の袖口からモサモサと毛が生えていて、小松は気まずい顔で手を下げた。

「ということはだ、十時半以降どこにいたかを一人ずつ確認していけばいいわけだ。まず俺は犯人のわけないから丸と」

矢部は自分の名前の欄に丸をつける。

「なんで？」

奈緒子は不満そう。

「俺は警察だ」

「兄ィ、じゃ、私も」

石原が続いて、自分の名前の欄に丸。

「私も犯人のわけないんで丸」

奈緒子が勝手に丸をつけようとするのを、矢部が払いのけた。

「オマエが一番あやしい」

「この人なら、夜九時にはグウグウ寝てたわ」

小松がかばうが、矢部は信用しない。

「うそ寝かもしれないやないか」

「うそ寝とは思えません。この世のものとも思えない恥ずかしい寝言を言ってましたから。歌です」

小松は、暗い表情で「失恋記念日」を歌いはじめた。それを聴いた奈緒子は顔をそむけた。

小松の証言は確からしい。矢部はしぶしぶ奈緒子の名前の欄に丸をつけた。今度はマリアがちょっと甘えたような仕草で言う。

「私、刑事サント、ズット一緒デシタヨネ」

「アグネス・ラム好きだったし」ふざけた理由で、矢部はマリアにも丸。突然、マリアは矢部に聞いた。

「アノ人ノ保険金ハ出ルノデスカ？」

アランがそれを遮った。

「そんな話はあとだろう。私、刑事さんの横で組体操してましたよね」

アランに丸。アランの部下にも丸。

小松のアリバイ発表の番がまわってきた。

「私は、ここで橋本さんを見た後……」

小松が歯切れの悪い物言いをする。しかし、それを柳田がフォロー。柳田は、村山富市元首相のように眉がボサボサになっている。

「この人なら残念ながら無実だ。私にまた喧嘩を売ってきて眠れなかった」

矢部が小松に確認する。

「そうなんですか？」

「ええ」

「とすると、柳田さんもずっとそこにいた？」

小松が返事をしない。柳田がカッとなる。

「認めたまえ！　そんなに私を犯人にしたいか？」

小松はしぶしぶ頷いたので、矢部は柳田と小松の欄に丸をした。

「残るは上田先生……」

石原が上目遣いで、上田を見る。上田は言葉がない。あの時間、橋本に呼び出されて祠に向かい、彼の死体を発見したのは自分だからだ。

「あなたのアリバイを証明してくれる人間はだぁーれもいない」

矢部は大きな瞳で上田を見たあと、表に視線を移し、×をつけた。

「早いだろ！」

上田がうろたえる。すると、奈緒子が「あっ！」と声をあげた。

「思い出しました。私、夜中、突然眼が覚めたんです。それで上田さんが出ていくのを見て、一緒に死人が生き返る棺桶に行って来て、一緒に死体をみつけたんです。だから上田さんが犯人のわけありません」

ハッとして上田は奈緒子を見つめる。

「そんな証拠が信用できるか。だってあんた、上田の仲間だろ。かばってるに決まってる」

アランが吐き捨てるように言う。そこへ、マリアが口をはさむ。

「アノウ、チョットイイデスカ。心ヲ読ム岩ッテイウノガココニハアルンデスヨネ。ダッタラソレニ手ヲ入レテモラッタライイジャナイカ」

マリアの思いつきに、柳田は賛成のようだ。

「確かにそれは論理的な方法だ。嘘をついていればたちどころに手が焼かれてしまうんだからな。試してみますか、上田先生」

さらに小松が提案した。

「待って。もっとおもしろい方法があるわ。奈緒子さんに手を入れてもらうの。だって、この人が嘘ついていたら一緒でしょ」

上田は動揺していたが、奈緒子は顔色ひとつ変えずに応じた。

「いいですよ」


心を読む岩にやってきた。

「嘘でしたって言ってみんなに謝ろう」

上田が奈緒子に耳打ちする。

「うるさい!」

奈緒子が一喝する。それなりに緊張しているのだ。

「本当にやるのか」

柳田の問いに「はい」と決意を固くする。アランが奈緒子の手をとり、穴まで連れて行く。

アランの、どことなく焦点の合っていない大きな目が、奈緒子をじっと捉《とら》えた。顔が近づくと、鼻毛の長さが気になってならない。

「オマエは確かに上田先生と一緒にいたんだな。嘘じゃないと誓えるか」

「はい」

「よし、じゃあ手を入れなさい」

柳田の合図で、奈緒子は思いきって手を穴に入れた。瞬間息が止まる。

しかし何も起こらない。

奈緒子は、そろそろと穴から手を出した。心臓が止まるほど緊張して見つめていた上田の顔もゆるむ。一同も安堵《あんど》の表情だ。それまで極度の緊張状態で、全身がこわばっていた奈緒子だったが、一気にへなへなと地面に座り込んでしまった。


奈緒子が大変な事態に巻き込まれた翌日、里見はまた村役場にいた。村長は、あくまで丁寧に里見に接している。

「昨日は失礼しました。変な刑事のせいでせっかくの気分を台無しにしてしまいまして。ゆうべはゆっくりとお休みになれましたか」

「それが、どうも森のことが気になりまして」

里見のくっきりした二重瞼《まぶた》の瞳が、物憂げに揺れる。

「そんなことは警察に任せておけばいいんです。それにあの森はとても危険です。近づくとろくなことがありません」

小橋が看板を出す。

「では先生、今日こそはこれにささっと」

里見は気を取り直して筆を手に取る。看板に向き合うが、不意に手をとめた。

「何か、この部屋にはいるようですね。強い悪意のようなものを感じます」

重々しい口調で言う。

「しかし、ここには私たち以外……」

「いいえ、確かに。誰かいる」

里見は持った筆をぐぐっと右方向に動かした。看板に〝一〟の字が描かれてしまい、村長と小橋はギョッとする。里見は気にせず、部屋をグルリと見回し、ある置物を指した。

「その置物をちょっとどけてもらえますか？」

村長が小橋にどけるよう命じる。すると里見は、次々と部屋の調度品を指さしてどけるように言う。

そのたびに小橋が片づけている。ついには一人では動かせそうもない棚をどけろと言われ、女事務員の石橋まで呼び出して、村長も協力して持ち上げようとするが、動かない。ちょっとした部屋の模様替えのようになってきた。里見はだまってそれを見守っていた。

応接間の物移動は、どんどんエスカレートしていく。里見が何か指示を出すたび、村長はそのとおりに動き回っている。汗だくだ。手伝わされている石橋が、自分たちのやっていることを疑問視しはじめた。

「何か悪い気配がするなんて気のせいじゃないんですか？」という石橋に小橋が怒る。しかし、実際里見は、必死の形相の村長に向かって「ただの気のせいだったようです。全部、元に戻してくださって結構です」とあくまで上品な微笑みで言った。村長たちは、ただもう呆然とするばかりだった。

一方、白木の森の中。奈緒子たち第四次探検隊一行は、小屋の中にいた。

「周りの愚かな者たちはいまだに不可思議な一族の存在を認めようとしない。彼らが生きてこの森を出ることは決してあるまい」

柳田がゆっくりとなにごとかつぶやいている。まるで何かのナレーションのようだ。自分に話しかけられているのかと思い、上田が柳田を見ると、テープレコーダーに自分の声を吹き込んでいるのだ。柳田は、果敢にも森を調べに行くという。妖術使いを探すつもりらしい。

森の中をひとり進む柳田は、木の向こうに何かの気配を感じた。

「お前なのか？」

柳田が声をかけると、がさごそと音をさせて、気配は遠ざかっていった。

柳田が出かけた小屋の中では、マリアがカップめんをトレイに載せ皆を集めていた。

「野郎ドモ、飯ダー」

そのとき、森のどこからか聞いたことのある歌が聞こえてきた。

「ケガノビ――――ル」

矢部にとってははじめて聞く歌だ。

「なんや、あれ？」

アランが説明した。

「妖術使いが歌ってるんです。言い伝えがあるそうですよ。夜になると、森のどこからか妖術使いの歌が聞こえると」

それは、今は亡き橋本が言っていたことだ。

「行ってみましょうよ。あの歌の出所を探すのよ。今度こそ妖術使いの正体を暴いてやる」

童顔の小松の顔が、厳しい決意の顔に変わった。

小松の言葉に、一同も覚悟を決めて、小屋を出た。

ケ〜〜ガノ〜ビィィ〜〜ル
ケ〜〜ガノ〜ビィィ〜〜ル

一行は注意深く森を歩いている。ケ〜ガノ〜ビィィール……歌はずっと続いている。あまりに大きな声だ。奈緒子は耳に手を当て、歌声に集中した。やがて、茂みの中に何かあるのに気づいた。どうやらそこから声が聞こえてくるようだ。茂みに近寄り、思い切って草をはらってみると、そこにはスピーカーが隠れていた。そこからケガノビ――ルの歌が繰り返し聞こえてくる。矢部が、スピーカーにつながれているコードを切ると、歌はプツッと止まった。

「なんや、ここから音が出てただけやないか」

「柳田先生の仕業ね」

小松がムッとして言う。そのとき、アランが叫び声をあげた。柳田が倒れていたのだ。矢部が脈を診ると、もはやこと切れている。柳田の後頭部には鈍器で殴られたような跡があった。

「矢部刑事！」

石原はトレードマークのオールバックをやめていた。サラサラの前髪をかきあげながら妙にまじめな口調で言う。

「誰やねん、おまえ!?」

矢部は石原のさわやかな激変ぶりが気に入らない。凶器を探していた石原は、柳田の死体の側にテープレコーダーが落ちているのを見つけた。受け取った矢部が、そのテープレコーダーを巻き戻し、再生してみた。

柳田の声が聞こえてくる。

「私はこれから妖術使いに会うつもりだ。もし私が生きて帰れなかったら、私が森に残したメッセージを見つけだしてほしい。すべての真実はそこにある。……おお、歌が聞こえる。かなりでかい。……どこだ。どこにいるんだ……」

そのあと、ガッッガッッと鈍い音が聞こえ、柳田の声と、ドサッと茂みに倒れ込む音。テープはそこで途切れていた。

再び小屋に戻った一同はテープを再生し直した。石原が興味深げに聞く。

「これ、柳田さんが殺されたときの音ですか？」

「森にメッセージを残したって言ってたな」

矢部が考え込む。

「これじゃないですか？」

柳田の持っていたノートを石原が取って言う。それを上田がひょいと取り上げた。

「古代文字の解読表だな」

矢部が勇んでのぞきこむが、「それらしいことは何も書いてないッスね」とガッカリする。

「書いてあったら犯人がとっくに持って行ってるはずじゃないですか」

奈緒子が平然と言う。アランが驚く。

「犯人って、あんた、これも俺たちの誰かがやったって言うのか」

「他に誰が？」

矢部がまた、みなの名前を書いた紙を広げて、「よし、もう一度、全員のアリバイを検証してみよう」と叫んだ。

「待ってください。その必要はないかもしれない」

上田はもう一度テープを再生した。

「よく聞いてください。柳田先生の声のバックには確かに毛生え歌が流れています。つまり柳田先生は毛生え歌が聞こえ始めてから我々が見つけるまでの間に殺されたことになる」

矢部は感心して聞いている。

「歌ガ聞コエハジメタ時、タシカ、柳田サン以外ハ、ミンナ一緒ニイマシタヨネ。私、食事ヲ配ッタカラ、覚エテイマス」

マリアが言った。そのあとは、みんなで一緒に森に来た。つまりは、この中の誰もが柳田を殺すことが不可能だったと誰もが納得する。

「やっぱりこの森の中には誰かいるんだ。隠れて俺たちを狙っているんだあ〜」

アランはギャアギャア大騒ぎだ。しかし、怖がっているのはアランだけではない。他のみんなも同様に、森に畏怖《いふ》を覚えていた。

奈緒子がそんな中、小屋を出ていこうとする。

「ＹＯＵ！　どこに行くんだ？」

「妖術使いをみつけてくればいいんですよね」

アランは、奈緒子に信じられないという顔を向ける。

「あんた、わかっているのか。森には妖術使いがいるんだぞ」

上田が奈緒子の背中に向って声をかける。

「やめるんだ、山田」

上田の顔が真顔になる。

「放っといてください」

奈緒子の表情は揺るぎがない。真っ直ぐ前をみつめて、上田が止めるのも振り切って、力強く茂みを踏みしめて、森の奥へと分け入った。

奈緒子は、一人夜の森を進む。獣の声がどこからか聞こえてくる。鳥がふいに飛び立つ音にビクッとしたり、自分が踏んだ枝の思いがけない大きな音にも反応したり、さすがに不安だ。

しばらく歩くと、後方に気配を感じた。誰かにつけられているのか。奈緒子は、静かに落ちていた枝を拾い、スッと茂みの中に身を隠した。見失った奈緒子を追って、何者かがヨタヨタこちらへ歩いてくる。かなり接近してきたところをみはからい、奈緒子は立ち上がり、思い切り枝を振り下ろす。ボコッといい音がした。命中だ。巨体がドサッと倒れた。

上田だった。

「何してんですか？」

奈緒子はビックリして尋ねる。

「何してんですかじゃない。君を一人で行かせるわけにはいかないだろう」

上田は頭をさすりさすり半身を起こす。

「しかし、すごい力だな」

「すみません。心配してくれるなんて気づかなかったものですから」

「心配なんかしてないよ」

上田は、フランスパンを鞄《かばん》から出し、奈緒子に差し出した。思わず奈緒子は口を開け、パンをかじろうとする。

「食べるな！」

上田が一喝する。

「君は『ヘンゼルとグレーテル』の話も知らないのか」

「はい？」

「いいか、ただいい加減に森の中を進んで行ったとして、君はどうやって帰ってくるつもりだったんだ？　こうやって目印を置いておけば、あとで迷う必要がないだろう」

上田はパンをちぎって置いていく。

奈緒子は一瞬でも上田に感謝した自分が馬鹿馬鹿しくなり、また森の中へ向かう。奴の言うことなど、今後一切聞く耳を持つまい。奈緒子はそう自分にきつくいい聞かせた。

そんな奈緒子のあとを、上田はヨロヨロと追いかけていく。ときおり、パンをひきちぎって落としていきながら。

「いいかげんに教えてくれないか」

上田が前を歩く奈緒子に声をかける。

「何を隠している。第一、君はなぜこの森に来たんだ」

奈緒子は振り返って上田に厳しい顔を向ける。

「上田さん、もう帰ったほうがいいですよ。私といると危ないから」

「どうして？」

奈緒子は何も言わずに、速足になる。上田は慌てて追いかけ、奈緒子を止める。

「さっきの件だが、まぁ後でもいいかと思って言い忘れていたが、一応、君に礼を言っておこうと思ってな」

上田は珍しく改まった調子で、頭を下げる。

「ありがとう」

「どの件？」

奈緒子には理解できない。

「君が岩に手を入れてくれた件だ」

「何言ってるんですか。上田さんのためだったら私、手なんかどうだって……」

奈緒子は上田を振り返らず言う。上田はそんな奈緒子の言葉にややドキッと、「ＹＯＵ……」

その瞬間、奈緒子がクルリと振り向き「なんてことあるわけないだろ、このボケがっ」

「え⁉」

上田は、気をそがれる。

「このボケが！」

奈緒子は上田の眉間にくっきり二本しわがよった、いぶかし気な顔に向かって、同じ言葉を繰り返す。その顔は、いまにも泣き出しそうだ。上田は持っていたフランスパンをニヒルにかじった。


「本当は、あのとき、わかっていたんです。私だけは絶対安全だって」

奈緒子は上田に自分が隠していた秘密を打ち明けることにした。

「私、子供の頃、妖術使いと会ったことがあるんです。妖術使いは、百二十年前、黒門島を追われた黒津の分家の生き残りなんですよ。海を渡り、この森に住み着いたんです。私の仲間なんです」

奈緒子は、いつになく思い詰めた表情をしている。いつもは勝ち気に煌《きら》めいている黒い瞳が光を失い、長い睫《まつげ》毛が色白の顔に影を落としている。

「妖術使いなんてどこにもいない。俺を信じろ。君の百倍も千倍も頭がいい俺が言うんだ」

奈緒子は、その必死な上田の顔をじっと見て泣きそうな声で言った。

「……上田さんの顔まで椎名桔平に」

「よく言われる。心配するな」

上田は奈緒子を促して、小屋に帰ろうとした。森の中を元来た道を歩いていくと、二股《ふたまた》に分かれた道に出た。

「変だな。確かにここにパンをはさんでおいたはずなのに」

パンのかけらがどこにもない。

「なんでだ？」

奈緒子がふと気づいて言った。

「ねえ、上田さん、『ヘンゼルとグレーテル』ってその後、どうなるんでしたっけ？」

「森を進んで行った二人は、いざ戻ろうとしてパン屑《くず》が全部鳥に食われちゃっていることに気づいたんだ」

そこまで言って上田は顔から血の気がひくのを覚えた。見上げると高い枝の上からふくろうが見下ろしている。ふくろうの口ばしにはフランスパンがくわえられていた。

あたりに闇が近づいてきていた。これ以上、でたらめに歩いても危険なだけだと感じた二人は、窪地に身をおいた。枯葉の層が布団の代りだ。

「今晩はここに泊まろう。ここなら少し暖かい」

上田のもみあげはすごいことになっている。もう、モジャモジャだ。

「椎名桔平が来たら、上田さん、私を置いて逃げていいですよ。私なら大丈夫ですから」

「下らない心配をするな。俺は危険を前にして逃げたことなど一度もない」

「いつも気絶しちゃいますもんね」

奈緒子はクスリと笑った。

上田は何か反論しようとしたが、何も思いつかず、ふと奈緒子を見ると、もう既に寝息を立てていた。寒そうに体を丸めているので、自分のコートを脱ぎ、奈緒子にかける。しかし、たちまち自分が寒くなり、思い直してまた自分で着る。奈緒子は、何も知らず昏々と眠っていた。


朝が来た。岩陰にも朝の日差しが差し込んできている。上田が眼をさました。隣を見るとまだ奈緒子は寝ている。上田はコートを脱ぎ、奈緒子にかける。そして静かに立ち上がった。

岩場の高台になったところに登り、上田は遠くを眺める。はるか彼方に煙が一筋立ち上っている。小屋のある方角だ。そこへ奈緒子も起きてやってきた。上田のコートを持っている。

「すみません。上田さん、これ。寒くなかったですか。風邪引いてません？」

奈緒子は本気で感謝の顔をしている。上田は咳《せき》ばらいをして、「いいや、全然」と言う。

奈緒子も遠くに見える煙に気づいた。

「あの方向にまっすぐ進んで行けば帰れる」

上田が助かったという顔をする。

「まっすぐって言っても、ここからは降りられないし森の中からじゃ煙は見えないし」

上田はハッと思い出したことがあった。鞄の中をさぐると、コンパスが出てきた。

「ここからだと、あの煙は東南東から東に五度。このまままっすぐ迂回して進もう」

「コンパス持ってるんなら、最初から使えばよかったじゃないですか！」

上田は、笑って誤魔化しながら言った。

「今、気づいたんだ。君が急に出て行くものだから、出がけに慌てて詰め込んで来たのを忘れていたよ」

歩く度、乾燥した枯葉がガサガサと大きな音を立てる。

コンパスを頼りに、森の中をズンズン歩いて行くと、突然木の上から黒い箱が落ちてきて、上田の頭を直撃した。かなりの衝撃で、上田は気絶してしまう。

「上田さん！」

上田を直撃した黒い物体を見ると、それはスピーカーだった。

地面にのびていた上田は、ハッと眼をあけると、急に笑い出した。

「ハハハハ。解決！」

頭を打ったからか。

「今こそ、君の愚かさが証明されたよ。柳田さんは妖術使いに殺されたんじゃない。やっぱり犯人は俺たちの中にいる！」

キリっとした顔をして、

「柳田先生は、俺たちが歌に気づくもっと前に殺されていたんだよ」

「でも、柳田先生の残したテープには、確かに歌が……」

「歌はずっとあっちのスピーカーから流れていたんだ。でも俺たちにだけは聞こえなかったたんだ」

上田は、地面を棒で叩いた。

「いいか、音は空気の波だ。波が伝わって聞こえてくる。それが反対側から、その波をうち消すような逆の位相の波を立てると、波と波とが打ち消しあって、ある場所でだけ音が聞こえなくなってしまうんだ」

上田は地面にうねうねとした普通の波の形と、反対の形の波を描く。さらに、三角形の図を描きながら説明する。

「あのスピーカーはここ、そして、波がうち消し合い音が聞こえなくなるのはここ」

上田はまず、三角形の底辺の左端を以前みつけたスピーカーと仮定し、音が聞こえなくなる場所として、三角形の頂点を指す。

「その頂点は、私たちがいた小屋?」

「ああ。つまり柳田さんが殺された時には、こことここ、三角形の底辺に並ぶふたつの点だ、ここに位置するふたつのスピーカーが両方とも鳴っていた。そのため、柳田さんのいた場所では音が聞こえるが、三角形の頂点である、俺たちのいた小屋では聞こえない。犯人は柳田さんを殺し、さりげなく小屋に戻って俺たちと合流した。そして、頃合いを見計らって、左側のスピーカーの音を切る。すると今度は、小屋からでも歌が聞こえるようになる」

「つまり、誰にでも柳田さんを襲うことは可能だったってことですか」

「ああ、柳田さんは、妖術使いの存在を俺たちに思い知らせようと、森の中にいろいろと細工をしておいたんだ。そして逆に誰かがそれを利用した」

上田が、自分の名推理に酔いしれていると、奈緒子が上田のメモ書きに、重ね書きしたものを見せた。

「かわいい？　毛生えガエル？」

波の絵をカエルにしていたのだ。


奈緒子と上田は心を読む岩のところへ来た。

「この岩はどう考えても柳田さんが操作して火をつけたりつけなかったりしてたんだ」

「どこかにスイッチがあるってことですか？」

奈緒子が地面のあたりをしゃがんで探す。

「バカか、君は。そんな単純なところにあるはずが……おおっ！」

上田の視線上の地面にかぶった枯葉を奈緒子がはらう。すると何か白くて丸いものが顔を出した。上部の突起物を押すと、岩の口から炎がボッとついた。

「こんなものでひっかかる人間の顔がみたいわ」

上田がせせら笑う。奈緒子はひっかかる人間である上田の顔をチラと見た。

「でも、最初に実験したときはどうして当たったんでしょうか？　全員目隠しをしていて上田さんが隠したコインが裏か表かなんて誰にもわからなかったはずですよね」

奈緒子は、最初の実験のときにコインを置いたドラム缶にもう一度コインを載せてみる。すると、何か音がするのに気が付いた。

「あれ、このドラム缶変ですよ。コインを置くたびに、ほら、この音……」

コインを動かすたびに、チャリンチャリンと明快な音がするのだ。

「おうっ⁉　わざと反響するようになってるんだ。待てよ。これはただの算数だ。柳田さんはあらかじめ台の上に表になったコインが何枚あるのかを数えておいたんだ。もしそれが偶数枚だったとしたら、どれかを一回ひっくり返せば奇数枚に変わる。もう一回どれかをひっくり返せば偶数枚に戻る。三回ひっくり返せばまた奇数」

何回ひっくり返したかは、音を数えていればわかる仕掛けだったのだ。だから、表になっているコインの枚数が奇数か偶数かは眼をつぶっていてもわかる。

「最後に眼を開けて、見えているコインの裏表を数えれば、上田さんが隠しているコインが裏か表かもわかる」

奈緒子は柳田の仕掛けたトリックに気づかなかった自分を悔いた。一方、上田は相変わらず負け惜しみを言っている。

「最初から思っていたとおりだ。問題は、棺桶から死体が飛び出して来たときのことだ。あのとき、棺桶の側には俺たちがいた。誰にも死体は演じられなかったはずだ」

誰にも。そのとき、奈緒子はハッと気づいた。

「待ってください。できた人が一人だけいますよ！」

上田と奈緒子は真実を持って、小屋に戻ってきた。小屋の前で矢部がブランコに乗っている。石原が後からもの凄く強い力で押している。石原の髪が風に吹かれてサラサラとなびく。

「あれ？　みんなは？」

奈緒子が聞くと、

「水をくみにいってるよ」

石原が東京弁で答える。すっかりサラサラヘアーが板についている。

小屋に入ろうとして上田が階段につまずき、ドサッと倒れ込んだ。鞄の中身がぶちまけられた。

「ずいぶんいろいろな物が入っているんですね。必要な物以外全部あるじゃないですか」

必要な物以外。鞄の中には無駄なものばかりたくさん入っていた。奈緒子がおもしろがって、鞄の中身を見ると、中にU字型の磁石が入っていた。柳田がこの磁石が岩にくっつかないことを証明したものだ。奈緒子はそれを見て、不思議に思う。

「あれ？　じゃぁ、私たち、なんで帰って来られたんでしょう？　だって、上田さんが鞄の中にずっとこの磁石を持ってたなら、コンパスは北じゃなくてこの磁石のほうを指すはずでしょ。私たちは帰って来られるはずないじゃないですか」

そのとき、奈緒子は気づいた。

「わかりましたよ。あの大きな岩が動いた仕掛けが！」

せっかく奈緒子がすごい発見をしたというのに、上田はキョトンとした顔をし、矢部は相手にしないで言う。

「わけのわからんことを言ってないで、柳田先生が残したメッセージっていうの、お前も探せ」

奈緒子は、机に載っていた柳田の残したノートを見た。

「それは俺がさんざん調べた。それらしいことは何も書いてない」

矢部がバカにするが、奈緒子はまた閃《ひらめ》いて、「このバカ矢部！」と怒鳴った。

「なに⁉」

矢部が眼をむく。

「わかったんです。誰が妖術使いを演じていたか」

奈緒子がそう言ったとき、水をくみに行っていたみんながどやどや戻ってきた。

奈緒子は戻ってきた一同を引きつれて、巨顔岩の前に来た。

「この椎名桔平岩はやっぱり地面に電磁石でくっついているだけなんです」

まだ奈緒子は椎名桔平と言っている。「だから似てないって‼」とアランが言うと、後ろのアラン隊が続けてユニゾンで「似てないって‼」と言った。奈緒子は、手に持った磁石をみんなに見せた。

「これは実は磁石でもなんでもなかったんです。その証拠に私と上田さんは、ずっとこれを持っていたにもかかわらず、コンパスを使ってちゃんとここまで帰ってきました。磁石はいかにも磁石の形をしたこっちじゃなくて、このスコップのほうだったんです」

奈緒子が、柳田が持ち歩いていたスコップを岩に近づけると、スコップは引き寄せられるように岩にくっついた。かなり力を入れないと、岩から外れない。U字型のものは磁石。スコップはスコップ。形に対する先入観が真実を見えなくしていたのだ。

「そう考えれば、私たちが外へ出ようとしていつも戻ってきてしまったわけも説明がつきます。

柳田さんはあのとき、このスコップを持ってみんなと一緒に歩いていました。そうやって、上田さんの持っていたコンパスを狂わせていたんです」

矢部が奈緒子の言葉を遮る。

「待て、わしらは、コンパスなんか持っていないのに、いつもここへ戻ってきてしまったんだぞ」

「コンパスも持たずに出ていけば迷うに決まってるだろ」

奈緒子の回答に、矢部もグウの音も出ない。

「バカ、バカヅラ」

石原がからかう。カッとした矢部と、クロスカウンターのような体勢になった。

「どこかに電磁石の電源を切るスイッチがあるはずなんです。多分、柳田さんが立ったところ……」

奈緒子が岩の周りを探す。上田が、何かをみつけ、それを押す。それに合わせて、奈緒子が岩を押すと、岩は簡単に転がった。以前、全員で持ち上げても、びくともしなかった岩なのに。岩のあった地面にマキタコイルと書いてある。

「でも、私たちが最初に棺桶を開けたときのこと、覚えてる？　私たち全員、棺桶の側にいたのよ。誰が死体のふりをしていたっていうの？」

小松が言う。

「できた人がひとりだけいるんです。柳田先生です」

アランが否定する。

「それは無理だ。柳田先生はあのとき、小松さんとトイレのドアをはさんで喧嘩をしていた。俺たちずっとその声を……」

奈緒子は揺るぎない自信で言い切った。

「私たちが聞いていたのは、小松さんの声だけです。柳田さんの声は誰も聞いていません。柳田さんは小松さんとツアーの最初からわざと喧嘩をして口をきかないふりをしていたんです。小松さんと柳田先生が外に出て行ったとき、私たちが聞いたのは、小松さんの話してる声だけでした。小松さんはまるで眼の前に柳田先生がいるかのようにお芝居をしていたんです。小松さんが一人芝居をしている間に柳田先生は、穴の通路を通って棺桶に入り、死体を演じた。そして、日向さんが棺桶を開けた瞬間、死体のふりをして、外に飛び出す。柳田さんはその隙に変装を解いて、なにごともなかったように小松さんの側に立つ」

奈緒子は小松のほうを見て言った。

「あなたと柳田さんは元々知り合いだった。あなたたちは、岸本さんを殺された復讐のために日向さんと橋本さんを殺したんじゃないですか？」

小松はツンとあごを上に向けて笑う。

「くだらない。どこにそんな証拠が？」

「柳田さんの残したテープです。あなたもずっと探していたんですよね。メッセージはずっと私たちの目の前にあったんです」

奈緒子は傍らの石盤を指す。

「あほな。これはずっと昔に書かれたもんや。どう見ても書き残された跡はない」

「書き残されたのは、この文字じゃなくてその読み方のほうなんです」

奈緒子は、柳田が持っていたノートを差し出した。

「ここに古い南方文字の解読法が書かれています。でもこの解読法は全部まちがっています。この解読法に沿って、この岩の文字を解読すればいいんです。それが、柳田さんが残したメッセージ」

奈緒子は、矢部とアランにメッセージを解読するよう促す。二人は喜々として解説をはじめる。やがてある文字群が浮かび上がった。

「まはをふき」

矢部が横から読む。

「違う！　たてに読む！」

すっかり自信満々の奈緒子がピシャリと言う。

『岸本は復讐を望んでいない。小松君へ』

「あなたは亡くなった岸本さんと恋人同士だったんじゃないですか？　だから柳田さんと組んで……」

小松は、突如、声をはりあげた。

「柳田先生は関係ない。殺したのは私。全部、私なの。私と岸本さんは、学生時代、同じ柳田先生の研究室で民俗学を学んでいた。奈緒子さん、あなたの言うとおりよ。私たちは恋人同士だった。卒業して岸本さんは大学に残り、私はルポライターに。そしてあるとき、岸本は、来さ村に妖術使いが住むと言われる森がある、もしかしたら、失われた文明の痕跡《こんせき》がみつかるかも知れないと言って、役場の橋本さんとやる気建設の日向さんと一緒にこの森に入った。そしてそれっきり戻って来なかった。私は、橋本さんに森で何が起こったのか聞こうと思って役場を訪ねたの。そうしたら、橋本さんと日向さんがこっそり話しているのを、偶然立ち聞きしてしまった。ふたりは岸本を殺して、壺を売り、二人でそのお金を山分けしようとしていた。私は、柳田先生と協力してあの二人に復讐することにしたの。私たちの目的は二人に恐怖を味わわせ、罪を告白させることだった。そのために柳田先生は妖術使いの仕掛けをいろいろと考えだした。でも私は恐怖を味わわせるだけじゃすまなかった。あの二人を殺してやりたかった。まず、日向を殺して、石の下敷きにする。そして、妖術使いの仮面をかぶって橋本を殺しました。もちろん、柳田先生はすぐに犯人が私だって気づいた。だから橋本さんのときは、とっさに私のアリバイを証言してくれたんです。仲の悪い二人がお互いかばい合うなんて思わないから、みんなそれを信じた。でも、先生は私のしたことを認めたわけじゃなかったの。先生は私に自首を勧めた。私は二人で話がしたいと先生を呼びだし、先生を殺した」

奈緒子が尋ねる。

「私を巻き込んだのも計算のうちですよね。上田さんに妖術使いを信じさせるための」

小松は、突然ケタケタと笑い出した。

「バカね、脳天気なお嬢さん」

小松は、奈緒子を憎々しげに睨んだ。

「私がここに来たわけはもう一つあるの。柳田先生の研究は間違ってなんかいないのよ。百二十年前、黒門島を追われた者たちは、確かにここへたどり着いた。そして森に呪いをかけた。私はその黒津分家の子孫、あなたのお母さんとは敵同士というわけ。私は、あなたのお母さんから、大事なあなたを奪い取りたかった」

奈緒子は、脳天をしたたか打たれたような衝撃を覚えた。小松が自分を睨む冷たい視線が心につきささる。

「さようなら。誰もこの森から出ることはできないはずよ」

ニヤリと笑った小松の顔が、奈緒子にだけ一瞬、椎名桔平に見えた。小屋の外に出た小松を追って矢部と石原が走る。石原が転び、矢部が石原につまずいた。小松は、往年のアイドル石野真子のヒット曲『狼なんか怖くない』を大声で歌いながら、元気よく森の奥に消えていった。

森から出られない。おそろしい予言の言葉を残して、小松は去った。アランはすっかり怯えている。上田が励まして言う。

「大丈夫。出口はみつかる。行きましょう」

残された一行は、小屋を出、森の出口を探すことにした。上田が手にコンパスを持っている。しばらく歩き、注意深く茂みを見ていると、道が巧みに草木で隠してあった。道に迷うのも当然、何かの魔力ではなかったのだ。

「なんだ、こんな風になってたのか」

「やっぱ森から出られないなんて、デタラメじゃん」

石原が軽く言う。

「だからオマエは誰や⁉」

矢部は石原の変化が気に入らない。

アランもやっと元気になった。みなもホッとした。

しかし、上田はふと不安を漏らす。

「事件はまだ終わってないんじゃないでしょうか。殺される前、橋本さんが私に一体何を言おうとしたのか」

橋本は死ぬ前に、上田に言ったのだ。

「あの壺の偽物が出回っていると聞いて、私わかったんです。妖術使いっていうのは……」

休まず歩くと、やがて、木々の間から、ほの明るい光が見えてきた。森の出口だ。一行は、やっと帰れるのだと、足取りが俄然《がぜん》軽くなった。しかし、ひとり矢部は自分だけ毛が増えていないので、森に未練が残り、足取りが重い。

そのとき、黙々と歩いていた石原が、ふっと顔をあげ、一点を見つめてつぶやいた。

「すみません。謎が解けちゃったんですけど」

探検隊が生還したという報告を、出口で見張っているマタギから受け、村長が森の出口にやってきた。

出口に着いたところでマタギに止められた奈緒子たちが、不服そうな表情で立っている。

「私は妖術使いを捕まえてここに連れてきなさいと言ったはずだ。そんな説明では納得できんな」

不遜《ふそん》な態度で村長は言う。マタギたちが殺気だった視線で、銃を上田たちに向ける。

「待ってください。橋本さんたちがみつけた壺を偽物とすりかえて横取りした人間がどこかにいるはずなんです。そいつを見つければ」

上田が抵抗するが、村長は聞き入れない。

と、そのとき、凜《りん》とした声が響き渡った。

「誰がすり替えたかはわかっています」

村長が振り返ると、そこには里見が立っていた。

「本物の壺はここにあります」

里見は手に壺を持っていた。壺の表面に丹念にはられた紙をはがすと、八の字が書いてある。

「ばかな、それは」

村長はうろたえはじめる。

「里見さん、どこでそれを？」

上田は意外な頼もしい人物の登場に、嬉《うれ》しくなっている。奈緒子も口を開けて驚くばかりだ。

「そこにいる村長さんのお部屋に。村長さん、あなたですね。壺を偽物とすり替えたのは。おまえのやったことはすべてごりっとお見通しだ！」

里見は、奈緒子の十八番の台詞《せりふ》を言った。しかも「ごりっと」を加えて。

「なんでや」

奈緒子と上田は同時にツッコンだ。

「あなたの部屋を見て、私はひとつ不思議なことに気が付いたのです。絵画、彫刻、置物、どれもすべて複製品です。しかもそれをあえて強調している。だからどれにもわざと『複製品』と書いたプレートがかかっていた。だから私はそれを見て思ったんですね。あなたは偽物にまぎれて、この部屋のどこかに何かひとつだけ見つかってはならない本物を隠しているんじゃないかと。ですから、わざと部屋中の物をあちこち移動させてもらったのです。高価なものがあれば、あなたはついついそれを慎重に扱おうとするはずですからね。実際、あなたはひとつだけ、この壺を大切に扱っていました」

村長は、強く否定する。

「くだらん、たったそれだけで。ちがう！　その品も模造品のコピーじゃ」

「まだ、そんなマズ――イこと言っていらっしゃるんですか。では確かめてみましょう。みなさん、村長さんのどんな小さな表情の変化も見逃さないように」

里見は、手に持った壺をこれみよがしに地面に落とそうとする。

「あああ！　まず――いっっ」

村長は取り乱して、壺に駆け寄った。

「わかりやすい」

上田が呆《あき》れて笑う。

「あなたはこの壺を手に入れたくて妖術使いの伝説をでっちあげたのではないですか？　他に誰も森に入っていかないように」

そのとき、奈緒子は気が付いた。

「そうか。橋本さんが言おうとしてた妖術使いっていうのは、あなたのことだったんですね。あなたは、仮面をかぶって、橋本さんと日向さんを脅した。橋本さんが、ロッカーに隠した壺をこっそり横取りしたのもあなた。村役場のロッカーだから、あなたは簡単に偽物とすり替えることができた」

上田が頷いた。

「なるほど。それに確かこの森は、富士の樹海と同じように歩いていると方角がわからなくなる。出てこられなかった人間の事例だけ集めれば、伝説が生まれてもおかしくはない」

ギリギリと顔を震わせた村長は、マタギたちに銃を構えさせる。

「こいつらは妖術使いに操られているんだ。話を信じちゃいかん！　殺せ」

緊迫した空気が流れた。「やめんか！　愚か者めが！」里見は動じることなく、銃を構えるマタギたちの間をするするとすり抜けて奈緒子たちのほうに歩き出す。

「お母さん！　来ちゃダメ！」

奈緒子が声をあげる。

「大丈夫よ。奈緒子。お母さんの力はね、森の呪いなんかよりずっと強いんだから」

奈緒子の横に立って、里見は静かに言う。

「私を信じなさい。自分を信じなさい」

マタギたちの間を歩いてくる里見の姿は神々しく、その瞳にも静かに力強い光が宿っていた。

里見は、奈緒子たちのところにたどりつき、紙に何か文字を書いた。

「文字には不思議な力があります。あの力であの人たちの銃を封じ込めることができるはず。ついてらっしゃい。誰も私たちを撃てないはずです」

里見は、文字を書いた紙をアランの持っていた銀のポットを取り上げペタリと貼り、村人の方向に向けると、それをかざして歩いて行く。

「ホントうだぞホントだぞう」と言いながら。

半信半疑であとをついていく一同。銃を構えたマタギたちは、その文字を見ると、硬直してしまい、銃を撃つことができない。

奈緒子は、里見が書いた文字を見た。


『有毒ガス　危険！』


「なにこれ!?」

「文字の力は文字の力でしょう」

里見はケロリとした顔をしている。


「くそ、くだらん手をつかいやがって」

マタギたちは、里見たちをグルリと取り囲む。

今度は奈緒子が、前に進み出て言った。

「無駄なあがきはやめろ！　どうしてもというなら」

口では力強いことを言いながら、体はあとずさって、いつのまにか上田の後ろに隠れる。いきおい上田が、一番前に立っている形になった。村長はそれを見て、ニヤリと笑った。

「ほう、物理学者がお相手かのう」

「このもみあげはただの学者先生ではない。幼少の頃、通信教育で空手を修められた武道の達人だ」

奈緒子が上田の後ろから言いながら、上田に何か書かれた紙を渡した。

「お守りです。母ほどじゃありませんけど、私の書く文字にも少しは力があるんです。足りない分は、私が上田さんを思う気持ちが補ってくれるはずです」

奈緒子は、ドンと上田の背中を押した。上田は紙きれを掲げてへっぴり腰で、村人の前に立つ。その文字を見たマタギたちは、皆恐れた顔をして後ずさった。それに気をよくした上田は、マタギたちにドンドン近づいていく。

上田の紙には、こう書かれてあったのだ。


『森でうんこしてもみあげでふいた』


ついに上田は、村長にまで迫った。上田に、恐れをなした村長は、矢部に助けを求めるが、矢部と石原はそれをキッパリと振り切る。

「アンタやめなさい。悲しくなるから。村に伝わる高価な壺をひとりじめしようとしたオマエの悪事、しかとこの矢部謙三が見届けた。えーい、頭が高い！　頭が高い！　証拠固めのため、この森は私の管理下に置く！」

矢部は歌舞伎の見得のように、オーバーアクションをする。これ以上ないほど眼を大きくひんむいて、村長を睨みつけた。村長は矢部の足下にひれ伏した。

その時、矢部は足に何か気配を感じ、パンツのすそをひざまで折り上げてみた。見ると、足の裏から長い毛が生えている。

「なんでここ？」

矢部にも森の呪いは効いていたのだ。

「くるくるっ」

里見が満足そうに微笑んだ。

こうして村長が捕まり、村の妖術使い事件は解決した。


奈緒子と里見は、上田の車で来さ村をあとにした。

これからまた出かけるという里見のために、上田は都合の良い駅前で里見と奈緒子を降ろす。

里見は別れ際、奈緒子と上田に二通の封筒を取りだし、見せた。

「今回あなたたちがその眼で確かめたように、文字には不思議な力が宿っています」

そして、その封筒を一通ずつ、奈緒子と上田に渡す。

「この中に、私が心を込めて書いた文字が入っています。でも開けてはいけません。開けた途端にその力は消えてしまいます。もし二人が、これをずっと開けずに持っていられたなら、いつかまた二人はどこかで出会えるでしょう。でももし、どちらかが開けてしまったら……二人が会うことは永遠にありません」

里見は、二人をじっとみつめて、意味深に言う。奈緒子も上田も封筒の中身がものすごく気になる。中を透かして見ようとしても、まったく見えない。

里見は「それはもうびっくりする文字が入っている」と微笑む。

「それじゃ、私は政財界の方々とお食事会がありますんでここで失礼します」

軽く会釈をして、里見は駅の改札を抜けて行った。

奈緒子と上田は、ポッンと駅前に残された。事件も解決してしまい、特に話すこともなく、二人は封筒を手にしたまま、ぎこちなく立っている。やがて、奈緒子が口を開く。

「私も各国要人を招いた晩餐会《ばんさんかい》で手品をやらなきゃならないんで、これで」

行きかけて、上田のほうを振り向いて言った。

「この封筒、あとで開けちゃいますけど、いいですよね」

上田が頷く。

「あぁ。もちろんだよ」

奈緒子はほんの一瞬黙ったが、それは上田にはわからないくらいの間だった。

「じゃ、上田さん、お元気で」

駅前の商店街を歩き始めた。奈緒子の後ろ姿が少しうなだれているようにも見えたが、すぐしゃんと顔をあげた。

残された上田は、しばらく奈緒子の後ろ姿を見送ったのち、手にした封筒に眼を移した。

「それはもうびっくりする文字が入っている」という言葉と「もし二人が、これをずっと開けずに持っていられたなら、いつかまた二人はどこかで出会えるでしょう。でももし、どちらかが開けてしまったら……二人が会うことは永遠にありません」という里見の言葉が上田の頭を駆けめぐった。

考えた挙げ句、上田は好奇心に負けて封筒を開けてしまった。ビリビリと、乱暴に封を破くと、一枚の紙片が入っている。


『やっぱり開けてしまいましたね。

頭を坊主にしなさいと言われている人の職業は何？

答えは奈緒子の持っている封筒に書いておきました』

その紙片にはなぞなぞが書かれていたのだった。上田はハッとした表情で、走り出した。


一方、奈緒子は家路に向かい、一人トボトボと歩いている。手には、封筒が握られている。その中身が気になってならない。少し封を開けかけて、やっぱり開けないことにして、封筒をそっとバッグにしまう。

その後ろを上田が全速力で追ってくることには、まったく気づいていなかった。

二手に分かれた道を、奈緒子は右に曲がった。

追ってきた上田は、左に曲がる。

街角の壁に、誰が書いたか、「答えは警官。毛いかん」と書いてある。

奈緒子の長い黒髪と、楚々《そそ》としたロングスカートの裾《すそ》がひらひらと早春の風になびいている。

白いコートに籐《とう》のバスケットを持った彼女の後ろ姿は、まるで都会に降りてきた草原の少女のようだ。その一見、素朴で可憐《かれん》な姿は、やがて雑踏の中に消えていった。

封筒を開けてしまった上田は、もう二度と奈緒子に会えないのだろうか。

いや、上田は再び奈緒子と会うことになる。

しかし、それはまた別のお話、というやつである。

奈緒子の部屋

ふとん
押入れのない奈緒子の部屋では、通常畳の上にたたまれている。

透明ボックス
町で配られているポケットティッシュがぎっしり（「TRICK 2」エピソード2参照）

写真
今は亡き父・剛三と撮った幼い奈緒子の写真が飾られている。

衣装ケース
ビニールロッカーに、派手な舞台衣装がしまわれている。

食器棚
食器はあまりなく、なぜか靴が突っ込まれていたりする。

宝物
黒門島（「TRICK the novel」TRICK 5参照）で拾った貝殻か？

鴨居
奈緒子の部屋は狭い上に天井が低いので上田はいつも頭をぶつけてしまう。

ペット達
上田とのやりとりで疲れた奈緒子の心を慰めてくれるネズミとカメ。

テレビ
奈緒子が大好きな時代劇を見たりする14インチテレビ。ビデオはない。

上田の研究室

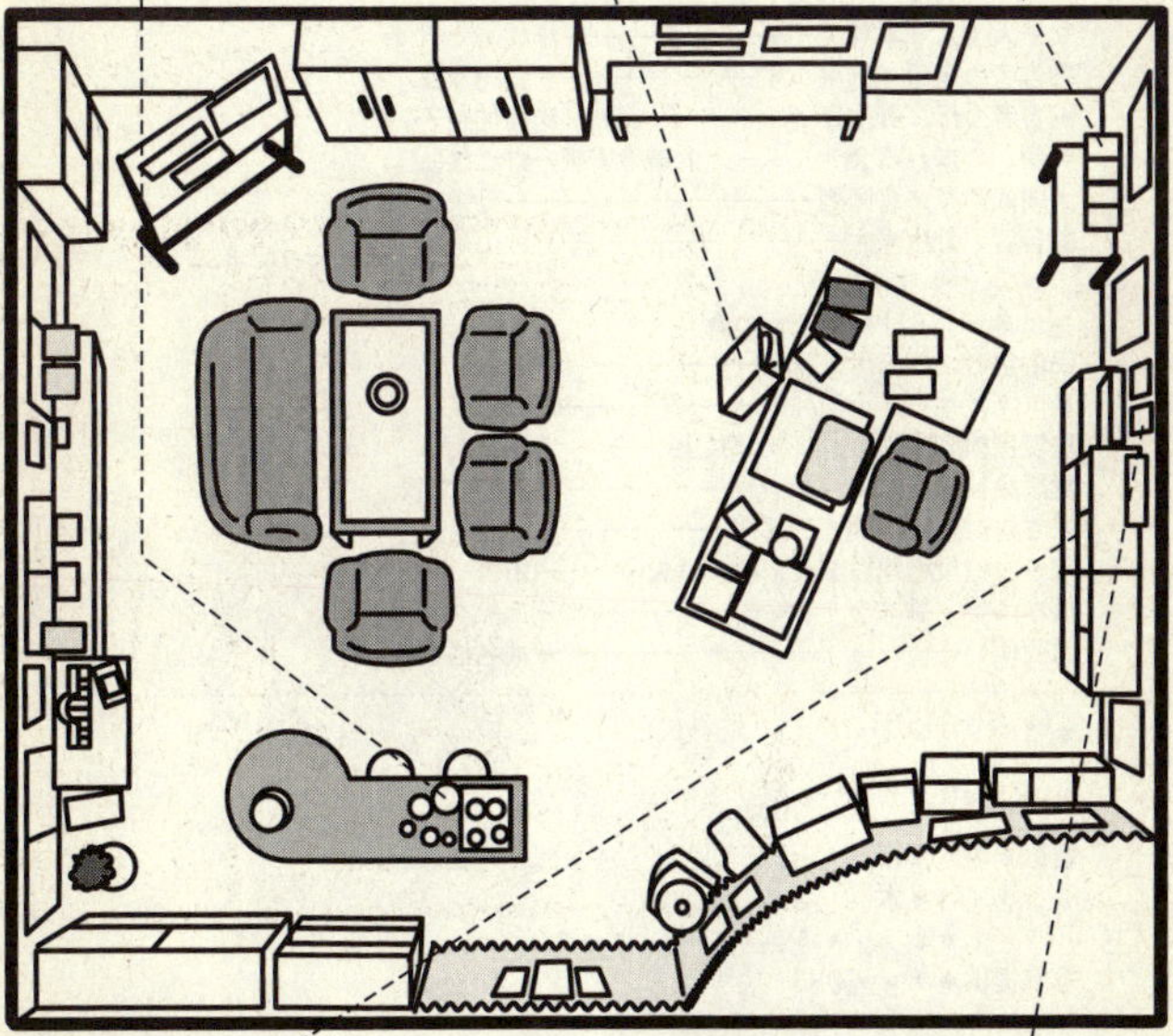

紙袋
黒門島の地酒「亀頭」の包装紙から千里眼の男(「TRICK the novel」TRICK 4参照)のチラシまでなんでも保存している。

本
山積みの自著「どんと来い、超常現象」をなぜか50円割引で販売。

バーカウンター
来客時に自分で飲むためのミニバー。

研究ファイル
「母之泉　教祖浮遊解析書」「橋・巨大建造物消失・そして上田も」「透視占い桂木弘章の眼と千里眼」など過去の事件のデータがファイルされている(まとめて「TRICK the novel」を参照)

表彰状
「貴殿はこの度の全日本近代物理学概論弁論大会において奇想天外・荒唐無稽・支離滅裂な持論を話し捲り倒し、著名な学者方を煙に巻き超越した学説を切々と語りつづけた功績を称えここに賞します」

家政婦／大内マツ――――――――――絵沢萠子
元証券マン／中野――――――――――大河内浩

エピソード3「サイ・トレイラー」
サイ・トレイラー／深見博昭―――――佐野史郎
エッセイスト／小早川辰巳――――――田山涼成
証券会社サラリーマン／岡本宏――――池内万作

エピソード4「天罰を下す子供」
女子大生／塚本恵美―――――――――小橋めぐみ
御告者の祖母／針生かず―――――――正司歌江
御告者の母／針生貴子――――――――深浦加奈子
笑顔がこぼれる会リーダー／大道寺安雄―野添義弘
天罰代行業／倉岡剛―――――――――見栄晴
御告者／針生光太―――――――――――秋山拓也

エピソード5「妖術使いの森」
民俗学者／柳田黒夫――――――――――寺田　農
ルポライター／小松純子―――――――石野真子
秘境探検家・俳優／アラン井上――――手塚とおる
建設会社社員／日向栄一―――――――佐藤二朗
来さ村村長／大橋大三郎―――――――八名信夫
来さ村村役場建設部長／橋本孝夫―――市川　勇
橋本の妻／橋本マリア――――――――ルビー・モレノ
妖術使い――――――――――――――――椎名桔平

*このドラマはフィクションです。

book staff

監修*堤　幸彦
ノベライズ*木俣　冬
イラスト*ホリイ・ミエコ
写真提供*テレビ朝日

本書は2002年1月11日から3月22日まで全11回放送されたテレビ朝日系連続ドラマ「トリック2」の脚本を元に、小説化したものです。小説化にあたり、若干の変更がありますことをご了承ください。

ドラマ「トリック２」

Staff

脚本＊蒔田光治／太田　愛／福田卓郎
演出＊堤　幸彦／木村ひさし／鬼頭理三
音楽＊辻　陽
主題歌＊「流星群」鬼束ちひろ（TOSHIBA EMI／VIRGIN TOKYO）
プロデュース＊桑田　潔（テレビ朝日）／蒔田光治（東宝）／阿部謙三（東宝）／山内章弘（東宝）
制作協力＊オフィスクレッシェンド
制作＊テレビ朝日／東宝株式会社

Cast

山田奈緒子――――――――仲間由紀恵
上田次郎――――――――阿部　寛
矢部謙三――――――――生瀬勝久

池田ハル――――――――大島蓉子
石原達也――――――――前原一輝
ジャーミー君――――アベディン・モハメッド

山田里見――――――――野際陽子

Guest Cast

エピソード１「六つ墓村」
水上荘番頭／平山平蔵――――渡辺いっけい
水上荘経営者／田島松吉――――石井愃一
政治家／亀岡善三――――徳井　優
秘書／鶴山――――長江英和
老婆／梅竹――――あき竹城
推理作家／栗栖禎子――――犬山犬子
アシスタント／藤野景子――――堀つかさ
村の医師／後藤――――白木みのる
和田弁天住職／松乃上孝雲――――和田　勉

エピソード２「100％当たる占い師」
占い師／鈴木吉子――――銀粉蝶
占い師秘書／清水――――升　毅
みつぎ芋の男／長部――――伊藤俊人
不動産屋／瀧山――――光石　研

本書は平成十四年三月、小社より単行本として刊行されました。

TRICK2

トリック2

蒔田《まきた》光治《みつはる》/太田《おおた》 愛《あい》/福田《ふくだ》卓郎《たくろう》

監修：堤《つつみ》 幸彦《ゆきひこ》

角川文庫　12668

平成十四年十月二十五日　初版発行

発行者——福田峰夫
発行所——株式会社角川書店
東京都千代田区富士見二—十三—三
電話　編集(〇三)三二三八—八五五五
営業(〇三)三二三八—八五二一
〒一〇二—八一七七
振替〇〇一三〇—九—一九五二〇八
印刷所——旭印刷　製本所——コオトブックライン
装幀者——杉浦康平

ま 22-2　ISBN4-04-362302-X　C0193

角川文庫発刊に際して

角　川　源　義

第二次世界大戦の敗北は、軍事力の敗北であった以上に、私たちの若い文化力の敗退であった。私たちの文化が戦争に対して如何に無力であり、単なるあだ花に過ぎなかったかを、私たちは身を以て体験し痛感した。西洋近代文化の摂取にとって、明治以後八十年の歳月は決して短かすぎたとは言えない。にもかかわらず、近代文化の伝統を確立し、自由な批判と柔軟な良識に富む文化層として自らを形成することに私たちは失敗して来た。そしてこれは、各層への文化の普及滲透を任務とする出版人の責任でもあった。

一九四五年以来、私たちは再び振出しに戻り、第一歩から踏み出すことを余儀なくされた。これは大きな不幸ではあるが、反面、これまでの混沌・未熟・歪曲の中にあった我が国の文化に秩序と確たる基礎を齎らすためには絶好の機会でもある。角川書店は、このような祖国の文化的危機にあたり、微力をも顧みず再建の礎石たるべき抱負と決意とをもって出発したが、ここに創立以来の念願を果すべく角川文庫を発刊する。これまで刊行されたあらゆる全集叢書文庫類の長所と短所とを検討し、古今東西の不朽の典籍を、良心的編集のもとに、廉価に、そして書架にふさわしい美本として、多くのひとびとに提供しようとする。しかし私たちは徒らに百科全書的な知識のジレッタントを作ることを目的とせず、あくまで祖国の文化に秩序と再建への道を示し、この文庫を角川書店の栄ある事業として、今後永久に継続発展せしめ、学芸と教養との殿堂として大成せんことを期したい。多くの読書子の愛情ある忠言と支持とによって、この希望と抱負とを完遂せしめられんことを願う。

一九四九年五月三日